MANON LESCAUT

ABBÉ PRÉVOST

Manon Lescaut

INTRODUCTION DE M.-H. DELOFFRE

LE LIVRE DE POCHE

INTRODUCTION

I

L'HISTOIRE DU CHEVALIER DES GRIEUX
ET DE MANON LESCAUT

Dans l'œuvre immense de l'abbé Prévost, un seul ouvrage, ou plus exactement même un fragment d'un seul ouvrage, a véritablement survécu, pour avoir, il est vrai, une destinée prodigieuse. Il y a là un phénomène qui est loin d'être unique dans l'histoire littéraire, mais qui n'en atteint pas moins ici de telles dimensions, qu'il a toujours suscité la curiosité.

Pourquoi *Manon Lescaut,* et *Manon Lescaut* seule? Depuis un siècle et demi, la réponse à cette question a presque toujours été la même. Comme on finissait toujours par découvrir la supériorité de ce roman dans le « naturel » qui le distingue, on en concluait, selon un mot de Brunetière, que, plus on y trouverait de « vécu », plus on en ferait un éloge complet. Sainte-Beuve n'affirme pas seulement que le livre est vrai « de cette vérité qui n'a rien d'inventé et qui est toute copiée sur la nature », ce qui, en un certain sens, pourrait se comprendre, il refuse d'y chercher une œuvre littéraire : « Si l'on pouvait, dit-il, supposer que l'auteur en a conçu un moment le projet, l'invention dans un but quelconque, on ne le supporterait pas. »

Or, il faut bien dire que toutes les tentatives faites pour découvrir la « véritable » Manon Lescaut ont échoué. En 1879, dans une édition qu'il publia du roman, Lescure avait tenté, sans grand succès, d'« identifier » certains personnages secondaires. En 1905, Léo Mouton montra, plus solidement, que le « prince de R. » dont il est question est François II Rakoczi, prince de Transylvanie, dont les « officiers » avaient fait de l'hôtel de Transylvanie, quai Malaquais, une maison de jeu. Un peu plus tard (1907), Philippe Heinrich fit œuvre utile en mettant au jour des documents qui établissent que les déportations au « Mississipi » ont bien eu lieu, en 1720, dans des conditions très proches de celles qui sont décrites par Prévost. On peut en retenir un argument très fort à l'appui de la thèse selon laquelle l'action du roman se déroule à cette époque. A partir de là, toute une chronologie du roman peut être établie avec une certaine précision.

En revanche, les tentatives faites pour reconnaître

« Manon » ou « Des Grieux » sont restées vaines.
Ni l'un ni l'autre ne ressemblent aux médiocres personnages exhumés en 1717 par Marc de Villiers :
ceux-ci allèrent volontairement en 1715 en Louisiane
— mais non à La Nouvelle-Orléans qui n'était pas
encore fondée. Pour d'autres raisons, la thèse
d'Édouard Gachot ne peut être retenue. Selon celle-
ci, à l'occasion d'un séjour chez le duc de La Force, à
Autouillet, Prévost aurait rencontré à Pacy-sur-Eure,
comme dans le roman, un convoi de filles déportées
comprenant Manon avec son Des Grieux. Malheureusement, les « documents » sur lesquels s'appuie
Gachot ont « disparu » au moment où il écrit. En
outre, la précision de date qu'il apporte pour la
rencontre, 10 juin 1728, n'est pas convaincante, car
les déportations au Mississippi avaient été suppri-
mées par un arrêt du Conseil du 9 mai 1720.

Selon un autre critique, M. Lernet-Holenia,
traducteur allemand de *Manon Lescaut* (1957),
l'histoire de Manon Lescaut et du chevalier Des
Grieux serait celle d'une certaine Manon Aydou et
d'un chevalier de Viantaix. Sur requête de sa famille,
Manon Aydou fut en effet longtemps enfermée à
l'Hôpital Général, malgré les efforts de Viantaix
pour l'en tirer. Il est de fait que, dans un ton plus
sordide, les rapports de ces deux personnages rap-
pellent quelque peu ceux des héros de Prévost. Ils

sont du reste attestés par des documents authenti-
ques. Mais le point essentiel de l'argumentation de
Lernet-Holenia, à savoir que Prévost aurait connu
Manon Aydou en tant que confesseur des filles de
l'Hôpital et qu'il serait devenu son amant, est de la
plus haute fantaisie. Ce n'est qu'en déformant les
termes de la lettre de Prévost au supérieur de Saint-
Germain, lorsqu'il quitte le couvent en 1728, que
l'éditeur autrichien donne quelque fugitive apparence de plausibilité à sa thèse. Il est, du reste, for-
mellement établi que jamais les bénédictins de
Saint-Germain-des-Prés n'ont eu à confesser les
recluses de la Salpêtrière, ce qui était du ressort de
prêtres spécialement attachés à l'établissement.

D'autres tentatives ont été faites pour rattacher
les aventures de Des Grieux et de Manon à quelque
amour authentique de l'abbé Prévost. Pendant un
certain temps, on a cru trouver la solution dans les
relations que Prévost eut, d'abord à La Haye, où
il séjourna entre 1731 et janvier 1733, puis en
Angleterre, et plus tard en France même, avec une
certaine Lenki Ekkhard, qui, aux dires d'un contem-
porain, était « une véritable sangsue ». Après des
vérifications attentives, il s'est avéré que, si Lenki a
sans doute joué un rôle important dans la vie de
Prévost, et si même on trouve son portrait dans
Cleveland, son rôle ne commence qu'à une époque

où, suivant toute apparence, *Manon Lescaut* était déjà composée. Ainsi, elle n'apparaît que dans la quatrième partie de *Cleveland,* parue en juillet 1733, alors que *Manon Lescaut* avait paru dès avril. La Fanny de *Cleveland* n'a d'ailleurs rien de commun avec la Manon de *Manon Lescaut.*

Une dernière hypothèse, qui échappe aux difficultés chronologiques, mettrait Manon en rapport avec une jeune Anglaise, Mary Eyles, sœur d'un jeune homme d'une riche et puissante famille de Londres, dont l'abbé Prévost fut le précepteur de 1728 à 1730. Il a été en effet démontré récemment que Prévost eut avec cette jeune fille une « affaire de cœur » qui alla assez loin pour que des promesses de mariage fussent échangées et que le père, Sir John Eyles, ancien membre du Parlement et ancien lord-maire de Londres, se vît obligé d'obtenir de Prévost, à prix d'argent, qu'il quittât la partie et partît pour l'étranger. Mais les circonstances de cette aventure sont trop différentes de celles du roman pour qu'on puisse raisonnablement penser que la réalité vécue en Angleterre par Prévost ait laissé quelque trace dans l'œuvre de fiction.

Finalement, l'hypothèse la moins invraisemblable, si l'on recherche les faits de la vie de l'abbé qui, sans doute largement transposés, ont laissé quelque trace dans le roman, consiste à revenir au récit que fait Prévost lui-même de la crise qui clôt la période de ses incertitudes de jeunesse et le conduit chez les bénédictins :

« Quelques années se passèrent. Vif et sensible au plaisir, j'avouerai, dans les termes de M. de Cambrai, que la sagesse demande bien des précautions qui m'échappèrent. Je laisse à juger quels devaient être, depuis l'âge de vingt jusqu'à vingt-cinq ans, le cœur et les sentiments d'un homme qui a composé le *Cleveland* à trente-cinq ou trente-six. La malheureuse fin d'un engagement trop tendre me conduisit au *tombeau* : c'est le nom que je donne à l'ordre respectable où j'allai m'ensevelir, et où je demeurai quelque temps si bien caché, que mes parents et mes amis ignorèrent ce que j'étais devenu. »

Il est extrêmement hasardeux de vouloir donner plus de précisions que n'en comporte ce morceau, publié en 1734 dans *Pour et Contre*. On peut cependant remarquer que les faits auxquels Prévost fait allusion se placent en 1720, ce qui est précisément l'époque à laquelle se déroule notre roman.

*
* *

Si la recherche des sources autobiographiques reste décevante, celle des sources littéraires du roman de Prévost a fait un grand progrès depuis la découverte du « chef-d'œuvre inconnu » de Robert Challe, *Les Illustres Françaises,* roman publié pour la première fois en 1713 et réédité aux Belles-Lettres en 1959, que Prévost lut peut-être d'abord dans la traduction anglaise de Penelope Aubin. Deux des histoires de ce recueil semblent l'avoir particulièrement marqué. « L'Histoire de M. Des Prez et de Mlle de Lépine » annonce directement par certains traits *L'Histoire du chevalier Des Grieux et de Manon Lescaut.*

Des Prez, fils d'un magistrat, est amoureux de Madeleine de Lépine, orpheline d'un pauvre émigré italien, et dont la mère a un procès dont l'issue dépend du père de Des Prez. Celui-ci interdit à son fils, non seulement d'épouser Madeleine, mais même de la revoir. Il l'épouse alors secrètement. Les jeunes gens sont unis depuis un an quand le père est mis au courant par une imprudence. Dissimulant sa colère, il prépare soigneusement l'enlèvement de son fils, qu'il fait enfermer à Saint-Lazare. Au même moment, il va reprocher à la mère de Madeleine la conduite de sa fille. Furieuse à la pensée qu'elle va perdre son procès, la mère s'emporte contre sa fille et la chasse brutalement. La malheureuse, qui est enceinte, tombe évanouie et se blesse. On la transporte à l'hôpital, parmi les filles de mauvaise vie, où elle meurt en mettant au monde un enfant mort. Des Prez, après avoir tout tenté pour avoir de ses nouvelles, connaît le désespoir et la rage quand il apprend son sort. Il est un peu calmé par les bons pères de Saint-Lazare, mais ne pardonne pas à ceux qui ont fait le malheur de sa femme et le sien; il n'a de cesse qu'il n'en ait tiré vengeance.

Ce résumé ne donne qu'une faible idée du caractère à la fois tragique et réaliste de cette « histoire ». Prévost a surtout été sensible à l'émotion qui se dégage du dénouement, quand Des Prez, enfermé à Saint-Lazare, comme Des Grieux, connaît, comme ce dernier, les affres de la rage et du désespoir en apprenant, impuissant, que la femme qu'il aime se meurt à l'hôpital. La plus grande différence entre les deux histoires réside dans les personnages féminins. Madeleine est héroïque, peu sensuelle, et parfaitement désintéressée : autant de traits qui l'opposent à Manon.

Mais une autre histoire des *Illustres Françaises*, celle de « Monsieur Des Frans et de Silvie » présente, cette fois, un personnage de femme comparable à celui de Manon. Des Frans, jeune homme de famille plus distinguée que fortunée, refuse les métiers qui pourraient l'enrichir et rêve de devenir officier. Assistant un matin à la première messe à Notre-Dame, il fait la connaissance de Silvie à l'occasion d'un enfant trouvé, dont ils acceptent l'un et l'autre de devenir parrain et marraine. La scène, d'une fraîcheur et d'une émotion frappante, sera à peine égalée par la scène de rencontre, pourtant si réussie, de l'auberge d'Amiens. Dès cet instant Des Frans, qui n'avait jamais aimé, aime Silvie « de toute sa tendresse ». Il cherche à l'épouser, mais se heurte à un refus, dont il ne peut comprendre les raisons. Sur ces entrefaites, une lettre anonyme lui apprend que Silvie est une intrigante : enfant trouvée, accusée d'avoir dépouillé sa bienfaitrice, elle essaierait, à prix d'or, de se faire passer pour la fille d'un gentilhomme, afin de pouvoir épouser Des Frans. Après quelques heures de désespoir et de rage, Des Frans se rend chez la jeune fille pour l'accabler de ses mépris. Au moment où il va sortir, elle se jette à ses genoux dans une scène avec laquelle Prévost rivalisera deux fois, une fois dans la fameuse « scène du parloir » de Saint-Sulpice, une seconde fois lorsque Des Grieux retrouve Manon chez le jeune G. M. :

« Je jetai les yeux sur elle dans ce moment : je me perdis. Elle était encore à mes pieds, mais dans un état à désarmer la cruauté même. Elle était tout en pleurs; le sein qu'elle avait découvert, et que je voyais par l'ouverture d'une simple robe de chambre, ses cheveux qu'elle avait détachés pour se coiffer de nuit et qui, n'étant point rattachés, tombaient tout du long de son corps et la couvraient toute; sa beauté naturelle que cet état humilié rendait plus touchante, enfin mon étoile qui m'entraînait, ne me firent plus voir que l'objet de mon amour et l'idole de mon cœur. Le puis-je dire sans impiété? Elle me parut une seconde Madeleine; j'en fus attendri; je la relevai. Je lui laissai dire tout ce qu'elle voulut. Je ne lui prêtai aucune attention, je n'étais plus à moi. J'étais déchiré par mille pensées qui se formaient l'une après l'autre dans mon esprit, et qui se détruisaient mutuellement; ou plutôt j'étais dans un état d'insensibilité qui, tout vivant que j'étais, ne me laissait pas plus de connaissance qu'à un homme mort. »

Silvie peut se justifier partiellement en montrant qu'elle a été victime des calomnies d'un amoureux éconduit. Des Frans l'épouse secrètement et vit heureux avec elle. Il se prépare même à déclarer son mariage, lorsqu'il est forcé de partir pour la province. Après un séjour écourté, il revient de nuit sans avertir Silvie. Il la trouve chez elle, endormie dans les bras de son meilleur ami, Gallouin. Dissimulant sa colère, il songe d'abord à se venger de Gallouin, et le blesse grièvement. Puis il attire Silvie dans sa maison de province, la séquestre et la maltraite. Enfin il la force à entrer dans un couvent et part lui-même combattre à l'étranger. En route, il tombe gravement malade de chagrin. Lorsqu'il revient quelques mois après, c'est pour trouver Silvie morte dans son couvent. Il n'a plus, comme Des Grieux, qu'à lui rendre les derniers devoirs.

L'influence de ce récit sur *Manon Lescaut* est sensible non seulement dans les scènes, mais aussi dans les personnages. Quoique Des Grieux soit d'un tempérament moins brutal que Des Frans (noter du reste la similitude des noms), leur passion trahie leur fait adopter parfois les mêmes accents. Mais les rapprochements les plus frappants concernent Manon et Silvie, du moins la Silvie telle qu'elle apparaît en première analyse, car son attitude renferme un mystère qui ne sera dévoilé que dans une autre section du roman. L'héroïne de Challe a « plus d'esprit que toutes les femmes fourbes n'en ont jamais eu ensemble ». Elle est capable de « changer naturellement de visage et de discours, avec autant de promptitude qu'aurait pu le faire la meilleure comédienne ». « Double inconstante et volage », elle « aime les plaisirs, surtout ceux de l'amour, jusqu'au point de leur sacrifier toutes choses, honneur, vertu, richesses et devoirs ». Elle dissimule si bien qu'après deux ans de fréquentation, Des Frans la jugerait « sincère, fidèle et désintéressée ». Enjouement, amour des plaisirs, duplicité plus instinctive que calculée, autant de traits qui peignent également Manon.

Si *Les Illustres Françaises* ont joué un tel rôle dans l'élaboration de *Manon Lescaut*, c'est moins encore parce qu'elles peuvent inspirer à Prévost certains détails de l'intrigue ou de la conception des personnages, que parce qu'elles lui révèlent un véritable genre, l'histoire, différent du roman traditionnel, auquel se rattachent encore les grandes œuvres de Prévost, quoiqu'elles soient présentées sous la forme modernisée du roman que sont les « Mémoires ». Issue de la nouvelle, et surtout de la nouvelle à l'espagnole à la façon de certaines grandes « nouvelles exemplaires » de Cervantès, « l'histoire », telle qu'elle s'est constituée sous la plume d'écrivains tels que Segrais, Scarron, Donneau de Visé, Mme de La Fayette et surtout Robert Challe, se distingue par un mode de présentation, un cadre, des types de personnage et une forme favorite d'intrigue.

Ainsi, les « histoires » sont traditionnellement « encadrées », d'où le nom de *frame novels* que leur donnent des critiques anglais ou américains. La tradition remonte à Boccace ou à Marguerite de Navarre. Elle inspire encore Robert Challe, qui consacre beaucoup de soin à cet « encadrement ». Prévost, pour sa part, en imaginant la double rencontre du convoi de filles déportées, puis du héros revenu de La Nouvelle-Orléans, insère son « histoire » dans une double perspective, la première marquant la plus complète déchéance des deux personnages, la seconde le retour de Des Grieux au

monde après le sacrifice de Manon. Il donne aussi
des repères permettant de recouper le récit rétros-
pectif par le temps vécu du narrateur principal.
Celui-ci, l'« homme de qualité », confère à l'histoire
toute l'autorité que lui-même tire de son âge, de sa
sagesse et de son humanité.

Après l'encadrement, la seconde caractéristique de
l'histoire est l'existence d'un narrateur, différent du
romancier à la fois omniscient et dépourvu de toute
réalité concrète. Au lieu de celui-ci, le lecteur a
affaire à un conteur, soumis, comme tout homme,
aux servitudes communes, comme de se reposer et
de se restaurer; qui, non content de commenter
l'histoire de son point de vue, la revit en la racon-
tant : plus humain et plus émouvant par là que le
romancier, surtout quand il est, comme ici, le héros
lui-même.

Le style même des histoires se différencie du style
romanesque. Celui-ci reste noble, conformément à
une tradition où le roman se rattachait encore à
l'épopée. Au contraire, suivant une formule de
Robert Challe, le style de l'histoire est « purement
naturel et familier »; c'est un style oral, s'il comporte
des audaces d'expression, des phrases relâchées,
c'est, comme le dit encore Challe, « la naïveté de
l'histoire qui a voulu cela ». Prévost, dont le style,
selon La Dixmérie est « pur, mais toujours grave,

même lorsqu'il pourrait l'égayer », s'est ici visiblement souvenu de la leçon de Challe : l'auteur de *Manon Lescaut* se permet des « gaîtés » étonnantes, qui vont parfois jusqu'au burlesque. Mais, comme chez Robert Challe, ces familiarités n'ont pas d'effet parodique : bien loin de dégrader le héros, les détails qui seraient avilissants ne font que souligner le tragique de la situation indigne dans laquelle se trouve un homme de cette « naissance » et de cette « fortune ».

Un autre trait lié à la formule de l'« histoire » est la limitation de la longueur de l'ouvrage, due précisément au fait qu'il s'agit d'un récit oral. Les plus longues d'entre elles, comme l'« Histoire de Dupuis et de Mme de Londé », de Robert Challe, ne dépassent pas deux cents pages, et encore sont-elles coupées par une pause : c'est le système qu'adopte ici Prévost. Or, ces limitations sont précieuses pour un écrivain trop fécond comme l'est Prévost, et qui a coutume de « pousser » ses romans au gré des demandes des libraires. Pour une fois, son récit n'est « que ce qu'il doit être », comme dit La Dixmérie, qui ajoute : « mérite un peu rare chez M. l'abbé Prévost ». L'un des secrets de l'œuvre est cette « restriction » qui évite tout développement accessoire et laisse au récit des événements toute sa tension.

Mais l' « histoire » n'est pas seulement définie par des conditions externes : encadrement, récit fait par un personnage-narrateur, ampleur limitée. Son contenu même est plus ou moins fixé par une tradition. Comme le dit Challe, « ce sont des vérités, qui ont leurs règles toutes contraires à celles des romans ».

A la différence des romans, qui se passent à des époques reculées, souvent au moins dans des pays lointains (comme *Cleveland*), les « histoires » sont à peu près contemporaines : celle de *Manon Lescaut* est d'environ vingt ans antérieure à la date de publication du roman, et c'est à peu près aussi ce qui se passe dans les « histoires » de Challe ou de Marivaux. De même, le cadre est français, et même parisien. Prévost apprend de son principal devancier à situer l'action dans des lieux précis : l'hôtel de T., le parloir de Saint-Sulpice, la promenade du Luxembourg ou Chaillot, sans compter, bien sûr, l'auberge où arrive le « coche d'Arras ». Et c'est encore Challe qui lui enseigne à peindre avec exactitude un milieu, que ce soit celui des « chevaliers d'industrie », des filles entretenues et des financiers libidineux ou celui de la maison natale du chevalier ou des bons pères de Saint-Lazare.

Il n'est pas enfin jusqu'à l'intrigue des « histoires » qui ne tende à se conformer à un certain schéma,

préfiguré par le titre lui-même : « Histoire de M.....
et de Mlle.... », c'est-à-dire la destinée d'un couple
d'amoureux contrariés par le destin. Si nul, plus que
Prévost, n'en a tiré un merveilleux parti, c'est sans
doute qu'il y exprime des motifs qui lui sont profondément chers : celui du fils prodigue, maudit par
son père, quoique se sentant innocent, simple dans
ses amours jusqu'à la naïveté, dupé par celle qu'il
aime et se mettant à duper les autres, se retrouvant
finalement seul, abandonné et sans ressources, sauf
celle d'une vie conventuelle plus ou moins décevante... Mais si l'*Histoire du Chevalier Des Grieux et de
Manon Lescaut* est un tel chef-d'œuvre, c'est parce que
ces thèmes personnels sont incarnés dans une histoire parfaitement littéraire, parfaitement autonome,
parce que ces plaintes de Des Grieux, qui seraient
lamentables si elles n'étaient qu'une confession de
l'abbé Prévost lui-même, deviennent, dans un
monde où les héros commentent le quatrième chant
de l'*Énéide* et citent Racine, où le jansénisme et la
casuistique jésuite se fondent harmonieusement, où
les mots les plus simples sont en même temps les
plus mélodieux, les plaintes les plus touchantes et
les plus inoubliables.

Ainsi, ce n'est pas la « sincérité » brute qu'il faut
admirer ici. Ce n'est pas non plus l'admirable cul-
ture classique de l'abbé, ou la qualité de son style.

C'est l'incarnation parfaite dans une forme parve-
nue avec Challe à une pleine maturité d'une vision
du monde profondément et concrètement tragique
qui fait la beauté unique de *Manon Lescaut*.

II

MANON LESCAUT ET SON PUBLIC

Le roman de Prévost a eu tant d'éditions, des
éditions populaires aux plus luxueuses éditions
illustrées, tant de traductions, tant d'adaptations au
théâtre, à l'opéra, au cinéma et à la télévision, tant
de commentateurs, que ce serait une tâche mons-
trueuse que de vouloir seulement esquisser les
grandes lignes de son destin.

Dans le choix qu'il convient de faire, un principe
s'impose d'abord : s'adresser surtout aux contemporains de Prévost. Ce sont eux qui, tout compte fait,
peuvent le mieux nous renseigner sur la véritable
« situation » de l'œuvre dans le seul contexte qui
importe : celui qui l'a vu naître. Les errements ulté-
rieurs sont, certes, intéressants, mais ils importent

plus à la sociologie des époques respectives qu'à l'étude de l'œuvre. Parmi les contemporains mêmes, le choix nécessaire est facilité dès que l'on élimine les plagiaires au profit des critiques originaux.

Le premier jugement explicite sur *Manon Lescaut* parut vers juillet 1731. dans les *Lettres sérieuses et badines,* et pourrait être l'œuvre de La Barre de Beaumarchais. Après avoir fait l'éloge des six premières parties des *Mémoires et Aventures d'un Homme de qualité,* l'auteur en distingue la dernière :

« Le septième, où le chevalier Des Grieux raconte ses aventures avec Manon Lescaut, mérite que je vous en parle à part. On y voit un jeune homme qui, avec toutes les qualités dont se forme le mérite le plus brillant, entraîné par une aveugle tendresse pour une fille, préfère une vie obscure et vagabonde à tous les avantages que la fortune et sa condition lui permettent, qui voit ses malheurs sans avoir la force de les éviter, qui les sent vivement sans profiter des moyens qui se présentent pour l'en faire sortir, enfin un caractère ambigu, un mélange de vertus et de vices, un contraste perpétuel de bons sentiments et d'actions mauvaises. L'amante a quelque chose de plus singulier encore. Elle goûte la vertu et elle est passionnée pour le chevalier. Cependant l'amour de l'abondance et des plaisirs lui fait à tout moment trahir la vertu et le chevalier. Croirait-on qu'il pût rester de la compassion pour une personne qui déshonore de la sorte son sexe? Avec tout cela il est impossible de ne pas la plaindre, parce que M. d'Exiles a eu l'adresse de la faire paraître plus vertueuse et plus malheureuse que criminelle. Je finis par le portrait qu'il a tracé d'un ecclésiastique, ami intime du chevalier. Tout ce qu'il y a de plus sublime, de plus divin, de plus attendrissant dans la véritable piété et dans une amitié sincère et sage, il l'a mis en œuvre pour bien peindre la bonté, la générosité de Tiberge, c'est le nom de cet excellent ecclésiastique. »

Quoique tout ne soit pas original dans ce morceau, puisque ce qui y concerne Des Grieux vient de l'Avis de l'auteur des *Mémoires d'un Homme de qualité*, c'est-à-dire de Prévost lui-même, il est intéressant, non seulement par la chaleur du ton, mais aussi parce qu'il témoigne, déjà, d'un glissement de l'intérêt porté par le lecteur de Des Grieux vers Manon Lescaut.

En juin 1733, *Manon Lescaut* pénètre enfin en France, sans privilège, évidemment, et indépendamment des *Mémoires et Aventures d'un Homme de qualité*. Le ton de la critique est immédiatement donné par « journal à la main », le *Journal de la Cour et de la Ville*, à la date du 21 juin :

« Il paraît depuis quelques jours un nouveau

volume des *Mémoires d'un Homme de qualité* contenant *L'Histoire de Manon Lescaut*. Ce livre est écrit avec tant d'art, et d'une façon si intéressante, que l'on voit les honnêtes gens même s'attendrir en faveur d'un escroc et d'une catin. Le même auteur, qui est un bénédictin réfugié en Hollande, fait un petit ouvrage intitulé *Le Pour et le Contre,* dont la première brochure se débite actuellement. »

Le 28 juillet, Voltaire charge Thieriot, qui est en Angleterre, d'un message pour « le tendre et passionné auteur de *Manon Lescaut* ». Curieusement, le *Journal de la Cour et de la Ville* du 3 octobre semble lui retourner le compliment en disant de Prévost qu'« il est en prose ce que Voltaire est en vers ». Mais la censure s'émeut, et le *Journal de la Cour et de la Ville* commente :

« Voilà de quoi faire un petit supplément à *L'Histoire de Manon Lescaut*. Ce petit livre, qui commençait à avoir une grande vogue, vient d'être défendu. Outre que l'on y fait jouer à des gens en place un rôle peu digne d'eux, le vice et le débordement y sont peints avec des traits qui n'en donnent pas assez d'horreur. »

Cela n'empêche pas le public de se procurer l'ouvrage. Mathieu Marais, parlant de Prévost, écrit à son ami l'abbé Leblanc le 1er décembre 1733 :

« Cet ex-bénédictin est un fou qui vient de faire

un livre abominable qu'on appelle *L'Histoire de Manon Lescaut,* et cette héroïne est une coureuse sortie de l'hôpital et envoyée au Mississippi à la chaîne. Ce livre s'est vendu à Paris, et on y courait comme au feu, dans lequel on aurait dû brûler le livre et l'auteur, qui a pourtant du style. »

Et Montesquieu note dans son journal :

« J'ai lu ce 6 avril 1734 *Manon Lescaut,* roman composé par le P. Prévost. Je ne suis pas étonné que ce roman, dont le héros est un fripon et l'héroïne une catin qui est menée à la Salpêtrière plaise, parce que toutes les actions du héros, le chevalier Des Grieux, ont pour motif l'amour, qui est toujours un motif noble, quoique la conduite soit basse. Manon aime aussi, ce qui lui fait pardonner le reste de son caractère. »

Sans doute a-t-il connu le jugement du *Journal de la Cour et de la Ville,* et y répond-il en faisant observer l'essentiel, à savoir que *Manon Lescaut* est un roman d'amour. La même idée apparaît aussi dans un jugement auquel on a accordé beaucoup d'importance, car on s'imaginait qu'il était de Prévost lui-même. En fait, il parut dans *Le Pour et Contre* à un moment où l'abbé n'y écrivait pas. Du reste, il ne fait que délayer et amplifier le jugement des *Lettres sérieuses et badines* cité plus haut. La conclusion, implicitement hostile à Marivaux, dénonce la plume de l'abbé Desfontaines :

« Le public a lu avec beaucoup de plaisir le dernier volume des *Mémoires d'un Homme de qualité,* qui contient les Aventures du chevalier des Grieux et de Manon Lescaut. On y voit un jeune homme avec des qualités brillantes et infiniment aimables, qui, entraîné par une folle passion pour une jeune fille qui lui plaît, préfère une vie libertine et vagabonde à tous les avantages que ses talents et sa condition pouvaient lui promettre; un malheureux esclave de l'amour, qui prévoit ses malheurs sans avoir la force de prendre quelques mesures pour les éviter, qui les sent vivement, qui y est plongé, et qui néglige les moyens de se procurer un état plus heureux; enfin un jeune homme vicieux et vertueux tout ensemble, pensant bien et agissant mal, aimable par ses sentiments, détestable par ses actions. Voilà un caractère bien singulier. Celui de Manon Lescaut l'est encore plus. Elle connaît la vertu, elle la goûte même, et cependant elle commet les actions les plus indignes. Elle aime le chevalier Des Grieux avec une passion extrême; cependant le désir qu'elle a de vivre dans l'abondance et de briller, lui fait trahir ses sentiments pour le chevalier, auquel elle préfère un riche financier. Quel art n'a-t-il pas fallu pour intéresser le lecteur, et lui inspirer de la compassion, par rapport aux funestes disgrâces qui arrivent à cette fille corrompue! Quoique l'un et l'autre soient très libertins,

on les plaint, parce que l'on voit que leurs dérègle-
ments viennent de leur faiblesse et de l'ardeur de
leurs passions, et que, d'ailleurs, ils condamnent
eux-mêmes leur conduite et conviennent qu'elle est
très criminelle. De cette manière, l'auteur, en repré-
sentant le vice, ne l'enseigne point. Il peint les effets
d'une passion violente qui rend la raison inutile,
lorsqu'on a le malheur de s'y livrer entièrement;
d'une passion qui, n'étant pas capable d'étouffer
entièrement dans le cœur les sentiments de la vertu,
empêche de la pratiquer. En un mot, cet ouvrage
découvre tous les dangers du dérèglement. Il n'y a
point de jeune homme, point de jeune fille, qui voulût ressembler au chevalier et à sa maîtresse. S'ils
sont vicieux, ils sont accablés de remords et de malheurs. Au reste le caractère de Tiberge, ce vertueux
ecclésiastique, ami du chevalier, est admirable. C'est
un homme sage, plein de religion et de piété; un ami
tendre et généreux; un cœur toujours compatissant
aux faiblesses de son ami. Que la piété est aimable
lorsqu'elle est unie à un si beau naturel! Je ne dis
rien du style de cet ouvrage. Il n'y a ni jargon, ni
affectation, ni réflexions sophistiques : c'est la
nature même qui écrit. Qu'un auteur empesé et fardé
paraît pitoyable en comparaison! Celui-ci ne court
point après l'esprit, ou plutôt après ce qu'on appelle
ainsi. Ce n'est point un style laconiquement constipé,

mais un style coulant, plein et expressif. Ce n'est partout que peintures et sentiments, mais des peintures vraies et des sentiments naturels. »

Il faut attendre ensuite une seconde génération de critiques pour trouver des points de vue un peu nouveaux sur *Manon Lescaut*. Celui de Palissot, dans son *Nécrologe* (1767), contient, *in fine,* une remarque intéressante sur le caractère « brûlant » que prend parfois l'expression des sentiments :

« Peut-être le chef-d'œuvre de sa plume, malgré la prédilection qu'il témoignait pour *Cleveland,* c'est (et plus d'un homme de goût l'aura déjà nommé), c'est, dis-je, *L'Histoire de chevalier Des Grieux et de Manon Lescaut.* Qu'un jeune libertin et une fille née seulement pour le plaisir et pour l'amour parviennent à trouver grâce devant les âmes les plus honnêtes; que la peinture naïve de leur passion produise l'intérêt le plus vif; qu'enfin le tableau des malheurs qu'ils ont mérités arrache des larmes au lecteur le plus austère; et que, par cette impression-là même, il soit éclairé sur le germe des faiblesses renfermé, sans qu'il le soupçonne, dans son propre cœur, c'est assurément le triomphe de l'art, et ce qui doit donner l'idée la plus haute des talents de l'abbé Prévost. Aussi, dans ce singulier ouvrage, l'expression des sentiments est-elle quelquefois brûlante, s'il est permis de hasarder ce mot. *Les yeux de Manon, ces yeux dont le ciel ouvert n'eût pas détaché les regards de son amant ;* cette division que le chevalier des Grieux croit sentir dans son âme, quand, accablé en quelque sorte de la tendresse de Manon, il lui dit : *Prends garde je n'ai point assez de force pour supporter des marques si vives de ton affection ; je ne suis point accoutumé a cet excès de joie. O Dieu ! je ne vous demande plus rien,* etc. ; de pareils traits, ce me semble, font mieux sentir que de vains éloges le génie de l'auteur, et l'étude approfondie qu'il avait faite du langage des passions. »

Il faut encore citer ; pour clore la revue des critiques du XVIIIe siècle par un nom célèbre, le jugement de Sade sur *Manon Lescaut,* consigné dans une note de son *Idée sur les romans :*

« Quelles larmes que celles qu'on verse à la lecture de ce délicieux ouvrage ! Comme la nature y est peinte, comme l'intérêt s'y soutient, comme il augmente par degrés, que de difficultés vaincues ! Que de philosophie à avoir fait ressortir tout cet intérêt d'une fille perdue ; dirait-on trop en osant assurer que cet ouvrage a des droits au titre de notre meilleur roman ? Ce fut là où Rousseau vit que, malgré des imprudences et des étourderies, une héroïne pouvait prétendre encore à nous attendrir, et peut-être n'eussions-nous jamais eu Julie, sans Manon Lescaut. »

Du XIXe siècle, qui a beaucoup parlé du roman, il faut surtout retenir qu'il s'est intéressé presque exclusivement à Manon, personnage de plus en plus mythique, qui finit par s'identifier avec l'éternel féminin. L'hommage que Musset dans *Namouna* lui rend est le plus significatif.

LVII

Pourquoi Manon Lescaut, dès la première scène,
Est-elle si vivante et si vraiment humaine,
Qu'il semble qu'on l'a vue, et que c'est un portrait?
Et pourquoi l'Héloïse est-elle une ombre vaine,
Qu'on aime sans y croire, et que nul ne connaît?
Ah! rêveurs, ah! rêveurs, que vous avons-nous fait?

LVIII

Pourquoi promenez-vous ces spectres de lumière
Devant le rideau noir de nos nuits sans sommeil,
Puisqu'il faut qu'ici bas tout songe ait son réveil,
Et puisque le désir se sent cloué sur terre,
Comme un aigle blessé qui meurt dans la poussière,
L'aile ouverte, et les yeux fixés sur le soleil?

LIX

Manon! Sphinx étonnant! Véritable sirène,
Cœur trois fois féminin, Cléopâtre en paniers!

Quoi qu'on dise ou qu'on fasse, et bien qu'à Sainte-
[Hélène
On ait trouvé ton livre écrit pour des portiers,
Tu n'en es pas moins vraie, infâme, et Cléomène
N'est pas digne, à mon sens, de te baiser les pieds.

LX

Tu m'amuses autant que Tiberge m'ennuie.
Comme je crois en toi! que je t'aime et te hais!
Quelle perversité! Quelle ardeur inouïe
Pour l'or et le plaisir! Comme toute la vie
Est dans tes moindres mots! Ah! folle que tu es,
Comme je t'aimerais demain, si tu vivais!

Le rapprochement avec Vénus — Cléomène est
le sculpteur athénien auteur de la Vénus de Milo —
indique assez que Manon est pour Musset l'Amour
lui-même. Parmi les protestations fameuses que
suscita son enthousiasme, nous n'accorderons
qu'une mention au réquisitoire de Barbey d'Aure-
villy, mais il faut citer celui de Michelet, au chapitre XXI de *La Régence* :

« Elle parle lourdement des besoins de la vie, des
pièges qu'elle va tendre, « de ses filets ». Elle badine
désagréablement sur les méprises de la faim : « Je
rendrai quelque jour le dernier soupir en croyant
en pousser un d'amour », etc. Ce positif cynique

fait froid. Mais sa facilité à enfoncer des pointes dans le cœur saignant fait horreur. Quand cela va jusqu'à lui envoyer une fille « pour le désennuyer », tenir sa place au lit!... la fureur de l'infortuné, l'explosion de son désespoir, dépassent les effets que l'auteur a voulu produire. On est dégoûté, indigné, mais plus irrévocablement que le héros. Manon est sans retour flétrie; elle s'est jugée elle-même. Les critiques ont été, disons-le, étonnamment faibles, j'allais dire, lâches pour Manon. Cent ans après, elle corrompt encore, et les hommes contre elle ne gardent pas leur jugement. Un d'eux nous dit qu'après que bien des livres auront passé, elle reparaîtra « dans sa fraîcheur ». C'est justement là ce qui manque. Prévost, qui la montre adorée et veut la rendre séduisante, lui fait maladroitement dire, écrire des choses basses qui la fanent trop. On sent ici les mœurs, les habitudes du prêtre. Il n'a pas connu les nuances, n'a pas vu les dames de près. Cette irrésistible Manon n'est qu'une fille, pas même la moderne *camélia* (sic). »

Au XXᵉ siècle, on est plus embarrassé encore pour faire un choix. Le jugement de Jean Cocteau, dans *La Revue de Paris* (1947, p. 22) est peut-être celui qui a exercé le plus d'influence. En voici donc l'essentiel :

« L'atmosphère [de Manon Lescaut] est celle du *Satiricon,* réserve faite de l'admirable chaleur d'amour que Manon dégage comme une rose grande ouverte dans un corsage entrouvert. Mais quel cortège aux flambeaux de joueurs, de tricheurs, de buveurs, de débauchés, de descentes de police! C'est ce parfum crapuleux de poudre à la maréchale, de vin sur la nappe et de lit défait qui donne à Manon la force de vivre à travers les siècles et de ne se point confondre avec d'autres figures dont les mouches et le sourire ne suffisent pas.

« La grandeur de Manon, ce qui la sauve d'être, comme *Les Liaisons dangereuses,* le chef-d'œuvre des livres de deuxième classe, ce qui en fait un chef-d'œuvre tout court, c'est la rafale parisienne qui roule cette étonnante histoire d'un parloir de séminaire jusqu'à la tombe que Des Grieux creuse de ses propres mains. C'est l'amour qui ne se mélange pas à la crapule et couvre les personnages de cet enduit des plumes de cygne, enduit grâce auquel le cygne barbote dans l'eau sale sans s'y salir. (...)

« A relire l'abbé, nul pessimisme. Son atroce a de l'ingénuité, de la gentillesse. Ce ne sont pas des êtres charmants qu'on détrousse et qu'on dupe jusqu'à la mort : ce sont des êtres charmants qui dupent et qui détroussent. Qui? Ma foi, je m'en moque. Et je m'embarque sur les mauvais chemins avec eux. La fin de Manon prouve que je ne me trompais pas à les suivre.

« (...) On entraîne, me direz-vous, un séminariste.

Qu'y puis-je? Il aime. Manon l'a ensorcelé. Le voilà
plus endormi debout que Renaud chez Armide. Il
lui faut suivre le rythme. Il aime. On l'aime. Il ne
court donc point à sa perte. Il court à la flamme
comme un papillon grisé, poudroyé, soyeux. Le fil
rouge de la tragédie reste tendu d'un bout à l'autre
de cette œuvre légère et lui donne sa noblesse profonde. Le destin travaille sa matière. Les dieux
s'amusent. La naïve Phèdre, fidèle au sang, peut
bien se croire coupable de crimes inconnus aux
enfers, Manon ne se croit coupable de quoi que ce
soit. Son cœur la mange. Elle court à perdre haleine
jusqu'à ce point final de toute tragédie : la mort. (...)

« Nos amants retrouvent, à force d'inconscience,
cette pureté violente qui n'a rien à voir avec celle
qu'on a coutume de prendre pour la pureté. Dieu
les cherche. Dieu les embrasse. Dieu les travaille.
Dieu les tourmente. Il connaît mieux que le code la
manière étonnante de faire les saints.

« Qu'importe la route? Je le répète, une seule
minute flambe le livre et tue les microbes. C'est la
dernière. Celle où les cœurs se rejoignent et montent
au ciel. »

Il resterait, pour nuancer ce qu'un tel jugement
peut avoir d'abrupt, à voir les réflexions qu'il inspire
à un critique comme Raymond Picard, dans l'édition
qui va être citée plus loin.

III

BIBLIOGRAPHIE

Les études sur l'abbé Prévost, et spécialement sur *Manon Lescaut,* ont fait depuis une dizaine d'années de tels progrès que trois ouvrages récemment parus dispensent à peu près totalement de recourir aux études antérieures. Ce sont une édition, une thèse et un recueil de communications.

L'édition est celle qu'ont procurée F. Deloffre et R. Picard dans la collection des Classiques Garnier. On retiendra surtout les deux principales parties de l'Introduction, consacrée, l'une à la genèse, l'autre à la signification de *Manon Lescaut,* les variantes des principales éditions (cf. ci-après), les documents écrits et iconographiques avec leur commentaire.

La thèse de Jean Sgard sur *Prévost romancier* (José Corti, 1968), complétée par une thèse secondaire sur *Le Pour et Contre* (Nizet, 1969), replace magistra-

lement *Manon Lescaut* dans l'ensemble considérable
de l'œuvre de l'abbé.

Enfin, les Actes du Colloque d'Aix sur *L'Abbé
Prévost* (éditions Ophrys, 1965), apportent des points
de vue très variés, soit sur l'écrivain, soit sur l'ensemble de son œuvre, soit spécialement sur *Manon Lescaut,* comme l'étude de Raymond Picard intitulée
« Le « sens allégorique » de *Manon Lescaut* ».

IV

LE TEXTE

Il existe deux états sensiblement différents de
Manon Lescaut. Le premier est celui de l'édition originale, à Amsterdam, aux dépens de la Compagnie,
1731. Il a été parfois reproduit, et n'est pas dépourvu
d'intérêt. Le roman apparaît sous une forme un peu
plus fruste que dans l'édition définitive.

Celle-ci a été présentée comme telle par Prévost,
lorsqu'elle parut, en 1753, « à Amsterdam, aux
dépens de la Compagnie », sous la forme d'un
petit in-8 en deux parties. *Le Mercure de France*
l'annonçait en effet dans les termes suivants :

« L'auteur de *Manon Lescaut,* ouvrage si original, si bien écrit et si intéressant, sollicité depuis longtemps de donner une édition correcte de ce roman, s'est déterminé à ne rien négliger pour la rendre telle qu'on la désire : papier, caractère, figures, tout y est digne de l'attention du public. Elle a paru dans le courant d'avril avec des additions considérables. On en a tiré peu d'exemplaires, afin que la beauté des caractères ne reçût aucune diminution. Ce livre se vend chez Didot, quai des Augustins, à la Bible d'Or. »

Cette nouvelle édition comporte en effet plus d'un millier de corrections de style, visant à rendre celui-ci plus élégant et à le purger de certains archaïsmes, sans compter l'addition, au début de la seconde partie, de l'épisode dit « du prince italien ». C'est ce texte, évidemment supérieur au précédent, qui, comme on l'a dit plus haut, est ici présenté aux lecteurs. Les curieux trouveront dans l'édition des Classiques Garnier toutes les variantes avec l'édition originale.

M.-H. DELOFFRE.

AVIS DE L'AUTEUR

DES

Mémoires d'un Homme de Qualité

QUOIQUE j'eusse pu faire entrer dans mes Mémoires les aventures du chevalier des Grieux, il m'a semblé que n'y ayant point un rapport nécessaire, le lecteur trouverait plus de satisfaction à les voir séparément. Un récit de cette longueur aurait interrompu trop longtemps le fil de ma propre histoire. Tout éloigné que je suis de prétendre à la qualité d'écrivain exact, je n'ignore point qu'une narration doit être déchargée des circonstances qui la rendraient pesante et embarrassée. C'est le précepte d'Horace :

> Ut jam nunc dicat jam nunc debentia dici
> Pleraque differat, ac prœsens in tempus omittat

Il n'est pas même besoin d'une si grave autorité pour prouver une vérité si simple; car le bon sens est la première source de cette règle.

Si le public a trouvé quelque chose d'agréable et d'intéressant dans l'histoire de ma vie, j'ose lui promettre qu'il ne sera pas moins satisfait de cette addition. Il verra, dans la conduite de M. des Grieux, un exemple terrible de la force des passions. J'ai à peindre un jeune aveugle, qui refuse d'être heureux, pour se précipiter volontairement dans les dernières infortunes; qui, avec toutes les qualités dont se forme le plus brillant mérite, préfère, par choix, une vie obscure et vagabonde, à tous les avantages de la fortune et de la nature; qui prévoit ses malheurs, sans vouloir les éviter; qui les sent et qui en est accablé, sans profiter des remèdes qu'on lui offre sans cesse et qui peuvent à tous moments les finir; enfin un caractère ambigu, un mélange de vertus et de vices, un contraste perpétuel de bons sentiments et d'actions mauvaises. Tel est le fond du tableau que je présente. Les personnes de bon sens ne regarderont point un ouvrage de cette nature comme un travail inutile. Outre le plaisir d'une lecture agréable, on y trouvera peu d'événements qui ne puissent servir à l'instruction des mœurs; et c'est rendre, à mon avis, un service considérable au public, que de l'instruire en l'amusant.

On ne peut réfléchir sur les préceptes de la morale, sans être étonné de les voir tout à la fois estimés et négligés; et l'on se demande la raison de cette bizarrerie du cœur humain, qui lui fait goûter des idées de bien et de perfection, dont il s'éloigne dans la pratique. Si les personnes d'un certain ordre d'esprit et de politesse veulent examiner quelle est la matière la plus commune de leurs conversations, ou même de leurs rêveries solitaires, il leur sera aisé de remarquer qu'elles tournent presque toujours sur quelques considérations mo-

rales. Les plus doux moments de leur vie sont ceux
qu'ils passent, ou seuls, ou avec un ami, à s'entretenir à cœur ouvert des charmes de la vertu, des
douceurs de l'amitié, des moyens d'arriver au
bonheur, des faiblesses de la nature qui nous en
éloignent, et des remèdes qui peuvent les guérir.
Horace et Boileau marquent cet entretien comme
un des plus beaux traits dont ils composent l'image
d'une vie heureuse. Comment arrive-t-il donc qu'on
tombe si facilement de ces hautes spéculations et
qu'on se retrouve sitôt au niveau du commun des
hommes? Je suis trompé si la raison que je vais en
apporter n'explique bien cette contradiction de nos
idées et de notre conduite; c'est que, tous les préceptes de la morale n'étant que des principes vagues
et généraux, il est très difficile d'en faire une application particulière au détail des mœurs et des
actions. Mettons la chose dans un exemple. Les
âmes bien nées sentent que la douceur et l'humanité sont des vertus aimables, et sont portées d'inclination à les pratiquer; mais sont-elles au
moment de l'exercice, elles demeurent souvent
suspendues. En est-ce réellement l'occasion? Sait-
on bien qu'elle en doit être la mesure? Ne se
trompe-t-on point sur l'objet? Cent difficultés
arrêtent. On craint de devenir dupe en voulant être
bienfaisant et libéral; de passer pour faible en
paraissant trop tendre et trop sensible; en un mot,
d'excéder ou de ne pas remplir assez des devoirs
qui sont renfermés d'une manière trop obscure
dans les notions générales d'humanité et de douceur. Dans cette incertitude, il n'y a que l'expé-

rience ou l'exemple qui puisse déterminer raisonnablement le penchant du cœur. Or l'expérience
n'est point un avantage qu'il soit libre à tout le
monde de se donner; elle dépend des situations
différentes où l'on se trouve placé par la fortune.
Il ne reste donc que l'exemple qui puisse servir
de règle à quantité de personnes dans l'exercice
de la vertu. C'est précisément pour cette sorte de
lecteurs que des ouvrages tels que celui-ci peuvent
être d'une extrême utilité, du moins lorsqu'ils sont
écrits par une personne d'honneur et de bon sens.
Chaque fait qu'on y rapporte est un degré de
lumière, une instruction qui supplée à l'expérience;
chaque aventure est un modèle d'après lequel on
peut se former; il n'y manque que d'être ajusté
aux circonstances où l'on se trouve. L'ouvrage
entier est un traité de morale, réduit agréablement
en exercice.

Un lecteur sévère s'offensera peut-être de me
voir reprendre la plume, à mon âge, pour écrire
des aventures de fortune et d'amour; mais, si la
réflexion que je viens de faire est solide, elle me
justifie; si elle est fausse, mon erreur sera mon
excuse.

PREMIÈRE PARTIE

JE suis obligé de faire remonter mon lecteur au temps de ma vie où je rencontrai pour la première fois le chevalier des Grieux. Ce fut environ six mois avant mon départ pour l'Espagne. Quoique je sortisse rarement de ma solitude, la complaisance que j'avais pour ma fille m'engageait quelquefois à divers petits voyages, que j'abrégeais autant qu'il m'était possible. Je revenais un jour de Rouen, où elle m'avait prié d'aller solliciter une affaire au Parlement de Normandie pour la succession de quelques terres auxquelles je lui avais laissé des prétentions du côté de mon grand-père maternel. Ayant repris mon chemin par Évreux, où je couchai la première nuit, j'arrivai le lendemain pour dîner à Pacy, qui en est éloigné de cinq ou six lieues. Je fus surpris, en entrant dans ce bourg, d'y voir tous les habitants en alarme. Ils se précipitaient de leurs maisons pour courir en foule à la porte d'une mauvaise hôtellerie, devant laquelle étaient deux chariots couverts. Les chevaux, qui étaient encore attelés et qui paraissaient fumants de fatigue et de chaleur, marquaient que ces deux voitures ne faisaient qu'arriver. Je m'arrêtai un moment pour m'informer d'où venait le tumulte; mais je tirai peu d'éclaircissement d'une populace curieuse, qui ne faisait nulle attention à mes demandes, et qui s'avançait toujours vers l'hôtellerie, en se poussant avec beaucoup de confusion. Enfin, un archer revêtu d'une bandoulière, et le mousquet sur l'épaule, ayant paru à la porte, je lui fis signe de la main de venir à moi. Je le priai de m'apprendre le sujet de ce désordre. Ce n'est rien, monsieur, me dit-il; c'est une douzaine de filles de joie que je conduis, avec mes compagnons, jusqu'au Havre-de-Grâce, où nous les ferons embarquer pour l'Amérique. Il y en a quelques-unes de jolies, et c'est apparemment ce qui excite la curiosité de ces bons paysans. J'aurais passé après cette explication, si je n'eusse été arrêté par les exclamations d'une vieille femme qui sortait de l'hôtellerie en joignant les mains, et criant que c'était une chose barbare, une chose qui faisait horreur et compassion. De quoi s'agit-il donc? lui dis-je. Ah! monsieur, entrez, répondit-elle, et voyez si ce spectacle n'est pas capable de fendre le cœur! La curiosité me fit descendre de mon cheval, que je laissai à mon palefrenier. J'entrai avec peine, en perçant la foule, et je vis, en effet, quelque chose d'assez touchant. Parmi les douze filles qui étaient enchaînées six par six par le milieu du corps, il y en avait une dont l'air et la figure étaient si peu conformes à sa condition, qu'en tout autre état je l'eusse prise pour une personne du premier rang. Sa tristesse et la saleté de son linge et de ses habits l'enlaidissaient si peu que sa vue m'inspira du respect et de la pitié. Elle tâchait néanmoins de se tourner, autant que sa chaîne pouvait le permettre, pour dérober son visage aux yeux des spectateurs. L'effort qu'elle faisait pour se cacher était si naturel, qu'il paraissait venir d'un sentiment de modestie. Comme les six gardes qui accompagnaient cette malheureuse bande étaient aussi dans la chambre, je pris le chef en particulier et je lui demandai quelques lumières sur le sort de cette belle fille. Il ne put m'en donner que de fort générales. Nous l'avons tirée de l'Hôpital, me dit-il, par ordre de M. le Lieutenant général de Police. Il n'y a pas d'apparence qu'elle y eût été renfermée pour ses bonnes actions. Je l'ai interrogée plusieurs fois sur la route, elle s'obstine à ne me rien répondre. Mais, quoique je n'aie pas reçu ordre de la ménager plus que les autres, je ne laisse pas d'avoir quelques égards pour elle, parce qu'il me semble qu'elle vaut un peu mieux que ses compagnes. Voilà un jeune homme, ajouta l'archer, qui pourrait vous instruire mieux que moi sur la cause de sa disgrâce; il l'a suivie depuis Paris, sans cesser presque un moment de pleurer. Il faut que ce soit son frère ou son amant. Je me tournai vers le coin de la chambre où ce jeune homme était assis. Il paraissait enseveli dans une rêverie profonde. Je n'ai jamais vu de plus vive image de la douleur. Il était mis fort simplement; mais on distingue, au premier coup d'œil, un homme qui a de la naissance et de l'éducation. Je m'approchai de lui. Il se leva; et je découvris dans ses yeux, dans sa figure et dans tous ses mouvements, un air si fin et si noble que je me sentis porté naturellement à lui vouloir du bien. Que je ne vous trouble point, lui dis-je, en m'asseyant près de lui. Voulez-vous bien satisfaire la curiosité que j'ai de connaître cette belle personne, qui ne me paraît point faite pour le triste état où je la vois? Il me répondit honnêtement qu'il ne pouvait m'apprendre qui elle était sans se faire connaître lui-même, et qu'il avait de fortes raisons pour souhaiter de demeurer inconnu. Je puis vous dire, néanmoins, ce que ces misérables n'ignorent point, continua-t-il en montrant les archers, c'est que je l'aime avec une passion si violente qu'elle me rend le plus infortuné de tous les hommes. J'ai tout employé, à Paris, pour obtenir sa liberté. Les sollicitations, l'adresse et la force m'ont été inutiles; j'ai pris le parti de la suivre, dût-elle aller au bout du monde. Je m'embarquerai avec elle; je passerai en Amérique. Mais ce qui est de la dernière inhumanité, ces lâches coquins, ajouta-t-il en parlant des archers, ne veulent pas me permettre d'approcher d'elle. Mon dessein était de les attaquer ouvertement, à quelques lieues de Paris. Je m'étais associé quatre hommes qui m'avaient promis leur secours pour une somme considérable. Les traîtres m'ont laissé seul aux mains et sont partis avec mon argent. L'impossibilité de réussir par la force m'a fait mettre les armes bas. J'ai proposé aux archers de me permettre du moins de les suivre en leur offrant de les récompenser. Le désir du gain les y a fait consentir.

Ils ont voulu être payés chaque fois qu'ils m'ont accordé la liberté de parler à ma maîtresse. Ma bourse s'est épuisée en peu de temps, et maintenant que je suis sans un sou, ils ont la barbarie de me repousser brutalement lorsque je fais un pas vers elle. Il n'y a qu'un instant, qu'ayant osé m'en approcher malgré leurs menaces, ils ont eu l'insolence de lever contre moi le bout du fusil. Je suis obligé, pour satisfaire leur avarice et pour me mettre en état de continuer la route à pied, de vendre ici un mauvais cheval qui m'a servi jusqu'à présent de monture.

Quoiqu'il parût faire assez tranquillement ce récit, il laissa tomber quelques larmes en le finissant. Cette aventure me parut des plus extraordinaires et des plus touchantes. Je ne vous presse pas, lui dis-je, de me découvrir le secret de vos affaires, mais, si je puis vous être utile à quelque chose, je m'offre volontiers à vous rendre service. Hélas! reprit-il, je ne vois pas le moindre jour à l'espérance. Il faut que je me soumette à toute la rigueur de mon sort. J'irai en Amérique. J'y serai du moins libre avec ce que j'aime. J'ai écrit à un de mes amis qui me fera tenir quelque secours au Havre-de-Grâce. Je ne suis embarrassé que pour m'y conduire et pour procurer à cette pauvre créature, ajouta-t-il en regardant tristement sa maîtresse, quelque soulagement sur la route. Hé bien, lui dis-je, je vais finir votre embarras. Voici quelque argent que je vous prie d'accepter. Je suis fâché de ne pouvoir vous servir autrement. Je lui donnai quatre louis d'or, sans que les gardes s'en

aperçussent, car je jugeais bien que, s'ils lui sa-
vaient cette somme, ils lui vendraient plus chère-
ment leurs secours. Il me vint même à l'esprit de
faire marché avec eux pour obtenir au jeune amant
la liberté de parler continuellement à sa maîtresse
jusqu'au Havre. Je fis signe au chef de s'approcher,
et je lui en fis la proposition. Il en parut honteux,
malgré son effronterie. Ce n'est pas, monsieur,
répondit-il d'un air embarrassé, que nous refu-
sions de le laisser parler à cette fille, mais il voudrait être sans cesse auprès d'elle; cela nous est
incommode; il est bien juste qu'il paye pour l'incommodité. Voyons donc, lui dis-je, ce qu'il faudrait pour vous empêcher de la sentir. Il eut l'au-
dace de me demander deux louis. Je les lui donnai
sur-le-champ : Mais prenez garde, lui dis-je, qu'il
ne vous échappe quelque friponnerie; car je vais
laisser mon adresse à ce jeune homme, afin qu'il
puisse m'en informer, et comptez que j'aurai le
pouvoir de vous faire punir. Il m'en coûta six louis
d'or. La bonne grâce et la vive reconnaissance
avec laquelle ce jeune inconnu me remercia, ache-
vèrent de me persuader qu'il était né quelque chose,
et qu'il méritait ma libéralité. Je dis quelques mots
à sa maîtresse avant que de sortir. Elle me répondit
avec une modestie si douce et si charmante, que
je ne pus m'empêcher de faire, en sortant, mille
réflexions sur le caractère incompréhensible des
femmes.

   Étant retourné à ma solitude, je ne fus point
informé de la suite de cette aventure. Il se passa
près de deux ans, qui me la firent oublier tout à

fait, jusqu'à ce que le hasard me fît renaître l'occasion d'en apprendre à fond toutes les circonstances. J'arrivais de Londres à Calais, avec le marquis de..., mon élève. Nous logeâmes, si je m'en souviens bien, au *Lion d'Or,* où quelques raisons nous obligèrent de passer le jour entier et la nuit suivante. En marchant l'après-midi dans les rues, je crus apercevoir ce même jeune homme dont j'avais fait la rencontre à Pacy. Il était en fort mauvais équipage, et beaucoup plus pâle que je ne l'avais vu la première fois. Il portait sur le bras un vieux portemanteau, ne faisant qu'arriver dans la ville. Cependant, comme il avait la physionomie trop belle pour n'être pas reconnu facilement, je le remis aussitôt. Il faut, dis-je au marquis, que nous abordions ce jeune homme. Sa joie fut plus vive que toute expression, lorsqu'il m'eut remis à son tour. Ah! monsieur, s'écria-t-il en me baisant la main, je puis donc encore une fois vous marquer mon immortelle reconnaissance! Je lui demandai d'où il venait. Il me répondit qu'il arrivait, par mer, du Havre-de-Grâce, où il était revenu de l'Amérique peu auparavant. Vous ne me paraissez pas fort bien en argent, lui dis-je. Allez-vous-en au *Lion d'Or,* où je suis logé. Je vous rejoindrai dans un moment. J'y retournai en effet, plein d'impatience d'apprendre le détail de son infortune et les circonstances de son voyage d'Amérique. Je lui fis mille caresses, et j'ordonnai qu'on ne le laissât manquer de rien. Il n'attendit point que je le pressasse de me raconter l'histoire de sa vie. Monsieur, me dit-il, vous en usez si noblement avec moi, que je me

reprocherais, comme une basse ingratitude, d'avoir
quelque chose de réservé pour vous. Je veux vous
apprendre, non seulement mes malheurs et mes
peines, mais encore mes désordres et mes plus hon-
teuses faiblesses. Je suis sûr qu'en me condamnant,
vous ne pourrez pas vous empêcher de me plaindre.

Je dois avertir ici le lecteur que j'écrivis son histoire presque aussitôt après l'avoir entendue, et
qu'on peut s'assurer, par conséquent, que rien n'est
plus exact et plus fidèle que cette narration. Je dis
fidèle jusque dans la relation des réflexions et des
sentiments que le jeune aventurier exprimait de la
meilleure grâce du monde. Voici donc son récit,
auquel je ne mêlerai, jusqu'à la fin, rien qui ne soit
de lui.

J'avais dix-sept ans, et j'achevais mes études de
philosophie à Amiens, où mes parents, qui sont
d'une des meilleures maisons de P., m'avaient
envoyé. Je menais une vie si sage et si réglée, que
mes maîtres me proposaient pour l'exemple du
collège. Non que je fisse des efforts extraordinaires
pour mériter cet éloge, mais j'ai l'humeur naturellement douce et tranquille : je m'appliquais à l'étude
par inclination, et l'on me comptait pour des
vertus quelques marques d'aversion naturelle pour
le vice. Ma naissance, le succès de mes études et
quelques agréments extérieurs m'avaient fait connaître et estimer de tous les honnêtes gens de la
ville. J'achevai mes exercices publics avec une
approbation si générale, que Monsieur l'Évêque,

qui y assistait, me proposa d'entrer dans l'état
ecclésiastique, où je ne manquerais pas, disait-il,
de m'attirer plus de distinction que dans l'ordre de
Malte, auquel mes parents me destinaient. Ils me
faisaient déjà porter la croix, avec le nom de chevalier des Grieux. Les vacances arrivant, je me préparais à retourner chez mon père, qui m'avait promis de m'envoyer bientôt à l'Académie. Mon seul
regret, en quittant Amiens, était d'y laisser un ami
avec lequel j'avais toujours été tendrement uni. Il
était de quelques années plus âgé que moi. Nous
avions été élevés ensemble, mais le bien de sa maison étant des plus médiocres, il était obligé de
prendre l'état ecclésiastique, et de demeurer à
Amiens après moi, pour y faire les études qui
conviennent à cette profession. Il avait mille bonnes
qualités. Vous le connaîtrez par les meilleures dans
la suite de mon histoire, et surtout, par un zèle et
une générosité en amitié qui surpassent les plus
célèbres exemples de l'antiquité. Si j'eusse alors
suivi ses conseils, j'aurais toujours été sage et heureux. Si j'avais, du moins, profité de ses reproches
dans le précipice où mes passions m'ont entraîné,
j'aurais sauvé quelque chose du naufrage de ma fortune et de ma réputation. Mais il n'a point recueilli
d'autre fruit de ses soins que le chagrin de les voir
inutiles et, quelquefois, durement récompensés par
un ingrat qui s'en offensait, et qui les traitait d'importunités.

J'avais marqué le temps de mon départ d'Amiens.
Hélas! que ne le marquais-je un jour plus tôt!
j'aurais porté chez mon père toute mon innocence.

La veille même de celui que je devais quitter cette
ville, étant à me promener avec mon ami, qui
s'appelait Tiberge, nous vîmes arriver le coche
d'Arras, et nous le suivîmes jusqu'à l'hôtellerie où
ces voitures descendent. Nous n'avions pas d'autre
motif que la curiosité. Il en sortit quelques femmes,
qui se retirèrent aussitôt. Mais il en resta une, fort
jeune, qui s'arrêta seule dans la cour, pendant
qu'un homme d'un âge avancé, qui paraissait lui
servir de conducteur, s'empressait pour faire tirer
son équipage des paniers. Elle me parut si charmante que moi, qui n'avais jamais pensé à la différence des sexes, ni regardé une fille avec un peu
d'attention, moi, dis-je, dont tout le monde admirait la sagesse et la retenue, je me trouvai enflammé
tout d'un coup jusqu'au transport. J'avais le défaut
d'être excessivement timide et facile à déconcerter ;
mais loin d'être arrêté alors par cette faiblesse, je
m'avançai vers la maîtresse de mon cœur. Quoiqu'elle fût encore moins âgée que moi, elle reçut
mes politesses sans paraître embarrassée. Je lui
demandai ce qui l'amenait à Amiens et si elle y
avait quelques personnes de connaissance. Elle me
répondit ingénument qu'elle y était envoyée par
ses parents pour être religieuse. L'amour me rendait déjà si éclairé, depuis un moment qu'il était
dans mon cœur, que je regardai ce dessein comme
un coup mortel pour mes désirs. Je lui parlai d'une
manière qui lui fit comprendre mes sentiments,
car elle était bien plus expérimentée que moi.
C'était malgré elle qu'on l'envoyait au couvent,
pour arrêter sans doute son penchant au plaisir,

qui s'était déjà déclaré et qui a causé, dans la suite, tous ses malheurs et les miens. Je combattis la cruelle intention de ses parents par toutes les raisons que mon amour naissant et mon éloquence scolastique purent me suggérer. Elle n'affecta ni rigueur ni dédain. Elle me dit, après un moment de silence, qu'elle ne prévoyait que trop qu'elle allait être malheureuse, mais que c'était apparemment la volonté du Ciel, puisqu'il ne lui laissait nul moyen de l'éviter. La douceur de ses regards, un air charmant de tristesse en prononçant ces paroles, ou plutôt, l'ascendant de ma destinée qui m'entraînait à ma perte, ne me permirent pas de balancer un moment sur ma réponse. Je l'assurai que, si elle voulait faire quelque fond sur mon honneur et sur la tendresse infinie qu'elle m'inspirait déjà, j'emploierais ma vie pour la délivrer de la tyrannie de ses parents, et pour la rendre heureuse. Je me suis étonné mille fois, en y réfléchissant, d'où me venait alors tant de hardiesse et de facilité à m'exprimer; mais on ne ferait pas une divinité de l'amour, s'il n'opérait souvent des prodiges. J'ajoutai mille choses pressantes. Ma belle inconnue savait bien qu'on n'est point trompeur à mon âge; elle me confessa que, si je voyais quelque jour à la pouvoir mettre en liberté, elle croirait m'être redevable de quelque chose de plus cher que la vie. Je lui répétai que j'étais prêt à tout entreprendre, mais, n'ayant point assez d'expérience pour imaginer tout d'un coup les moyens de la servir, je m'en tenais à cette assurance générale, qui ne pouvait être d'un grand secours pour elle et pour moi. Son vieil Argus étant venu nous rejoindre, mes espérances allaient échouer si elle n'eût eu assez d'esprit pour suppléer à la stérilité du mien. Je fus surpris, à l'arrivée de son conducteur, qu'elle m'appelât son cousin et que, sans paraître déconcertée le moins du monde, elle me dît que, puisqu'elle était assez heureuse pour me rencontrer à Amiens, elle remettait au lendemain son entrée dans le couvent, afin de se procurer le plaisir de souper avec moi. J'entrai fort bien dans le sens de cette ruse. Je lui proposai de se loger dans une hôtellerie, dont le maître, qui s'était établi à Amiens, après avoir été longtemps cocher de mon père, était dévoué entièrement à mes ordres. Je l'y conduisis moi-même, tandis que le vieux conducteur paraissait un peu murmurer, et que mon ami Tiberge, qui ne comprenait rien à cette scène, me suivait sans prononcer une parole. Il n'avait point entendu notre entretien. Il était demeuré à se promener dans la cour pendant que je parlais d'amour à ma belle maîtresse. Comme je redoutais sa sagesse, je me défis de lui par une commission dont je le priai de se charger. Ainsi j'eus le plaisir, en arrivant à l'auberge, d'entretenir seul la souveraine de mon cœur. Je reconnus bientôt que j'étais moins enfant que je ne le croyais. Mon cœur s'ouvrit à mille sentiments de plaisir dont je n'avais jamais eu l'idée. Une douce chaleur se répandit dans toutes mes veines. J'étais dans une espèce de transport, qui m'ôta pour quelque temps la liberté de la voix et qui ne s'exprimait que par mes yeux. Mademoiselle Manon Lescaut, c'est ainsi qu'elle me dit qu'on la nommait, parut fort satisfaite de cet effet de ses charmes. Je crus apercevoir qu'elle n'était pas moins émue que moi. Elle me confessa qu'elle me trouvait aimable et qu'elle serait ravie de m'avoir obligation de sa liberté. Elle voulut savoir qui j'étais, et cette connaissance augmenta son affection, parce qu'étant d'une naissance commune, elle se trouva flattée d'avoir fait la conquête d'un amant tel que moi. Nous nous entretînmes des moyens d'être l'un à l'autre. Après quantité de réflexions, nous ne trouvâmes point d'autre voie que celle de la fuite. Il fallait tromper la vigilance du conducteur, qui était un homme à ménager, quoiqu'il ne fût qu'un domestique. Nous réglâmes que je ferais préparer pendant la nuit une chaise de poste, et que je reviendrais de grand matin à l'auberge avant qu'il fût éveillé; que nous nous déroberions secrètement, et que nous irions droit à Paris, où nous nous ferions marier en arrivant. J'avais environ cinquante écus, qui étaient le fruit de mes petites épargnes; elle en avait à peu près le double. Nous nous imaginâmes, comme des enfants sans expérience, que cette somme ne finirait jamais, et nous ne comptâmes pas moins sur le succès de nos autres mesures.

Après avoir soupé avec plus de satisfaction que je n'en avais jamais ressenti, je me retirai pour exécuter notre projet. Mes arrangements furent d'autant plus faciles, qu'ayant eu dessein de retourner le lendemain chez mon père, mon petit équipage était déjà préparé. Je n'eus donc nulle peine à faire transporter ma malle, et à faire tenir une chaise prête pour cinq heures du matin, qui étaient

le temps où les portes de la ville devaient être
ouvertes; mais je trouvai un obstacle dont je ne me
défiais point, et qui faillit de rompre entièrement
mon dessein.

Tiberge, quoique âgé seulement de trois ans
plus que moi, était un garçon d'un sens mûr et
d'une conduite fort réglée. Il m'aimait avec une
tendresse extraordinaire. La vue d'une aussi jolie
fille que Mademoiselle Manon, mon empressement
à la conduire, et le soin que j'avais eu de me défaire de lui en l'éloignant, lui firent naître quelques
soupçons de mon amour. Il n'avait osé revenir à
l'auberge, où il m'avait laissé, de peur de m'offenser par son retour; mais il était allé m'attendre à
mon logis, où je le trouvai en arrivant, quoiqu'il
fût dix heures du soir. Sa présence me chagrina. Il
s'aperçut facilement de la contrainte qu'elle me
causait. Je suis sûr, me dit-il sans déguisement, que
vous méditez quelque dessein que vous me voulez
cacher; je le vois à votre air. Je lui répondis assez
brusquement que je n'étais pas obligé de lui rendre
compte de tous mes desseins. Non, reprit-il, mais
vous m'avez toujours traité en ami, et cette qualité
suppose un peu de confiance et d'ouverture. Il me
pressa si fort et si longtemps de lui découvrir
mon secret, que, n'ayant jamais eu de réserve avec
lui, je lui fis l'entière confidence de ma passion. Il
la reçut avec une apparence de mécontentement
qui me fit frémir. Je me repentis surtout de l'indiscrétion avec laquelle je lui avais découvert le dessein de ma fuite. Il me dit qu'il était trop parfaitement mon ami pour ne pas s'y opposer de tout son

pouvoir; qu'il voulait me représenter d'abord tout
ce qu'il croyait capable de m'en détourner, mais
que, si je ne renonçais pas ensuite à cette misérable
résolution, il avertirait des personnes qui pourraient
l'arrêter à coup sûr. Il me tint là-dessus un discours sérieux qui dura plus d'un quart d'heure, et
qui finit encore par la menace de me dénoncer, si
je ne lui donnais ma parole de me conduire avec
plus de sagesse et de raison. J'étais au désespoir
de m'être trahi si mal à propos. Cependant,
l'amour m'ayant ouvert extrêmement l'esprit depuis deux ou trois heures, je fis attention que je ne
lui avais pas découvert que mon dessein devait
s'exécuter le lendemain, et je résolus de le tromper
à la faveur d'une équivoque : Tiberge, lui dis-je,
j'ai cru jusqu'à présent que vous étiez mon ami, et
j'ai voulu vous éprouver par cette confidence. Il est
vrai que j'aime, je ne vous ai pas trompé, mais,
pour ce qui regarde ma fuite, ce n'est point une
entreprise à former au hasard. Venez me prendre
demain à neuf heures; je vous ferai voir, s'il se
peut, ma maîtresse, et vous jugerez si elle mérite
que je fasse cette démarche pour elle. Il me laissa
seul, après mille protestations d'amitié. J'employai
la nuit à mettre ordre à mes affaires, et m'étant
rendu à l'hôtellerie de Mademoiselle Manon vers la
pointe du jour, je la trouvai qui m'attendait. Elle
était à sa fenêtre, qui donnait sur la rue, de sorte
que, m'ayant aperçu, elle vint m'ouvrir elle-même.
Nous sortîmes sans bruit. Elle n'avait point d'autre
équipage que son linge, dont je me chargeai moi-
même. La chaise était en état de partir; nous nous

éloignâmes aussitôt de la ville. Je rapporterai, dans la suite, quelle fut la conduite de Tiberge, lorsqu'il s'aperçut que je l'avais trompé. Son zèle n'en devint pas moins ardent. Vous verrez à quel excès il le porta, et combien je devrais verser de larmes en songeant quelle en a toujours été la récompense.

Nous nous hâtâmes tellement d'avancer que nous arrivâmes à Saint-Denis avant la nuit. J'avais couru à cheval à côté de la chaise, ce qui ne nous avait guère permis de nous entretenir qu'en changeant de chevaux; mais lorsque nous nous vîmes si proche de Paris, c'est-à-dire presque en sûreté, nous prîmes le temps de nous rafraîchir, n'ayant rien mangé depuis notre départ d'Amiens. Quelque passionné que je fusse pour Manon, elle sut me persuader qu'elle ne l'était pas moins pour moi. Nous étions si peu réservés dans nos caresses, que nous n'avions pas la patience d'attendre que nous fussions seuls. Nos postillons et nos hôtes nous regardaient avec admiration, et je remarquais qu'ils étaient surpris de voir deux enfants de notre âge, qui paraissaient s'aimer jusqu'à la fureur. Nos projets de mariage furent oubliés à Saint-Denis; nous fraudâmes les droits de l'Église, et nous nous trouvâmes époux sans y avoir fait réflexion. Il est sûr que, du naturel tendre et constant dont je suis, j'étais heureux pour toute ma vie, si Manon m'eût été fidèle. Plus je la connaissais, plus je découvrais en elle de nouvelles qualités aimables. Son esprit, son cœur, sa douceur et sa beauté formaient une chaîne si forte et si charmante, que j'aurais mis tout mon bonheur à n'en sortir jamais. Terrible changement! Ce qui fait mon désespoir a pu faire ma félicité. Je me trouve le plus malheureux de tous les hommes, par cette même constance dont je devais attendre le plus doux de tous les sorts, et les plus parfaites récompenses de l'amour.

Nous prîmes un appartement meublé à Paris. Ce fut dans la rue V... et, pour mon malheur, auprès de la maison de M. de B..., célèbre fermier général. Trois semaines se passèrent, pendant lesquelles j'avais été si rempli de ma passion que j'avais peu songé à ma famille et au chagrin que mon père avait dû ressentir de mon absence. Cependant, comme la débauche n'avait nulle part à ma conduite, et que Manon se comportait aussi avec beaucoup de retenue, la tranquillité où nous vivions servit à me faire rappeler peu à peu l'idée de mon devoir. Je résolus de me réconcilier, s'il était possible, avec mon père. Ma maîtresse était si aimable que je ne doutai point qu'elle ne pût lui plaire, si je trouvais moyen de lui faire connaître sa sagesse et son mérite : en un mot, je me flattai d'obtenir de lui la liberté de l'épouser, ayant été désabusé de l'espérance de le pouvoir sans son consentement. Je communiquai ce projet à Manon, et je lui fis entendre qu'outre les motifs de l'amour et du devoir, celui de la nécessité pouvait y entrer aussi pour quelque chose, car nos fonds étaient extrêmement altérés, et je commençais à revenir de l'opinion qu'ils étaient inépuisables. Manon reçut froidement cette proposition. Cependant, les difficultés qu'elle y opposa n'étant prises que de sa tendresse même et de la crainte de me perdre, si mon père

n'entrait point dans notre dessein après avoir
connu le lieu de notre retraite, je n'eus pas le
moindre soupçon du coup cruel qu'on se préparait
à me porter. A l'objection de la nécessité, elle
répondit qu'il nous restait encore de quoi vivre
quelques semaines, et qu'elle trouverait, après cela,
des ressources dans l'affection de quelques parents
à qui elle écrirait en province. Elle adoucit son
refus par des caresses si tendres et si passionnées,
que moi, qui ne vivais que dans elle, et qui n'avais
pas la moindre défiance de son cœur, j'applaudis à
toutes ses réponses et à toutes ses résolutions. Je lui
avais laissé la disposition de notre bourse, et le
soin de payer notre dépense ordinaire. Je m'aperçus, peu après, que notre table était mieux servie,
et qu'elle s'était donné quelques ajustements d'un
prix considérable. Comme je n'ignorais pas qu'il
devait nous rester à peine douze ou quinze pistoles,
je lui marquai mon étonnement de cette augmentation apparente de notre opulence. Elle me pria,
en riant, d'être sans embarras. Ne vous ai-je pas
promis, me dit-elle, que je trouverais des ressources? Je l'aimais avec trop de simplicité pour
m'alarmer facilement.

Un jour que j'étais sorti l'après-midi, et que je
l'avais avertie que je serais dehors plus longtemps
qu'à l'ordinaire, je fus étonné qu'à mon retour
on me fît attendre deux ou trois minutes à la porte.
Nous n'étions servis que par une petite fille qui était
à peu près de notre âge. Étant venue m'ouvrir, je
lui demandai pourquoi elle avait tardé si longtemps. Elle me répondit, d'un air embarrassé,

qu'elle ne m'avait point entendu frapper. Je n'avais frappé qu'une fois; je lui dis : Mais, si vous ne m'avez pas entendu, pourquoi êtes-vous donc venue m'ouvrir? Cette question la déconcerta si fort, que, n'ayant point assez de présence d'esprit pour y répondre, elle se mit à pleurer, en m'assurant que ce n'était point sa faute, et que madame lui avait défendu d'ouvrir la porte jusqu'à ce que M. de B... fût sorti par l'autre escalier, qui répondait au cabinet. Je demeurai si confus, que je n'eus point la force d'entrer dans l'appartement. Je pris le parti de descendre sous prétexte d'une affaire, et j'ordonnai à cet enfant de dire à sa maîtresse que je retournerais dans le moment, mais de ne pas faire connaître qu'elle m'eût parlé de M. de B...

Ma consternation fut si grande, que je versais des larmes en descendant l'escalier, sans savoir encore de quel sentiment elles partaient. J'entrai dans le premier café et m'y étant assis près d'une table, j'appuyai la tête sur mes deux mains pour y développer ce qui se passait dans mon cœur. Je n'osais rappeler ce que je venais d'entendre. Je voulais le considérer comme une illusion, et je fus prêt deux ou trois fois de retourner au logis, sans marquer que j'y eusse fait attention. Il me paraissait si impossible que Manon m'eût trahi, que je craignais de lui faire injure en la soupçonnant. Je l'adorais, cela était sûr; je ne lui avais pas donné plus de preuves d'amour que je n'en avais reçu d'elle; pourquoi l'aurais-je accusée d'être moins sincère et moins constante que moi? Quelle raison

aurait-elle eue de me tromper? Il n'y avait que
trois heures qu'elle m'avait accablé de ses plus
tendres caresses et qu'elle avait reçu les miennes
avec transport; je ne connaissais pas mieux mon
cœur que le sien. Non, non, repris-je, il n'est pas
possible que Manon me trahisse. Elle n'ignore pas
que je ne vis que pour elle. Elle sait trop bien que
je l'adore. Ce n'est pas là un sujet de me haïr.

Cependant la visite et la sortie furtive de M. de
B... me causaient de l'embarras. Je rappelais aussi les
petites acquisitions de Manon, qui me semblaient
surpasser nos richesses présentes. Cela paraissait
sentir les libéralités d'un nouvel amant. Et cette
confiance qu'elle m'avait marquée pour des ressources qui m'étaient inconnues! J'avais peine à
donner à tant d'énigmes un sens aussi favorable
que mon cœur le souhaitait. D'un autre côté, je ne
l'avais presque pas perdue de vue depuis que nous
étions à Paris. Occupations, promenades, divertisse-
ments, nous avions toujours été l'un à côté de
l'autre; mon Dieu! un instant de séparation nous
aurait trop affligés. Il fallait nous dire sans cesse
que nous nous aimions; nous serions morts d'inquiétude sans cela. Je ne pouvais donc m'imaginer
presque un seul moment où Manon pût s'être
occupée d'un autre que moi. A la fin, je crus avoir
trouvé le dénouement de ce mystère. M. de B...,
dis-je en moi-même, est un homme qui fait de
grosses affaires, et qui a de grandes relations; les
parents de Manon se seront servis de cet homme
pour lui faire tenir quelque argent. Elle en a peut-
être déjà reçu de lui; il est venu aujourd'hui lui en

apporter encore. Elle s'est fait sans doute un jeu
de me le cacher, pour me surprendre agréablement.
Peut-être m'en aurait-elle parlé si j'étais rentré à
l'ordinaire, au lieu de venir ici m'affliger; elle ne
me le cachera pas, du moins, lorsque je lui en
parlerai moi-même.

Je me remplis si fortement de cette opinion,
qu'elle eut la force de diminuer beaucoup ma tristesse. Je retournai sur-le-champ au logis. J'embrassai Manon avec ma tendresse ordinaire. Elle me
reçut fort bien. J'étais tenté d'abord de lui découvrir mes conjectures, que je regardais plus que
jamais comme certaines; je me retins, dans l'espérance qu'il lui arriverait peut-être de me prévenir,
en m'apprenant tout ce qui s'était passé. On nous
servit à souper. Je me mis à table d'un air fort gai;
mais à la lumière de la chandelle qui était entre elle
et moi, je crus apercevoir de la tristesse sur le
visage et dans les yeux de ma chère maîtresse. Cette
pensée m'en inspira aussi. Je remarquai que ses
regards s'attachaient sur moi d'une autre façon
qu'ils n'avaient accoutumé. Je ne pouvais démêler
si c'était de l'amour ou de la compassion, quoiqu'il me parût que c'était un sentiment doux et
languissant. Je la regardai avec la même attention;
et peut-être n'avait-elle pas moins de peine à juger
de la situation de mon cœur par mes regards. Nous
ne pensions ni à parler, ni à manger. Enfin, je vis
tomber des larmes de ses beaux yeux : perfides
larmes! Ah Dieux! m'écriai-je, vous pleurez, ma
chère Manon; vous êtes affligée jusqu'à pleurer, et
vous ne me dites pas un seul mot de vos peines.

Elle ne me répondit que par quelques soupirs qui augmentèrent mon inquiétude. Je me levai en tremblant. Je la conjurai, avec tous les empressements de l'amour, de me découvrir le sujet de ses pleurs; j'en versai moi-même en essuyant les siens; j'étais plus mort que vif. Un barbare aurai été attendri des témoignages de ma douleur et de ma crainte. Dans le temps que j'étais ainsi tout occupé d'elle, j'entendis le bruit de plusieurs personnes qui montaient l'escalier. On frappa doucement à la porte. Manon me donna un baiser, et s'échappant de mes bras, elle entra rapidement dans le cabinet, qu'elle ferma aussitôt sur elle. Je me figurai qu'étant un peu en désordre, elle voulait se cacher aux yeux des étrangers qui avaient frappé. J'allai leur ouvrir moi-même. A peine avais-je ouvert, que je me vis saisir par trois hommes, que je reconnus pour les laquais de mon père. Ils ne me firent point de violence; mais deux d'entre eux m'ayant pris par le bras, le troisième visita mes poches, dont il tira un petit couteau qui était le seul fer que j'eusse sur moi. Ils me demandèrent pardon de la nécessité où ils étaient de me manquer de respect; ils me dirent naturellement qu'ils agissaient par l'ordre de mon père, et que mon frère aîné m'attendait en bas dans un carrosse. J'étais si troublé, que je me laissai conduire sans résister et sans répondre. Mon frère était effectivement à m'attendre. On me mit dans le carrosse, auprès de lui, et le cocher, qui avait ses ordres, nous conduisit à grand train jusqu'à Saint-Denis. Mon frère m'embrassa tendrement, mais il ne me parla point, de sorte que j'eus tout le loisir dont j'avais besoin, pour rêver à mon infortune.

J'y trouvai d'abord tant d'obscurité que je ne voyais pas de jour à la moindre conjecture. J'étais trahi cruellement. Mais par qui? Tiberge fut le premier qui me vint à l'esprit. Traître! disais-je, c'est fait de ta vie si mes soupçons se trouvent justes. Cependant je fis réflexion qu'il ignorait le lieu de ma demeure, et qu'on ne pouvait, par conséquent, l'avoir appris de lui. Accuser Manon, c'est de quoi mon cœur n'osait se rendre coupable. Cette tristesse extraordinaire dont je l'avais vue comme accablée, ses larmes, le tendre baiser qu'elle m'avait donné en se retirant, me paraissaient bien une énigme; mais je me sentais porté à l'expliquer comme un pressentiment de notre malheur commun, et dans le temps que je me désespérais de l'accident qui m'arrachait à elle, j'avais la crédulité de m'imaginer qu'elle était encore plus à plaindre que moi. Le résultat de ma méditation fut de me persuader que j'avais été aperçu dans les rues de Paris par quelques personnes de connaissance, qui en avaient donné avis à mon père. Cette pensée me consola. Je comptais d'en être quitte pour des reproches ou pour quelques mauvais traitements, qu'il me faudrait essuyer de l'autorité paternelle. Je résolus de les souffrir avec patience, et de promettre tout ce qu'on exigerait de moi, pour me faciliter l'occasion de retourner plus promptement à Paris, et d'aller rendre la vie et la joie à ma chère Manon.

Nous arrivâmes, en peu de temps, à Saint-Denis. Mon frère, surpris de mon silence, s'imagina que

c'était un effet de ma crainte. Il entreprit de me
consoler, en m'assurant que je n'avais rien à redouter de la sévérité de mon père, pourvu que je
fusse disposé à rentrer doucement dans le devoir,
et à mériter l'affection qu'il avait pour moi. Il me fit
pàsser la nuit à Saint-Denis, avec la précaution de
faire coucher les trois laquais dans ma chambre.
Ce qui me causa une peine sensible, fut de me voir
dans la même hôtellerie où je m'étais arrêté avec
Manon, en venant d'Amiens à Paris. L'hôte et les
domestiques me reconnurent, et devinèrent en
même temps la vérité de mon histoire. J'entendis
dire à l'hôte : Ah! c'est ce joli monsieur qui passait,
il y a six semaines, avec une petite demoiselle qu'il
aimait si fort. Qu'elle était charmante! Les pauvres
enfants, comme ils se caressaient! Pardi, c'est dommage qu'on les ait séparés. Je feignais de ne rien
entendre, et je me laissais voir le moins qu'il m'était
possible. Mon frère avait, à Saint-Denis, une chaise
à deux, dans laquelle nous partîmes de grand matin, et nous arrivâmes chez nous le lendemain au
soir. Il vit mon père avant moi, pour le prévenir
en ma faveur en lui apprenant avec quelle douceur
je m'étais laissé conduire, de sorte que j'en fus
reçu moins durement que je ne m'y étais attendu.
Il se contenta de me faire quelques reproches généraux sur la faute que j'avais commise en m'absen-
tant sans sa permission. Pour ce qui regardait ma
maîtresse, il me dit que j'avais bien mérité ce qui
venait de m'arriver, en me livrant à une inconnue;
qu'il avait eu meilleure opinion de ma prudence,
mais qu'il espérait que cette petite aventure me

rendrait plus sage. Je ne pris ce discours que dans
le sens qui s'accordait avec mes idées. Je remerciai
mon père de la bonté qu'il avait de me pardonner,
et je lui promis de prendre une conduite plus soumise et plus réglée. Je triomphais au fond du cœur,
car de la manière dont les choses s'arrangeaient, je
ne doutais point que je n'eusse la liberté de me
dérober de la maison, même avant la fin de la nuit.

On se mit à table pour souper; on me railla sur ma
conquête d'Amiens, et sur ma fuite avec cette fidèle
maîtresse. Je reçus les coups de bonne grâce. J'étais
même charmé qu'il me fût permis de m'entretenir de
ce qui m'occupait continuellement l'esprit. Mais
quelques mots lâchés par mon père me firent prêter
l'oreille avec la dernière attention : il parla de perfidie et de service intéressé, rendu par Monsieur B... Je
demeurai interdit en lui entendant prononcer ce
nom, et je le priai humblement de s'expliquer
davantage. Il se tourna vers mon frère, pour lui
demander s'il ne m'avait pas raconté toute l'histoire. Mon frère lui répondit que je lui avais paru si
tranquille sur la route, qu'il n'avait pas cru que
j'eusse besoin de ce remède pour me guérir de ma
folie. Je remarquai que mon père balançait s'il achè-
verait de s'expliquer. Je l'en suppliai si instamment,
qu'il me satisfit, ou plutôt, qu'il m'assassina cruellement par le plus horrible de tous les récits.

Il me demanda d'abord si j'avais toujours eu la
simplicité de croire que je fusse aimé de ma maîtresse. Je lui dis hardiment que j'en étais si sûr que
rien ne pouvait m'en donner la moindre défiance.
Ha! ha! ha! s'écria-t-il en riant de toute sa force,

cela est excellent! Tu es une jolie dupe, et j'aime à
te voir dans ces sentiments-là. C'est grand dommage,
mon pauvre Chevalier, de te faire entrer dans l'Ordre de Malte, puisque tu as tant de disposition à faire
un mari patient et commode. Il ajouta mille railleries de cette force, sur ce qu'il appelait ma sottise et
ma crédulité. Enfin, comme je demeurais dans le
silence, il continua de me dire que, suivant le calcul
qu'il pouvait faire du temps depuis mon départ
d'Amiens, Manon m'avait aimé environ douze jours :
car, ajouta-t-il, je sais que tu partis d'Amiens le 28 de
l'autre mois; nous sommes au 29 du présent; il y en
a onze que Monsieur B... m'a écrit; je suppose qu'il
lui en ait fallu huit pour lier une parfaite connaissance avec ta maîtresse; ainsi, qui ôte onze et huit de
trente-un jours qu'il y a depuis le 28 d'un mois jusqu'au 29 de l'autre, reste douze, un peu plus ou
moins. Là-dessus, les éclats de rire recommencèrent.
J'écoutais tout avec un saisissement de cœur auquel
j'appréhendais de ne pouvoir résister jusqu'à la fin
de cette triste comédie. Tu sauras donc, reprit mon
père, puisque tu l'ignores, que Monsieur B... a gagné
le cœur de ta princesse, car il se moque de moi, de
prétendre me persuader que c'est par un zèle désin-
téressé pour mon service qu'il a voulu te l'enlever.
C'est bien d'un homme tel que lui, de qui, d'ailleurs,
je ne suis pas connu, qu'il faut attendre des sentiments si nobles! Il a su d'elle que tu es mon fils, et
pour se délivrer de tes importunités, il m'a écrit le
lieu de ta demeure et le désordre où tu vivais, en me
faisant entendre qu'il fallait main-forte pour s'assurer de toi. Il s'est offert de me faciliter les moyens de

te saisir au collet, et c'est par sa direction et celle de ta maîtresse même que ton frère a trouvé le moment de te prendre sans vert. Félicite-toi maintenant de la durée de ton triomphe. Tu sais vaincre assez rapidement, Chevalier; mais tu ne sais pas conserver tes conquêtes.

Je n'eus pas la force de soutenir plus longtemps un discours dont chaque mot m'avait percé le cœur. Je me levai de table, et je n'avais pas fait quatre pas pour sortir de la salle, que je tombai sur le plancher, sans sentiment et sans connaissance. On me les rappela par de prompts secours. J'ouvris les yeux pour verser un torrent de pleurs, et la bouche pour proférer les plaintes les plus tristes et les plus touchantes. Mon père, qui m'a toujours aimé tendrement, s'employa avec toute son affection pour me consoler. Je l'écoutais, mais sans l'entendre. Je me jetai à ses genoux, je le conjurai, en joignant les mains, de me laisser retourner à Paris pour aller poignarder B... Non, disais-je, il n'a pas gagné le cœur de Manon, il lui a fait violence; il l'a séduite par un charme ou par un poison; il l'a peut-être forcée brutalement. Manon m'aime. Ne le sais-je pas bien? Il l'aura menacée, le poignard à la main, pour la contraindre de m'abandonner. Que n'aura-t-il pas fait pour me ravir une si charmante maîtresse! O dieux! dieux! serait-il possible que Manon m'eût trahi, et qu'elle eût cessé de m'aimer!

Comme je parlais toujours de retourner promptement à Paris, et que je me levais même à tous moments pour cela, mon père vit bien que, dans le transport où j'étais, rien ne serait capable de m'arrêter. Il me conduisit dans une chambre haute, où il laissa deux domestiques avec moi pour me garder à vue. Je ne me possédais point. J'aurais donné mille vies pour être seulement un quart d'heure à Paris. Je compris que, m'étant déclaré si ouvertement, on ne me permettrait pas aisément de sortir de ma chambre. Je mesurai des yeux la hauteur des fenêtres, ne voyant nulle possibilité de m'échapper par cette voie, je m'adressai doucement à mes deux domestiques. Je m'engageai, par mille serments, à faire un jour leur fortune, s'ils voulaient consentir à mon évasion. Je les pressai, je les caressai, je les menaçai; mais cette tentative fut encore inutile. Je perdis alors toute espérance. Je résolus de mourir, et je me jetai sur un lit, avec le dessein de ne le quitter qu'avec la vie. Je passai la nuit et le jour suivant dans cette situation. Je refusai la nourriture qu'on m'apporta le lendemain. Mon père vint me voir l'après-midi. Il eut la bonté de flatter mes peines par les plus douces consolations. Il m'ordonna si absolument de manger quelque chose, que je le fis par respect pour ses ordres. Quelques jours se passèrent, pendant lesquels je ne pris rien qu'en sa présence et pour lui obéir. Il continuait toujours de m'apporter les raisons qui pouvaient me ramener au bons sens et m'inspirer du mépris pour l'infidèle Manon. Il est certain que je ne l'estimais plus; comment aurais-je estimé la plus volage et la plus perfide de toutes les créatures? Mais son image, ses traits charmants que je portais au fond du cœur, y subsistaient toujours. Je le sentais bien. Je puis mourir, disais-je; je le devrais même, après tant de honte et de douleur; mais je souffrirais mille morts sans pouvoir oublier l'ingrate Manon.

Mon père était surpris de me voir toujours si fortement touché. Il me connaissait des principes d'honneur, et ne pouvant douter que sa trahison ne me la fît mépriser, il s'imagina que ma constance venait moins de cette passion en particulier que d'un penchant général pour les femmes. Il s'attacha tellement à cette pensée que, ne consultant que sa tendre affection, il vint un jour m'en faire l'ouverture. Chevalier, me dit-il, j'ai eu dessein, jusqu'à présent, de te faire porter la croix de Malte; mais je vois que tes inclinations ne sont point tournées de ce côté-là. Tu aimes les jolies femmes. Je suis d'avis de t'en chercher une qui te plaise. Explique-moi naturellement ce que tu penses là-dessus. Je lui répondis que je ne mettais plus de distinction entre les femmes, et qu'après le malheur qui venait de m'arriver je les détestais toutes également. Je t'en chercherai une, reprit mon père en souriant, qui ressemblera à Manon, et qui sera plus fidèle. Ah! si vous avez quelque bonté pour moi, lui dis-je, c'est elle qu'il faut me rendre. Soyez sûr, mon cher père, qu'elle ne m'a point trahi; elle n'est pas capable d'une si noire et si cruelle lâcheté. C'est le perfide B... qui nous trompe, vous, elle et moi. Si vous saviez combien elle est tendre et sincère, si vous la connaissiez, vous l'aimeriez vous-même. Vous êtes un enfant, repartit mon père. Comment pouvez-vous vous aveugler jusqu'à ce point, après ce que je vous ai raconté d'elle? C'est elle-même qui vous a livré à votre frère. Vous devriez oublier jusqu'à son nom,

et profiter, si vous êtes sage, de l'indulgence que j'ai
pour vous. Je reconnaissais trop clairement qu'il
avait raison. C'était un mouvement involontaire qui
me faisait prendre ainsi le parti de mon infidèle.
Hélas! repris-je, après un moment de silence, il n'est
que trop vrai que je suis le malheureux objet de la
plus lâche de toutes les perfidies. Oui, continuai-je,
en versant des larmes de dépit, je vois bien que je ne
suis qu'un enfant. Ma crédulité ne leur coûtait guère
à tromper. Mais je sais bien ce que j'ai à faire pour
me venger. Mon père voulut savoir quel était mon
dessein. J'irai à Paris, lui dis-je, je mettrai le feu à
la maison de B..., et je le brûlerai tout vif avec la
perfide Manon. Cet emportement fit rire mon père
et ne servit qu'à me faire garder plus étroitement
dans ma prison.

J'y passai six mois entiers, pendant le premier
desquels il y eut peu de changement dans mes dispositions. Tous mes sentiments n'étaient qu'une
alternative perpétuelle de haine et d'amour, d'espérance ou de désespoir, selon l'idée sous laquelle
Manon s'offrait à mon esprit. Tantôt je ne consi-
dérais en elle que la plus aimable de toutes les filles,
et je languissais du désir de la revoir; tantôt je n'y
apercevais qu'une lâche et perfide maîtresse, et je
faisais mille serments de ne la chercher que pour la
punir. On me donna des livres, qui servirent à rendre
un peu de tranquillité à mon âme. Je relus tous mes
auteurs; j'acquis de nouvelles connaissances; je
repris un goût infini pour l'étude. Vous verrez de
quelle utilité il me fut dans la suite. Les lumières
que je devais à l'amour me firent trouver de la clarté

dans quantités d'endroits d'Horace et de Virgile, qui m'avaient paru obscurs auparavant. Je fis un commentaire amoureux sur le quatrième livre de l'*Énéide;* je le destine à voir le jour, et je me flatte que le public en sera satisfait. Hélas! disais-je en le faisant, c'était un cœur tel que le mien qu'il fallait à la fidèle Didon.

Tiberge vint me voir un jour dans ma prison. Je fus surpris du transport avec lequel il m'embrassa. Je n'avais point encore eu de preuves de son affection qui pussent me la faire regarder autrement que comme une simple amitié de collège, telle qu'elle se forme entre de jeunes gens qui sont à peu près du même âge. Je le trouvai si changé et si formé, depuis cinq ou six mois que j'avais passés sans le voir, que sa figure et le ton de son discours m'inspirèrent du respect. Il me parla en conseiller sage, plutôt qu'en ami d'école. Il plaignit l'égarement où j'étais tombé. Il me félicita de ma guérison, qu'il croyait avancée; enfin il m'exhorta à profiter de cette erreur de jeunesse pour ouvrir les yeux sur la vanité des plaisirs. Je le regardai avec étonnement. Il s'en aperçut. Mon cher Chevalier, me dit-il, je ne vous dis rien qui ne soit solidement vrai, et dont je ne me sois convaincu par un sérieux examen. J'avais autant de penchant que vous vers la volupté, mais le Ciel m'avait donné, en même temps, du goût pour la vertu. Je me suis servi de ma raison pour comparer les fruits de l'une et de l'autre et je n'ai pas tardé longtemps à découvrir leurs différences. Le secours du Ciel s'est joint à mes réflexions. J'ai conçu pour le monde un mépris auquel il n'y a rien d'égal. Devineriez-vous ce

qui m'y retient, ajouta-t-il, et ce qui m'empêche de
courir à la solitude? C'est uniquement la tendre
amitié que j'ai pour vous. Je connais l'excellence
de votre cœur et de votre esprit; il n'y a rien de bon
dont vous ne puissiez vous rendre capable. Le poison
du plaisir vous a fait écarter du chemin. Quelle perte
pour la vertu! Votre fuite d'Amiens m'a causé tant
de douleur, que je n'ai pas goûté, depuis, un seul
moment de satisfaction. Jugez-en par les démarches
qu'elle m'a fait faire. Il me raconta qu'après s'être
aperçu que je l'avais trompé et que j'étais parti avec
ma maîtresse, il était monté à cheval pour me suivre;
mais qu'ayant sur lui quatre ou cinq heures d'avance,
il lui avait été impossible de me joindre; qu'il était
arrivé néanmoins à Saint-Denis une demi-heure
après mon départ; qu'étant bien certain que je me
serais arrêté à Paris, il y avait passé six semaines à
me chercher inutilement; qu'il allait dans tous les
lieux où il se flattait de pouvoir me trouver, et qu'un
jour enfin il avait reconnu ma maîtresse à la Comédie; qu'elle y était dans une parure si éclatante qu'il
s'était imaginé qu'elle devait cette fortune à un nouvel amant; qu'il avait suivi son carrosse jusqu'à sa
maison, et qu'il avait appris d'un domestique qu'elle
était entretenue par les libéralités de Monsieur B...
Je ne m'arrêtai point là, continua-t-il. J'y retournai
le lendemain, pour apprendre d'elle-même ce que
vous étiez devenu; elle me quitta brusquement, lorsqu'elle m'entendit parler de vous, et je fus obligé de
revenir en province sans aucun autre éclaircissement.
J'y appris votre aventure et la consternation extrême
qu'elle vous a causée; mais je n'ai pas voulu vous

voir, sans être assuré de vous trouver plus tranquille.

Vous avez donc vu Manon, lui répondis-je en soupirant. Hélas! vous êtes plus heureux que moi, qui
suis condamné à ne la revoir jamais. Il me fit des
reproches de ce soupir, qui marquait encore de la
faiblesse pour elle. Il me flatta si adroitement sur
la bonté de mon caractère et sur mes inclinations,
qu'il me fit naître dès cette première visite, une forte
envie de renoncer comme lui à tous les plaisirs du
siècle pour entrer dans l'état ecclésiastique.

Je goûtai tellement cette idée que, lorsque je me
trouvai seul, je ne m'occupai plus d'autre chose. Je
me rappelai les discours de M. l'Évêque d'Amiens,
qui m'avait donné le même conseil, et les présages
heureux qu'il avait formés en ma faveur, s'il m'arrivait d'embrasser ce parti. La piété se mêla aussi
dans mes considérations. Je mènerai une vie sage et
chrétienne, disais-je; je m'occuperai de l'étude et
de la religion, qui ne me permettront point de penser aux dangereux plaisirs de l'amour. Je méprise-
rai ce que le commun des hommes admire; et
comme je sens assez que mon cœur ne désirera que
ce qu'il estime, j'aurai aussi peu d'inquiétudes que
de désirs. Je formai là-dessus, d'avance, un système
de vie paisible et solitaire. J'y faisais entrer une maison écartée, avec un petit bois et un ruisseau d'eau
douce au bout du jardin, une bibliothèque composée
de livres choisis, un petit nombre d'amis vertueux et de bon sens, une table propre, mais fru-
gale et modérée. J'y joignais un commerce de lettres
avec un ami qui ferait son séjour à Paris, et qui m'in-
formerait des nouvelles publiques, moins pour

satisfaire ma curiosité que pour me faire un divertis-
sement des folles agitations des hommes. Ne serai-je
pas heureux? ajoutais-je; toutes mes prétentions ne
seront-elles point remplies? Il est certain que ce
projet flattait extrêmement mes inclinations. Mais, à
la fin d'un si sage arrangement, je sentais que mon
cœur attendait encore quelque chose, et que, pour
n'avoir rien à désirer dans la plus charmante solitude, il y fallait être avec Manon.

Cependant, Tiberge continuant de me rendre de
fréquentes visites, dans le dessein qu'il m'avait inspiré, je pris l'occasion d'en faire l'ouverture à mon
père. Il me déclara que son intention était de laisser
ses enfants libres dans le choix de leur condition et
que, de quelque manière que je voulusse disposer
de moi, il ne se réserverait que le droit de m'aider
de ses conseils. Il m'en donna de fort sages, qui ten-
daient moins à me dégoûter de mon projet, qu'à
me le faire embrasser avec connaissance. Le renou-
vellement de l'année scolastique approchait. Je
convins avec Tiberge de nous mettre ensemble au
séminaire de Saint-Sulpice, lui pour achever ses
études de théologie, et moi pour commencer les
miennes. Son mérite, qui était connu de l'évêque du
diocèse, lui fit obtenir de ce prélat un bénéfice considérable avant notre départ.

Mon père, me croyant tout à fait revenu de ma
passion, ne fit aucune difficulté de me laisser partir.
Nous arrivâmes à Paris. L'habit ecclésiastique prit la
place de la croix de Malte, et le nom d'abbé des
Grieux celle de chevalier. Je m'attachai à l'étude
avec tant d'application, que je fis des progrès extra-

ordinaires en peu de mois. J'y employais une partie de la nuit, et je ne perdais pas un moment du jour. Ma réputation eut tant d'éclat, qu'on me félicitait déjà sur les dignités que je ne pouvais manquer d'obtenir, et sans l'avoir sollicité, mon nom fut couché sur la feuille des bénéfices. La piété n'était pas plus négligée; j'avais de la ferveur pour tous les exercices. Tiberge était charmé de ce qu'il regardait comme son ouvrage, et je l'ai vu plusieurs fois répandre des larmes, en s'applaudissant de ce qu'il nommait ma conversion. Que les résolutions humaines soient sujettes à changer, c'est ce qui ne m'a jamais causé d'étonnement; une passion les fait naître, une autre passion peut les détruire; mais quand je pense à la sainteté de celles qui m'avaient conduit à Saint-Sulpice et à la joie intérieure que le Ciel m'y faisait goûter en les exécutant, je suis effrayé de la facilité avec laquelle j'ai pu les rompre. S'il est vrai que les secours célestes sont à tous moments d'une force égale à celle des passions, qu'on m'explique donc par quel funeste ascendant on se trouve emporté tout d'un coup loin de son devoir, sans se trouver capable de la moindre résistance, et sans ressentir le moindre remords. Je me croyais absolument délivré des faiblesses de l'amour. Il me semblait que j'aurais préféré la lecture d'une page de Saint-Augustin, ou un quart d'heure de méditation chrétienne, à tous les plaisirs des sens, sans excepter ceux qui m'auraient été offerts par Manon. Cependant, un instant malheureux me fit retomber dans le précipice, et ma chute fut d'autant plus irréparable, que me trouvant tout d'un coup au même degré de profondeur d'où j'étais sorti, les nouveaux désordres où je tombai me portèrent bien plus loin vers le fond de l'abîme.

J'avais passé près d'un an à Paris, sans m'informer des affaires de Manon. Il m'en avait d'abord coûté beaucoup pour me faire cette violence; mais les conseils toujours présents de Tiberge, et mes propres réflexions, m'avaient fait obtenir la victoire. Les derniers mois s'étaient écoulés si tranquillement que je me croyais sur le point d'oublier éternellement cette charmante et perfide créature. Le temps arriva auquel je devais soutenir un exercice public dans l'École de Théologie. Je fis prier plusieurs personnes de considération de m'honorer de leur présence. Mon nom fut ainsi répandu dans tous les quartiers de Paris : il alla jusqu'aux oreilles de mon infidèle. Elle ne le reconnut pas avec certitude sous le titre d'abbé; mais un reste de curiosité, ou peut-être quelque repentir de m'avoir trahi (je n'ai jamais pu démêler lequel de ces deux sentiments) lui fit prendre intérêt à un nom si semblable au mien; elle vint en Sorbonne avec quelques autres dames. Elle fut présente à mon exercice, et sans doute qu'elle eut peu de peine à me remettre.

Je n'eus pas la moindre connaissance de cette visite. On sait qu'il y a, dans ces lieux, des cabinets particuliers pour les dames, où elles sont cachées derrière une jalousie. Je retournai à Saint-Sulpice, couvert de gloire et chargé de compliments. Il était six heures du soir. On vint m'avertir, un moment après mon retour, qu'une dame demandait à me voir. J'allai au parloir sur-le-champ. Dieux! quelle apparition surprenante! j'y trouvai Manon. C'était elle, mais plus aimable et plus brillante que je ne l'avais jamais vue. Elle était dans sa dix-huitième année. Ses charmes surpassaient tout ce qu'on peut décrire. C'était un air si fin, si doux, si engageant, l'air de l'Amour même. Toute sa figure me parut un enchantement.

Je demeurai interdit à sa vue, et ne pouvant conjecturer quel était le dessein de cette visite, j'attendais, les yeux baissés et avec tremblement, qu'elle s'expliquât. Son embarras fut, pendant quelque temps, égal au mien, mais, voyant que mon silence continuait, elle mit la main devant ses yeux, pour cacher quelques larmes. Elle me dit, d'un ton timide, qu'elle confessait que son infidélité méritait ma haine; mais que, s'il était vrai que j'eusse jamais eu quelque tendresse pour elle, il y avait eu, aussi, bien de la dureté à laisser passer deux ans sans prendre soin de m'informer de son sort, et qu'il y en avait beaucoup encore à la voir dans l'état où elle était en ma présence, sans lui dire une parole. Le désordre de mon âme, en l'écoutant, ne saurait être exprimé.

Elle s'assit. Je demeurai debout, le corps à demi tourné, n'osant l'envisager directement. Je commençai plusieurs fois une réponse, que je n'eus pas la force d'achever. Enfin, je fis un effort pour m'écrier douloureusement : Perfide Manon! Ah! perfide! perfide! Elle me répéta, en pleurant à chaudes larmes, qu'elle ne prétendait point justifier sa perfidie. Que prétendez-vous donc? m'écriai-je encore. Je prétends mourir, répondit-elle, si vous ne me rendez votre cœur, sans lequel il est impossible que je vive. Demande donc ma vie, infidèle! repris-je en versant moi-même des pleurs, que je m'efforçai en vain de retenir. Demande ma vie, qui est l'unique chose qui me reste à te sacrifier; car mon cœur n'a jamais cessé d'être à toi. A peine eus-je achevé ces derniers mots, qu'elle se leva avec transport pour venir m'embrasser. Elle m'accabla de mille caresses passionnées. Elle m'appela par tous les noms que l'amour invente pour exprimer ses plus vives tendresses. Je n'y répondais encore qu'avec langueur. Quel passage, en effet, de la situation tranquille où j'avais été, aux mouvements tumultueux que je sentais renaître! J'en étais épouvanté. Je frémissais, comme il arrive lorsqu'on se trouve la nuit dans une campagne écartée : on se croit transporté dans un nouvel ordre de choses; on y est saisi d'une horreur secrète, dont on ne se remet qu'après avoir considéré longtemps tous les environs.

Nous nous assîmes l'un près de l'autre. Je pris ses mains dans les miennes. Ah! Manon, lui dis-je en la regardant d'un œil triste, je ne m'étais pas attendu à la noire trahison dont vous avez payé mon amour. Il vous était bien facile de tromper un cœur dont vous étiez la souveraine absolue, et qui mettait toute sa félicité à vous plaire et à vous obéir. Dites-moi maintenant si vous en avez trouvé d'aussi tendres et d'aussi soumis. Non, non, la Nature n'en fait guère de la même trempe que le mien. Dites-moi, du moins, si vous l'avez quelquefois regretté. Quel fond dois-je faire sur ce retour de bonté qui vous ramène aujourd'hui pour le consoler? Je ne vois que trop que vous êtes plus charmante que jamais; mais au

nom de toutes les peines que j'ai souffertes pour
vous, belle Manon, dites-moi si vous serez plus
fidèle.

Elle me répondit des choses si touchantes sur son
repentir, et elle s'engagea à la fidélité par tant de
protestations et de serments, qu'elle m'attendrit à
un degré inexprimable. Chère Manon! lui dis-je,
avec un mélange profane d'expressions amoureuses
et théologiques, tu es trop adorable pour une créature. Je me sens le cœur emporté par une délecta-
tion victorieuse. Tout ce qu'on dit de la liberté à
Saint-Sulpice est une chimère. Je vais perdre ma fortune et ma réputation pour toi, je le prévois bien;
je lis ma destinée dans tes beaux yeux; mais de
quelles pertes ne serai-je pas consolé par ton amour!
Les faveurs de la fortune ne me touchent point; la
gloire me paraît une fumée; tous mes projets de vie
ecclésiastique étaient de folles imaginations; enfin
tous les biens différents de ceux que j'espère avec toi
sont des biens méprisables, puisqu'ils ne sauraient
tenir un moment, dans mon cœur, contre un seul de
tes regards.

En lui promettant néanmoins un oubli général
de ses fautes, je voulus être informé de quelle
manière elle s'était laissé séduire par B... Elle m'apprit que, l'ayant vue à sa fenêtre, il était devenu passionné pour elle; qu'il avait fait sa déclaration en
fermier général, c'est-à-dire en lui marquant dans
une lettre que le payement serait proportionné aux
faveurs; qu'elle avait capitulé d'abord, mais sans
autre dessein que de tirer de lui quelque somme
considérable qui pût servir à nous faire vivre com-

modément; qu'il l'avait éblouie par de si magnifiques promesses, qu'elle s'était laissée ébranler par degrés; que je devais juger pourtant de ses remords par la douleur dont elle m'avait laissé voir des témoignages, la veille de notre séparation; que, malgré l'opulence dans laquelle il l'avait entretenue, elle n'avait jamais goûté de bonheur avec lui, non seulement parce qu'elle n'y trouvait point, me dit-elle, la délicatesse de mes sentiments et l'agrément de mes manières, mais parce qu'au milieu même des plaisirs qu'il lui procurait sans cesse, elle portait, au fond du cœur, le souvenir de mon amour, et le remords de son infidélité. Elle me parla de Tiberge et de la confusion extrême que sa visite lui avait causée. Un coup d'épée dans le cœur, ajouta-t-elle, m'aurait moins ému le sang. Je lui tournai le dos, sans pouvoir soutenir un moment sa présence. Elle continua de me raconter par quels moyens elle avait été instruite de mon séjour à Paris, du changement de ma condition, et de mes exercices de Sorbonne. Elle m'assura qu'elle avait été si agitée, pendant la dispute, qu'elle avait eu beaucoup de peine, non seulement à retenir ses larmes, mais ses gémissements mêmes et ses cris, qui avaient été plus d'une fois sur le point d'éclater. Enfin, elle me dit qu'elle était sortie de ce lieu la dernière, pour cacher son désordre, et que, ne suivant que le mouvement de son cœur et l'impétuosité de ses désirs, elle était venue droit au séminaire, avec la résolution d'y mourir si elle ne me trouvait pas disposé à lui pardonner.

Où trouver un barbare qu'un repentir si vif et si tendre n'eût pas touché? Pour moi, je sentis, dans ce

moment, que j'aurais sacrifié pour Manon tous les
évêchés du monde chrétien. Je lui demandai quel
nouvel ordre elle jugeait à propos de mettre dans nos
affaires. Elle me dit qu'il fallait sur-le-champ sortir
du séminaire, et remettre à nous arranger dans un
lieu plus sûr. Je consentis à toutes ses volontés sans
réplique. Elle entra dans son carrosse, pour aller
m'attendre au coin de la rue. Je m'échappai un
moment après, sans être aperçu du portier. Je montai avec elle. Nous passâmes à la friperie. Je repris
les galons et l'épée. Manon fournit aux frais, car
j'étais sans un sou; et dans la crainte que je ne trouvasse de l'obstacle à ma sortie de Saint-Sulpice,
elle n'avait pas voulu que je retournasse un moment
à ma chambre pour y prendre mon argent. Mon tré-
sor, d'ailleurs, était médiocre, et elle assez riche des
libéralités de B... pour mépriser ce qu'elle me faisait
abandonner. Nous conférâmes, chez le fripier même,
sur le parti que nous allions prendre. Pour me faire
valoir davantage le sacrifice qu'elle me faisait de B...,
elle résolut de ne pas garder avec lui le moindre
ménagement. Je veux lui laisser ses meubles, me dit-
elle, ils sont à lui; mais j'emporterai, comme de
justice, les bijoux et près de soixante mille francs
que j'ai tirés de lui depuis deux ans. Je ne lui ai
donné nul pouvoir sur moi, ajouta-t-elle; ainsi nous
pouvons demeurer sans crainte à Paris, en prenant
une maison commode où nous vivrons heureusement. Je lui représentai que, s'il n'y avait point de
péril pour elle, il y en avait beaucoup pour moi, qui
ne manquerais point tôt ou tard d'être reconnu,
et qui serais continuellement exposé au malheur

que j'avais déjà essuyé. Elle me fit entendre qu'elle aurait du regret à quitter Paris. Je craignais tant de la chagriner, qu'il n'y avait point de hasards que je ne méprisasse pour lui plaire; cependant, nous trouvâmes un tempérament raisonnable, qui fut de louer une maison dans quelque village voisin de Paris, d'où il nous serait aisé d'aller à la ville lorsque le plaisir ou le besoin nous y appellerait. Nous choisîmes Chaillot, qui n'en est pas éloigné. Manon retourna sur-le-champ chez elle. J'allai l'attendre à la petite porte du jardin des Tuileries. Elle revint une heure après, dans un carrosse de louage, avec une fille qui la servait, et quelques malles où ses habits et tout ce qu'elle avait de précieux était renfermé.

Nous ne tardâmes point à gagner Chaillot. Nous logeâmes la première nuit à l'auberge, pour nous donner le temps de chercher une maison, ou du moins un appartement commode. Nous en trouvâmes, dès le lendemain, un de notre goût.

Mon bonheur me parut d'abord établi d'une manière inébranlable. Manon était la douceur et la complaisance même. Elle avait pour moi des attentions si délicates, que je me crus trop parfaitement dédommagé de toutes mes peines. Comme nous avions acquis tous deux un peu d'expérience, nous raisonnâmes sur la solidité de notre fortune. Soixante mille francs, qui faisaient le fond de nos richesses, n'étaient pas une somme qui pût s'étendre autant que le cours d'une longue vie. Nous n'étions pas disposés d'ailleurs à resserrer trop notre dépense. La première vertu de Manon, non plus que

la mienne, n'était pas l'économie. Voici le plan que
je me proposai : Soixante mille francs, lui dis-je,
peuvent nous soutenir pendant dix ans. Deux mille
écus nous suffiront chaque année, si nous continuons
de vivre à Chaillot. Nous y mènerons une vie
honnête, mais simple. Notre unique dépense sera
pour l'entretien d'un carrosse, et pour les spec-
tacles. Nous nous règlerons. Vous aimez l'Opéra :
nous irons deux fois la semaine. Pour le jeu, nous
nous bornerons tellement que nos pertes ne passe-
ront jamais deux pistoles. Il est impossible que,
dans l'espace de dix ans, il n'arrive point de changement dans ma famille; mon père est âgé, il peut
mourir. Je me trouverai du bien, et nous serons
alors au-dessus de toutes nos autres craintes.

Cet arrangement n'eût pas été la plus folle action
de ma vie, si nous eussions été assez sages pour
nous y assujettir constamment. Mais nos résolutions
ne durèrent guère plus d'un mois. Manon était
passionnée pour le plaisir; je l'étais pour elle. Il
nous naissait, à tous moments, de nouvelles occasions de dépense; et loin de regretter les sommes
qu'elle employait quelquefois avec profusion, je
fus le premier à lui procurer tout ce que je croyais
propre à lui plaire. Notre demeure de Chaillot
commença même à lui devenir à charge. L'hiver
approchait; tout le monde retournait à la ville, et
la campagne devenait déserte. Elle me proposa de
reprendre une maison à Paris. Je n'y consentis
point; mais, pour la satisfaire en quelque chose,
je lui dis que nous pouvions y louer un appartement meublé, et que nous y passerions la nuit lors-

qu'il nous arriverait de quitter trop tard l'assem-
blée où nous allions plusieurs fois la semaine; car
l'incommodité de revenir si tard à Chaillot était le
prétexte qu'elle apportait pour le vouloir quitter.
Nous nous donnâmes ainsi deux logements, l'un à
la ville, et l'autre à la campagne. Ce changement
mit bientôt le dernier désordre dans nos affaires,
en faisant naître deux aventures qui causèrent notre
ruine.

Manon avait un frère, qui était garde du corps.
Il se trouva malheureusement logé, à Paris, dans la
même rue que nous. Il reconnut sa sœur, en la
voyant le matin à sa fenêtre. Il accourut aussitôt
chez nous. C'était un homme brutal et sans principes d'honneur. Il entra dans notre chambre en
jurant horriblement, et comme il savait une partie
des aventures de sa sœur, il l'accabla d'injures et
de reproches. J'étais sorti un moment auparavant,
ce qui fut sans doute un bonheur pour lui ou pour
moi, qui n'étais rien moins que disposé à souffrir
une insulte. Je ne retournai au logis qu'après son
départ. La tristesse de Manon me fit juger qu'il
s'était passé quelque chose d'extraordinaire. Elle
me raconta la scène fâcheuse qu'elle venait d'essuyer, et les menaces brutales de son frère. J'en
eus tant de ressentiment, que j'eusse couru sur-le-
champ à la vengeance si elle ne m'eût arrêté par
ses larmes. Pendant que je m'entretenais avec elle
de cette aventure, le garde du corps rentra dans la
chambre où nous étions, sans s'être fait annoncer.
Je ne l'aurais pas reçu aussi civilement que je fis si
je l'eusse connu; mais, nous ayant salués d'un air

riant, il eut le temps de dire à Manon qu'il venait
lui faire des excuses de son comportement; qu'il
l'avait crue dans le désordre, et que cette opinion
avait allumé sa colère; mais que, s'étant informé
qui j'étais, d'un de nos domestiques, il avait appris
de moi des choses si avantageuses, qu'elles lui faisaient désirer de bien vivre avec nous. Quoique
cette information, qui lui venait d'un de mes
laquais, eût quelque chose de bizarre et de cho-
quant, je reçus son compliment avec honnêteté.
Je crus faire plaisir à Manon. Elle paraissait char-
mée de le voir porté à se réconcilier. Nous le
retînmes à dîner. Il se rendit, en peu de moments,
si familier, que nous ayant entendus parler de notre
retour à Chaillot, il voulut absolument nous tenir
compagnie. Il fallut lui donner une place dans
notre carrosse. Ce fut une prise de possession, car
il s'accoutuma bientôt à nous voir avec tant de
plaisir, qu'il fit sa maison de la nôtre et qu'il se
rendit le maître, en quelque sorte, de tout ce qui
nous appartenait. Il m'appelait son frère, et sous
prétexte de la liberté fraternelle, il se mit sur le
pied d'amener tous ses amis dans notre maison de
Chaillot, et de les y traiter à nos dépens. Il se fit
habiller magnifiquement à nos frais. Il nous engagea
même à payer toutes ses dettes. Je fermais les yeux
sur cette tyrannie, pour ne pas déplaire à Manon,
jusqu'à feindre de ne pas m'apercevoir qu'il tirait
d'elle, de temps en temps, des sommes considérables. Il est vrai, qu'étant grand joueur, il avait la
fidélité de lui en remettre une partie lorsque la
fortune le favorisait; mais la nôtre était trop mé-

diocre pour fournir longtemps à des dépenses si peu modérées. J'étais sur le point de m'expliquer fortement avec lui, pour nous délivrer de ses importunités, lorsqu'un funeste accident m'épargna cette peine, en nous en causant une autre qui nous abîma sans ressource.

Nous étions demeurés un jour à Paris, pour y coucher, comme il nous arrivait fort souvent. La servante, qui restait seule à Chaillot dans ces occasions, vint m'avertir, le matin, que le feu avait pris, pendant la nuit, dans ma maison, et qu'on avait eu beaucoup de difficulté à l'éteindre. Je lui demandai si nos meubles avaient souffert quelque dommage; elle me répondit qu'il y avait eu une si grande confusion, causée par la multitude d'étrangers qui étaient venus au secours, qu'elle ne pouvait être assurée de rien. Je tremblai pour notre argent, qui était renfermé dans une petite caisse. Je me rendis promptement à Chaillot. Diligence inutile; la caisse avait déjà disparu. J'éprouvai alors qu'on peut aimer l'argent sans être avare. Cette perte me pénétra d'une si vive douleur que j'en pensai perdre la raison. Je compris tout d'un coup à quels nouveaux malheurs j'allais me trouver exposé; l'indigence était le moindre. Je connaissais Manon; je n'avais déjà que trop éprouvé que, quelque fidèle et quelque attachée qu'elle me fût dans la bonne fortune, il ne fallait pas compter sur elle dans la misère. Elle aimait trop l'abondance et les plaisirs pour me les sacrifier : Je la perdrai, m'écriai-je. Malheureux Chevalier, tu vas donc perdre encore tout ce que tu aimes! Cette pensée me jeta dans un

trouble si affreux, que je balançai, pendant quelques
moments, si je ne ferais pas mieux de finir tous
mes maux par la mort. Cependant, je conservai
assez de présence d'esprit pour vouloir examiner
auparavant s'il ne me restait nulle ressource. Le
Ciel me fit naître une idée, qui arrêta mon désespoir. Je crus qu'il ne me serait pas impossible de
cacher notre perte à Manon, et que, par industrie
ou par quelque faveur du hasard, je pourrais fournir assez honnêtement à son entretien pour l'empêcher de sentir la nécessité. J'ai compté, disais-je
pour me consoler, que vingt mille écus nous suffiraient pendant dix ans. Supposons que les dix ans
soient écoulés, et que nul des changements que
j'espérais ne soit arrivé dans ma famille. Quel parti
prendrais-je? Je ne le sais pas trop bien, mais, ce
que je ferais alors, qui m'empêche de le faire aujourd'hui? Combien de personnes vivent à Paris,
qui n'ont ni mon esprit, ni mes qualités naturelles,
et qui doivent néanmoins leur entretien à leurs
talents, tels qu'ils les ont! La Providence, ajoutais-je, en réfléchissant sur les différents états de la
vie, n'a-t-elle pas arrangé les choses fort sagement?
La plupart des grands et des riches sont des sots :
cela est clair à qui connaît un peu le monde. Or
il y a là-dedans une justice admirable : s'ils joi-
gnaient l'esprit aux richesses, ils seraient trop heureux, et le reste des hommes trop misérable. Les
qualités du corps et de l'âme sont accordées à
ceux-ci, comme des moyens pour se tirer de la misère et de la pauvreté. Les uns prennent part aux
richesses des grands en servant à leurs plaisirs : ils

en font des dupes; d'autres servent à leur instruction : ils tâchent d'en faire d'honnêtes gens; il est
rare, à la vérité, qu'il y réussissent, mais ce n'est
pas là le but de la divine Sagesse : ils tirent toujours
un fruit de leurs besoins, qui est de vivre aux dépens de ceux qu'ils instruisent; et de quelque façon
qu'on le prenne, c'est un fond excellent de revenu
pour les petits, que la sottise des riches et des
grands.

Ces pensées me remirent un peu le cœur et la
tête. Je résolus d'abord d'aller consulter M. Lescaut, frère de Manon. Il connaissait parfaitement
Paris, et je n'avais eu que trop d'occasions de
reconnaître que ce n'était ni de son bien ni de la
paye du roi qu'il tirait son plus clair revenu. Il
me restait à peine vingt pistoles qui s'étaient trou-
vées heureusement dans ma poche. Je lui montrai
ma bourse, en lui expliquant mon malheur et mes
craintes, et je lui demandai s'il y avait pour moi
un parti à choisir entre celui de mourir de faim, ou
de me casser la tête de désespoir. Il me répondit
que se casser la tête était la ressource des sots; pour
mourir de faim, qu'il y avait quantité de gens d'esprit qui s'y voyaient réduits, quand ils ne voulaient
pas faire usage de leurs talents; que c'était à moi
d'examiner de quoi j'étais capable; qu'il m'assurait
de son secours et de ses conseils dans toutes mes
entreprises.

Cela est bien vague, monsieur Lescaut, lui dis-je;
mes besoins demanderaient un remède plus présent, car que voulez-vous que je dise à Manon?
A propos de Manon, reprit-il, qu'est-ce qui vous

embarrasse? N'avez-vous pas toujours, avec elle, de quoi finir vos inquiétudes quand vous le voudrez? Une fille comme elle devrait nous entretenir, vous, elle et moi. Il me coupa la réponse que cette impertinence méritait, pour continuer de me dire qu'il me garantissait avant le soir mille écus à partager entre nous, si je voulais suivre son conseil; qu'il connaissait un seigneur, si libéral sur le chapitre des plaisirs, qu'il était sûr que mille écus ne lui coûteraient rien pour obtenir les faveurs d'une fille telle que Manon. Je l'arrêtai. J'avais meilleure opinion de vous, lui répondis-je; je m'étais figuré que le motif que vous aviez eu, pour m'accorder votre amitié, était un sentiment tout opposé à celui où vous êtes maintenant. Il me confessa impudemment qu'il avait toujours pensé de même, et que, sa sœur ayant une fois violé les lois de son sexe, quoique en faveur de l'homme qu'il aimait le plus, il ne s'était réconcilié avec elle que dans l'espérance de tirer parti de sa mauvaise conduite. Il me fut aisé de juger que jusqu'alors nous avions été ses dupes. Quelque émotion néanmoins que ce discours m'eût causée, le besoin que j'avais de lui m'obligea de répondre, en riant, que son conseil était une dernière ressource qu'il fallait remettre à l'extrémité. Je le priai de m'ouvrir quelque autre voie. Il me proposa de profiter de ma jeunesse et de la figure avantageuse que j'avais reçue de la nature, pour me mettre en liaison avec quelque dame vieille et libérale. Je ne goûtai pas non plus ce parti, qui m'aurait rendu infidèle à Manon. Je lui parlai du jeu, comme du moyen le plus facile, et le plus convenable à ma situation. Il me dit que le jeu, à la vérité, était une ressource, mais que cela demandait d'être expliqué; qu'entreprendre de jouer simplement, avec les espérances communes, c'était le vrai moyen d'achever ma perte; que de prétendre exercer seul, et sans être soutenu, les petits moyens qu'un habile homme emploie pour corriger la fortune, était un métier trop dangereux; qu'il y avait une troisième voie, qui était celle de l'association, mais que ma jeunesse lui faisait craindre que messieurs les Confédérés ne me jugeassent point encore les qualités propres à la Ligue. Il me promit néanmoins ses bons offices auprès d'eux; et ce que je n'aurais pas attendu de lui, il m'offrit quelque argent, lorsque je me trouverais pressé du besoin. L'unique grâce que je lui demandai, dans les circonstances, fut de ne rien apprendre à Manon de la perte que j'avais faite, et du sujet de notre conversation.

Je sortis de chez lui, moins satisfait encore que je n'y étais entré; je me repentis même de lui avoir confié mon secret. Il n'avait rien fait, pour moi, que je n'eusse pu obtenir de même sans cette ouverture, et je craignais mortellement qu'il ne manquât à la promesse qu'il m'avait faite de ne rien découvrir à Manon. J'avais lieu d'appréhender aussi, par la déclaration de ses sentiments, qu'il ne formât le dessein de tirer parti d'elle, suivant ses propres termes, en l'enlevant de mes mains, ou, du moins, en lui conseillant de me quitter pour s'attacher à quelque amant plus riche et plus heureux. Je fis là-dessus mille réflexions, qui n'aboutirent

qu'à me tourmenter et à renouveler le désespoir où
j'avais été le matin. Il me vint plusieurs fois à l'esprit d'écrire à mon père, et de feindre une nouvelle
conversion, pour obtenir de lui quelque secours
d'argent; mais je me rappelai aussitôt que, malgré
toute sa bonté, il m'avait resserré six mois dans une
étroite prison, pour ma première faute; j'étais bien
sûr qu'après un éclat tel que l'avait dû causer ma
fuite de Saint-Sulpice, il me traiterait beaucoup
plus rigoureusement. Enfin, cette confusion de pensées en produisit une qui remit le calme tout d'un
coup dans mon esprit, et que je m'étonnai de
n'avoir pas eue plus tôt, ce fut de recourir à mon
ami Tiberge, dans lequel j'étais bien certain de
retrouver toujours le même fond de zèle et d'amitié. Rien n'est plus admirable, et ne fait plus
d'honneur à la vertu, que la confiance avec laquelle
on s'adresse aux personnes dont on connaît parfaitement la probité. On sent qu'il n'y a point de
risque à courir. Si elles ne sont pas toujours en
état d'offrir du secours, on est sûr qu'on en obtien-
dra du moins de la bonté et de la compassion. Le
cœur, qui se ferme avec tant de soin au reste des
hommes, s'ouvre naturellement en leur présence,
comme une fleur s'épanouit à la lumière du soleil,
dont elle n'attend qu'une douce influence.

Je regardai comme un effet de la protection du
Ciel de m'être souvenu si à propos de Tiberge, et
je résolus de chercher les moyens de le voir avant
la fin du jour. Je retournai sur-le-champ au logis,
pour lui écrire un mot, et lui marquer un lieu
propre à notre entretien. Je lui recommandais le

silence et la discrétion, comme un des plus impor-
tants services qu'il pût me rendre dans la situation
de mes affaires. La joie que l'espérance de le voir
m'inspirait effaça les traces du chagrin que Manon
n'aurait pas manqué d'apercevoir sur mon visage.
Je lui parlai de notre malheur de Chaillot comme
d'une bagatelle qui ne devait pas l'alarmer; et
Paris étant le lieu du monde où elle se voyait avec
le plus de plaisir, elle ne fut pas fâchée de m'entendre dire qu'il était à propos d'ÿ demeurer, jusqu'à ce qu'on eût réparé à Chaillot quelques légers
effets de l'incendie. Une heure après, je reçus la
réponse de Tiberge, qui me promettait de se rendre
au lieu de l'assignation. J'y courus avec impatience.
Je sentais néanmoins quelque honte d'aller paraître
aux yeux d'un ami, dont la seule présence devait
être un reproche de mes désordres, mais l'opinion
que j'avais de la bonté de son cœur et l'intérêt de
Manon soutinrent ma hardiesse.

Je l'avais prié de se trouver au jardin du Palais-
Royal. Il y était avant moi. Il vint m'embrasser,
aussitôt qu'il m'eut aperçu. Il me tint serré longtemps entre ses bras, et je sentis mon visage mouillé
de ses larmes. Je lui dis que je ne me présentais à
lui qu'avec confusion, et que je portais dans le
cœur un vif sentiment de mon ingratitude; que la
première chose dont je le conjurais était de
m'apprendre s'il m'était encore permis de le regarder comme mon ami, après avoir mérité si justement de perdre son estime et son affection. Il me
répondit, du ton le plus tendre, que rien n'était
capable de le faire renoncer à cette qualité; que

mes malheurs mêmes, et si je lui permettais de le
dire, mes fautes et mes désordres, avaient redoublé
sa tendresse pour moi; mais que c'était une tendresse mêlée de la plus vive douleur, telle qu'on
la sent pour une personne chère, qu'on voit toucher à sa perte sans pouvoir la secourir.

Nous nous assîmes sur un banc. Hélas! lui dis-je,
avec un soupir parti du fond du cœur, votre compassion doit être excessive, mon cher Tiberge, si
vous m'assurez qu'elle est égale à mes peines. J'ai
honte de vous les laisser voir, car je confesse que
la cause n'en est pas glorieuse, mais l'effet en est
si triste qu'il n'est pas besoin de m'aimer autant
que vous faites pour en être attendri. Il me demanda, comme une marque d'amitié, de lui raconter sans déguisement ce qui m'était arrivé depuis
mon départ de Saint-Sulpice. Je le satisfis; et loin
d'altérer quelque chose à la vérité, ou de diminuer
mes fautes pour les faire trouver plus excusables,
je lui parlai de ma passion avec toute la force
qu'elle m'inspirait. Je la lui représentai comme un
de ces coups particuliers du destin qui s'attache à
la ruine d'un misérable, et dont il est aussi impossible à la vertu de se défendre qu'il l'a été à la
sagesse de les prévoir. Je lui fis une vive peinture
de mes agitations, de mes craintes, du désespoir
où j'étais deux heures avant que de le voir, et de
celui dans lequel j'allais retomber, si j'étais abandonné par mes amis aussi impitoyablement que par
la fortune; enfin, j'attendris tellement le bon
Tiberge, que je le vis aussi affligé par la compassion
que je l'étais par le sentiment de mes peines. Il ne

se lassait point de m'embrasser, et de m'exhorter
à prendre du courage et de la consolation, mais,
comme il supposait toujours qu'il fallait me séparer
de Manon, je lui fis entendre nettement que c'était
cette séparation même que je regardais comme la
plus grande de mes infortunes, et que j'étais disposé à souffrir, non seulement le dernier excès de
la misère, mais la mort la plus cruelle, avant que de
recevoir un remède plus insupportable que tous
mes maux ensemble.

Expliquez-vous donc, me dit-il : quelle espèce de
secours suis-je capable de vous donner, si vous
vous révoltez contre toutes mes propositions? Je
n'osais lui déclarer que c'était de sa bourse que
j'avais besoin. Il le comprit pourtant à la fin, et
m'ayant confessé qu'il croyait m'entendre, il demeura quelque temps suspendu, avec l'air d'une
personne qui balance. Ne croyez pas, reprit-il bientôt, que ma rêverie vienne d'un refroidissement de
zèle et d'amitié. Mais à quelle alternative me rédui-
sez-vous, s'il faut que je vous refuse le seul secours
que vous voulez accepter, ou que je blesse mon
devoir en vous l'accordant? car n'est-ce pas prendre
part à votre désordre, que de vous y faire persé-
vérer? Cependant, continua-t-il après avoir réfléchi
un moment, je m'imagine que c'est peut-être l'état
violent où l'indigence vous jette, qui ne vous laisse
pas assez de liberté pour choisir le meilleur parti;
il faut un esprit tranquille pour goûter la sagesse et
la vérité. Je trouverai le moyen de vous faire avoir
quelque argent. Permettez-moi, mon cher Chevalier, ajouta-t-il en m'embrassant, d'y mettre seule-

ment une condition : c'est que vous m'apprendrez
le lieu de votre demeure, et que vous souffrirez que
je fasse du moins mes efforts pour vous ramener à
la vertu, que je sais que vous aimez, et dont il n'y a
que la violence de vos passions qui vous écarte. Je
lui accordai sincèrement tout ce qu'il souhaitait, et
je le priai de plaindre la malignité de mon sort,
qui me faisait profiter si mal des conseils d'un ami
si vertueux. Il me mena aussitôt chez un banquier
de sa connaissance, qui m'avança cent pistoles sur
son billet, car il n'était rien moins qu'en argent
comptant. J'ai déjà dit qu'il n'était pas riche. Son
bénéfice valait mille écus, mais, comme c'était la
première année qu'il le possédait, il n'avait encore
rien touché du revenu : c'était sur les fruits futurs
qu'il me faisait cette avance.

Je sentis tout le prix de sa générosité. J'en fus
touché, jusqu'au point de déplorer l'aveuglement
d'un amour fatal, qui me faisait violer tous les
devoirs. La vertu eut assez de force pendant quelques moments pour s'élever dans mon cœur contre
ma passion, et j'aperçus du moins, dans cet instant de lumière, la honte et l'indignité de mes
chaînes. Mais ce combat fut léger et dura peu. La
vue de Manon m'aurait fait précipiter du ciel, et je
m'étonnai, en me retrouvant près d'elle, que j'eusse
pu traiter un moment de honteuse une tendresse si
juste pour un objet si charmant.

Manon était une créature d'un caractère extraordinaire. Jamais fille n'eut moins d'attachement
qu'elle pour l'argent, mais elle ne pouvait être
tranquille un moment, avec la crainte d'en man-

quer. C'était du plaisir et des passe-temps qu'il
lui fallait. Elle n'eût jamais voulu toucher un sou,
si l'on pouvait se divertir sans qu'il en coûte. Elle
ne s'informait pas même quel était le fonds de nos
richesses, pourvu qu'elle pût passer agréablement
la journée, de sorte que, n'étant ni excessivement
livrée au jeu ni capable d'être éblouie par le faste
des grandes dépenses, rien n'était plus facile que de
la satisfaire, en lui faisant naître tous les jours des
amusements de son goût. Mais c'était une chose si
nécessaire pour elle, d'être ainsi occupée par le
plaisir, qu'il n'y avait pas le moindre fond à faire,
sans cela, sur son humeur et sur ses inclinations.
Quoiqu'elle m'aimât tendrement, et que je fusse le
seul, comme elle en convenait volontiers, qui pût
lui faire goûter parfaitement les douceurs de
l'amour, j'étais presque certain que sa tendresse ne
tiendrait point contre de certaines craintes. Elle
m'aurait préféré à toute la terre avec une fortune
médiocre; mais je ne doutais nullement qu'elle ne
m'abandonnât pour quelque nouveau B... lorsqu'il
ne me resterait que de la constance et de la fidélité
à lui offrir. Je résolus donc de régler si bien ma
dépense particulière que je fusse toujours en état
de fournir aux siennes, et de me priver plutôt de
mille choses nécessaires que de la borner même
pour le superflu. Le carrosse m'effrayait plus que
tout le reste; car il n'y avait point d'apparence de
pouvoir entretenir des chevaux et un cocher. Je
découvris ma peine à M. Lescaut. Je ne lui avais
point caché que j'eusse reçu cent pistoles d'un ami.
Il me répéta que, si je voulais tenter le hasard du

jeu, il ne désespérait point qu'en sacrifiant de
bonne grâce une centaine de francs pour traiter
ses associés, je ne pusse être admis, à sa recommandation, dans la Ligue de l'Industrie. Quelque répugnance que j'eusse à tromper, je me laissai entraîner par une cruelle nécessité.

M. Lescaut me présenta, le soir même, comme
un de ses parents; il ajouta que j'étais d'autant
mieux disposé à réussir, que j'avais besoin des plus
grandes faveurs de la fortune. Cependant, pour
faire connaître que ma misère n'était pas celle d'un
homme de néant, il leur dit que j'étais dans le
dessein de leur donner à souper. L'offre fut acceptée. Je les traitai magnifiquement. On s'entretint
longtemps de la gentillesse de ma figure et de mes
heureuses dispositions. On prétendit qu'il y avait
beaucoup à espérer de moi, parce qu'ayant quelque
chose dans la physionomie qui sentait l'honnête
homme, personne ne se défierait de mes artifices.
Enfin, on rendit grâce à M. Lescaut d'avoir procuré à l'Ordre un novice de mon mérite, et l'on
chargea un des chevaliers de me donner, pendant
quelques jours, les instructions nécessaires. Le principal théâtre de mes exploits devait être l'hôtel de
Transylvanie, où il y avait une table de pharaon
dans une salle et divers autres jeux de cartes et de
dés dans la galerie. Cette académie se tenait au
profit de M. le prince de R..., qui demeurait alors
à Clagny, et la plupart de ses officiers étaient de
notre société. Le dirai-je à ma honte? Je profitai en
peu de temps des leçons de mon maître. J'acquis
surtout beaucoup d'habileté à faire une volte-face,

à filer la carte, et m'aidant fort bien d'une longue paire de manchettes, j'escamotais assez légèrement pour tromper les yeux des plus habiles, et ruiner sans affectation quantité d'honnêtes joueurs. Cette adresse extraordinaire hâta si fort les progrès de ma fortune, que je me trouvai en peu de semaines des sommes considérables, outre celles que je partageais de bonne foi avec mes associés. Je ne craignis plus, alors, de découvrir à Manon notre perte de Chaillot, et, pour la consoler, en lui apprenant cette fâcheuse nouvelle, je louai une maison garnie, où nous nous établîmes avec un air d'opulence et de sécurité.

Tiberge n'avait pas manqué, pendant ce temps-là, de me rendre de fréquentes visites. Sa morale ne finissait point. Il recommençait sans cesse à me représenter le tort que je faisais à ma conscience, à mon honneur et à ma fortune. Je recevais ses avis avec amitié, et quoique je n'eusse pas la moindre disposition à les suivre, je lui savais bon gré de son zèle, parce que j'en connaissais la source. Quelquefois je le raillais agréablement, dans la présence même de Manon, et je l'exhortais à n'être pas plus scrupuleux qu'un grand nombre d'évêques et d'autres prêtres, qui savent accorder fort bien une maîtresse avec un bénéfice. Voyez, lui disais-je, en lui montrant les yeux de la mienne, et dites-moi s'il y a des fautes qui ne soient pas justifiées par une si belle cause. Il prenait patience. Il la poussa même assez loin; mais lorsqu'il vit que mes richesses augmentaient, et que non seulement je lui avais restitué ses cent pistoles, mais qu'ayant loué une nouvelle maison et doublé ma dépense, j'allais me replonger plus que jamais dans les plaisirs, il changea entièrement de ton et de manières. Il se plaignit de mon endurcissement; il me menaça des châtiments du Ciel, et il me prédit une partie des malheurs qui ne tardèrent guère à m'arriver. Il est impossible, me dit-il, que les richesses qui servent à l'entretien de vos désordres vous soient venues par des voies légitimes. Vous les avez acquises injustement; elles vous seront ravies de même. La plus terrible punition de Dieu serait de vous en laisser jouir tranquillement. Tous mes conseils, ajouta-t-il, vous ont été inutiles; je ne prévois que trop qu'ils vous seraient bientôt importuns. Adieu, ingrat et faible ami. Puissent vos criminels plaisirs s'évanouir comme une ombre! Puissent votre fortune et votre argent périr sans ressource, et vous rester seul et nu, pour sentir la vanité des biens qui vous ont follement enivré! C'est alors que vous me trouverez disposé à vous aimer et à vous servir, mais je romps aujourd'hui tout commerce avec vous, et je déteste la vie que vous menez. Ce fut dans ma chambre, aux yeux de Manon, qu'il me fit cette harangue apostolique. Il se leva pour se retirer. Je voulus le retenir, mais je fus arrêté par Manon, qui me dit que c'était un fou qu'il fallait laisser sortir.

Son discours ne laissa pas de faire quelque impression sur moi. Je remarque ainsi les diverses occasions où mon cœur sentit un retour vers le bien, parce que c'est à ce souvenir que j'ai dû ensuite une partie de ma force dans les plus malheureuses circonstances de ma vie. Les caresses de Manon dissi-

pèrent, en un moment, le chagrin que cette scène
m'avait causé. Nous continuâmes de mener une vie
toute composée de plaisir et d'amour. L'augmentation de nos richesses redoubla notre affection;
Vénus et la Fortune n'avaient point d'esclaves plus
heureux et plus tendres. Dieux! pourquoi nommer
le monde un lieu de misères, puisqu'on y peut goûter
de si charmantes délices? Mais, hélas! leur faible
est de passer trop vite. Quelle autre félicité voudrait-
on se proposer, si elles étaient de nature à durer
toujours? Les nôtres eurent le sort commun, c'est-à-
dire de durer peu, et d'être suivies par des regrets
amers. J'avais fait, au jeu, des gains si considérables,
que je pensais à placer une partie de mon argent.
Mes domestiques n'ignoraient pas mes succès, surtout mon valet de chambre et la suivante de Manon,
devant lesquels nous nous entretenions souvent
sans défiance. Cette fille était jolie; mon valet en
était amoureux. Ils avaient affaire à des maîtres
jeunes et faciles, qu'ils s'imaginèrent pouvoir tromper aisément. Ils en conçurent le dessein, et ils
l'exécutèrent si malheureusement pour nous, qu'ils
nous mirent dans un état dont il ne nous a jamais
été possible de nous relever.

M. Lescaut nous ayant un jour donné à souper, il
était environ minuit lorsque nous retournâmes au
logis. J'appelai mon valet, et Manon sa femme de
chambre; ni l'un ni l'autre ne parurent. On nous
dit qu'ils n'avaient point été vus dans la maison
depuis huit heures, et qu'ils étaient sortis après
avoir fait transporter quelques caisses, suivant les
ordres qu'ils disaient avoir reçus de moi. Je pres-

sentis une partie de la vérité, mais je ne formai point de soupçons qui ne fussent surpassés par ce que j'aperçus en entrant dans ma chambre. La serrure de mon cabinet avait été forcée, et mon argent enlevé, avec tous mes habits. Dans le temps que je réfléchissais, seul, sur cet accident, Manon vint, tout effrayée, m'apprendre qu'on avait fait le même ravage dans son appartement. Le coup me parut si cruel qu'il n'y eut qu'un effort extraordinaire de raison qui m'empêcha de me livrer aux cris et aux pleurs. La crainte de communiquer mon désespoir à Manon me fit affecter de prendre un visage tranquille. Je lui dis, en badinant, que je me vengerais sur quelque dupe à l'hôtel de Transylvanie. Cependant, elle me sembla si sensible à notre malheur, que sa tristesse eut bien plus de force pour m'affliger, que ma joie feinte n'en avait eu pour l'empêcher d'être trop abattue. Nous sommes perdus! me dit-elle, les larmes aux yeux. Je m'efforçai en vain de la consoler par mes caresses; mes propres pleurs trahissaient mon désespoir et ma consternation. En effet, nous étions ruinés si absolument, qu'il ne nous restait pas une chemise.

Je pris le parti d'envoyer chercher sur-le-champ M. Lescaut. Il me conseilla d'aller, à l'heure même, chez M. le Lieutenant de Police et M. le Grand Prévôt de Paris. J'y allai, mais ce fut pour mon plus grand malheur; car outre que cette démarche et celles que je fis faire à ces deux officiers de justice ne produisirent rien, je donnai le temps à Lescaut d'entretenir sa sœur, et de lui inspirer, pendant mon absence, une horrible résolution. Il lui parla

de M. de G... M..., vieux voluptueux, qui payait
prodiguement les plaisirs, et il lui fit envisager tant
d'avantages à se mettre à sa solde, que, troublée
comme elle était par notre disgrâce, elle entra dans
tout ce qu'il entreprit de lui persuader. Cet honorable marché fut conclu avant mon retour, et l'exécution remise au lendemain, après que Lescaut
aurait prévenu M. de G... M... Je le trouvai qui
m'attendait au logis; mais Manon s'était couchée
dans son appartement, et elle avait donné ordre à
son laquais de me dire qu'ayant besoin d'un peu de
repos, elle me priait de la laisser seule pendant
cette nuit. Lescaut me quitta, après m'avoir offert
quelques pistoles que j'acceptai. Il était près de
quatre heures, lorsque je me mis au lit, et m'y étant
encore occupé longtemps des moyens de rétablir
ma fortune, je m'endormis si tard, que je ne pus
me réveiller que vers onze heures ou midi. Je me
levai promptement pour aller m'informer de la
santé de Manon; on me dit qu'elle était sortie, une
heure auparavant, avec son frère, qui l'était venu
prendre dans un carrosse de louage. Quoiqu'une
telle partie, faite avec Lescaut, me parût mystérieuse,
je me fis violence pour suspendre mes soupçons. Je
laissai couler quelques heures, que je passai à lire.
Enfin, n'étant plus le maître de mon inquiétude,
je me promenai à grands pas dans nos appartements.
J'aperçus, dans celui de Manon, une lettre cachetée
qui était sur sa table. L'adresse était à moi, et l'écriture de sa main. Je l'ouvris avec un frisson mortel;
elle était dans ces termes :

Je te jure, mon cher Chevalier, que tu es l'idole

de mon cœur, et qu'il n'y a que toi au monde que je puisse aimer de la façon dont je t'aime ; mais ne vois-tu pas, ma pauvre chère âme, que, dans l'état où nous sommes réduits, c'est une sotte vertu que la fidélité ? Crois-tu qu'on puisse être bien tendre lorsqu'on manque de pain ? La faim me causerait quelque méprise fatale ; je rendrais quelque jour le dernier soupir, en croyant en pousser un d'amour. Je t'adore, compte là-dessus ; mais laisse-moi, pour quelque temps, le ménagement de notre fortune. Malheur à qui va tomber dans mes filets ! Je travaille pour rendre mon Chevalier riche et heureux. Mon frère t'apprendra des nouvelles de ta Manon, et qu'elle a pleuré de la nécessité de te quitter.

Je demeurai, après cette lecture, dans un état qui me serait difficile à décrire car j'ignore encore aujourd'hui par quelle espèce de sentiments je fus alors agité. Ce fut une de ces situations uniques auxquelles on n'a rien éprouvé qui soit semblable. On ne saurait les expliquer aux autres, parce qu'ils n'en ont pas l'idée ; et l'on a peine à se les bien démêler à soi-même, parce qu'étant seules de leur espèce, cela ne se lie à rien dans la mémoire, et ne peut même être rapproché d'aucun sentiment connu. Cependant, de quelque nature que fussent les miens, il est certain qu'il devait y entrer de la douleur, du dépit, de la jalousie et de la honte. Heureux s'il n'y fût pas entré encore plus d'amour ! Elle m'aime, je le veux croire ; mais ne faudrait-il pas, m'écriai-je, qu'elle fût un monstre pour me haïr ? Quels droits eut-on jamais sur un cœur que je n'aie pas sur le sien ? Que me reste-t-il à faire

pour elle, après tout ce que je lui ai sacrifié? Cependant elle m'abandonne! et l'ingrate se croit à couvert
de mes reproches en me disant qu'elle ne cesse pas
de m'aimer! Elle appréhende la faim. Dieu d'amour!
quelle grossièreté de sentiments! et que c'est répondre mal à ma délicatesse! Je ne l'ai pas appré-
hendée, moi qui m'y expose si volontiers pour elle
en renonçant à ma fortune et aux douceurs de la
maison de mon père; moi qui me suis retranché
jusqu'au nécessaire pour satisfaire ses petites
humeurs et ses caprices. Elle m'adore, dit-elle.
Si tu m'adorais, ingrate, je sais bien de qui tu aurais
pris des conseils; tu ne m'aurais pas quitté, du
moins, sans me dire adieu. C'est à moi qu'il faut
demander quelles peines cruelles on sent à se séparer
de ce qu'on adore. Il faudrait avoir perdu l'esprit
pour s'y exposer volontairement.

Mes plaintes furent interrompues par une visite
à laquelle je ne m'attendais pas. Ce fut celle de
Lescaut. Bourreau! lui dis-je en mettant l'épée à
la main, où est Manon? qu'en as-tu fait? Ce mouvement l'effraya; il me répondit que, si c'était ainsi que
je le recevais lorsqu'il venait me rendre compte du
service le plus considérable qu'il eût pu me rendre,
il allait se retirer, et ne remettrait jamais le pied
chez moi. Je courus à la porte de la chambre, que je
fermai soigneusement. Ne t'imagine pas, lui dis-je
en me tournant vers lui, que tu puisses me prendre
encore une fois pour dupe et me tromper par des
fables. Il faut défendre ta vie, ou me faire retrouver
Manon. Là! que vous êtes vif! repartit-il; c'est
l'unique sujet qui m'amène. Je viens vous annoncer

un bonheur auquel vous ne pensez pas, et pour lequel vous reconnaîtrez peut-être que vous m'avez quelque obligation. Je voulus être éclairci sur-le-champ.

Il me raconta que Manon, ne pouvant soutenir la crainte de la misère, et surtout l'idée d'être obligée tout d'un coup à la réforme de notre équipage, l'avait prié de lui procurer la connaissance de M. de G... M..., qui passait pour un homme généreux. Il n'eut garde de me dire que le conseil était venu de lui, ni qu'il eût préparé les voies, avant que de l'y conduire. Je l'y ai menée ce matin, continua-t-il, et cet honnête homme a été si charmé de son mérite, qu'il l'a invitée d'abord à lui tenir compagnie à sa maison de campagne, où il est allé passer quelques jours. Moi, ajouta Lescaut, qui ai pénétré tout d'un coup de quel avantage cela pouvait être pour vous, je lui ai fait entendre adroitement que Manon avait essuyé des pertes considérables, et j'ai tellement piqué sa générosité, qu'il a commencé par lui faire un présent de deux cents pistoles. Je lui ai dit que cela était honnête pour le présent, mais que l'avenir amènerait à ma sœur de grands besoins ; qu'elle s'était chargée, d'ailleurs, du soin d'un jeune frère, qui nous était resté sur les bras après la mort de nos père et mère, et que, s'il la croyait digne de son estime, il ne la laisserait pas souffrir dans ce pauvre enfant qu'elle regardait comme la moitié d'elle-même. Ce récit n'a pas manqué de l'attendrir. Il s'est engagé à louer une maison commode, pour vous et pour Manon, car c'est vous-même qui êtes ce pauvre petit frère orphelin. Il a promis de vous

meubler proprement, et de vous fournir, tous les
mois quatre cents bonnes livres, qui en feront, si
je compte bien, quatre mille huit cents à la fin de
chaque année. Il a laissé ordre à son intendant, avant
que de partir pour sa campagne, de chercher une
maison, et de la tenir prête pour son retour. Vous
reverrez alors Manon, qui m'a chargé de vous
embrasser mille fois pour elle, et de vous assurer
qu'elle vous aime plus que jamais.

Je m'assis, en rêvant à cette bizarre disposition
de mon sort. Je me trouvai dans un partage de sentiments, et par conséquent dans une incertitude
si difficile à terminer, que je demeurai longtemps
sans répondre à quantité de questions que Lescaut
me faisait l'une sur l'autre. Ce fut, dans ce moment,
que l'honneur et la vertu me firent sentir encore
les pointes du remords, et que je jetai les yeux, en
soupirant, vers Amiens, vers la maison de mon père,
vers Saint-Sulpice et vers tous les lieux où j'avais
vécu dans l'innocence. Par quel immense espace
n'étais-je pas séparé de cet heureux état! Je ne le
voyais plus que de loin, comme une ombre qui s'atti-
rait encore mes regrets et mes désirs, mais trop
faible pour exciter mes efforts. Par quelle fatalité,
disais-je, suis-je devenu si criminel? L'amour est
une passion innocente; comment s'est-il changé,
pour moi, en une source de misères et de désordres?
Qui m'empêchait de vivre tranquille et vertueux avec
Manon? Pourquoi ne l'épousais-je point, avant que
d'obtenir rien de son amour? Mon père, qui m'aimait si tendrement, n'y aurait-il pas consenti si je
l'en eusse pressé avec des instances légitimes? Ah!

mon père l'aurait chérie lui-même, comme une fille
charmante, trop digne d'être la femme de son fils;
je serais heureux avec l'amour de Manon, avec
l'affection de mon père, avec l'estime des honnêtes
gens, avec les biens de la fortune et la tranquillité
de la vertu. Revers funeste! Quel est l'infâme personnage qu'on vient ici me proposer? Quoi! j'irai
partager... Mais y a-t-il à balancer, si c'est Manon
qui l'a réglé, et si je la perds sans cette complaisance?
Monsieur Lescaut, m'écriai-je en fermant les yeux,
comme pour écarter de si chagrinantes réflexions,
si vous avez eu dessein de me servir, je vous rends
grâces. Vous auriez pu prendre une voie plus honnête; mais c'est une chose finie, n'est-ce pas? Ne
pensons donc plus qu'à profiter de vos soins et à
remplir votre projet. Lescaut, à qui ma colère, suivie
d'un fort long silence, avait causé de l'embarras,
fut ravi de me voir prendre un parti tout différent
de celui qu'il avait appréhendé sans doute; il n'était
rien moins que brave, et j'en eus de meilleures
preuves dans la suite. Oui, oui, se hâta-t-il de me
répondre, c'est un fort bon service que je vous ai
rendu, et vous verrez que nous en tirerons plus
d'avantage que vous ne vous y attendez. Nous con-
certâmes de quelle manière nous pourrions prévenir
les défiances que M. de G... M... pouvait concevoir
de notre fraternité, en me voyant plus grand et un
peu plus âgé peut-être qu'il ne se l'imaginait. Nous
ne trouvâmes point d'autre moyen, que de prendre
devant lui un air simple et provincial, et de lui
faire croire que j'étais dans le dessein d'entrer dans
l'état ecclésiastique, et que j'allais pour cela tous

les jours au collège. Nous résolûmes aussi que je me
mettrais fort mal, la première fois que je serais
admis à l'honneur de le saluer. Il revint à la ville
trois ou quatre jours après; il conduisit lui-même
Manon dans la maison que son intendant avait eu
soin de préparer. Elle fit avertir aussitôt Lescaut
de son retour; et celui-ci m'en ayant donné avis,
nous nous rendîmes tous deux chez elle. Le vieil
amant en était déjà sorti.

Malgré la résignation avec laquelle je m'étais
soumis à ses volontés, je ne pus réprimer le mur-
mure de mon cœur en la revoyant. Je lui parus
triste et languissant. La joie de la retrouver ne
l'emportait pas tout à fait sur le chagrin de son
infidélité. Elle, au contraire, paraissait transportée
du plaisir de me revoir. Elle me fit des reproches
de ma froideur. Je ne pus m'empêcher de laisser
échapper les noms de perfide et d'infidèle, que j'ac-
compagnai d'autant de soupirs. Elle me railla
d'abord de ma simplicité; mais, lorsqu'elle vit mes
regards s'attacher toujours tristement sur elle, et
la peine que j'avais à digérer un changement si
contraire à mon humeur et à mes désirs, elle passa
seule dans son cabinet. Je la suivis un moment après.
Je l'y trouvai tout en pleurs; je lui demandai ce qui
les causait. Il t'est bien aisé de le voir, me dit-elle,
comment veux-tu que je vive, si ma vue n'est plus
propre qu'à te causer un air sombre et chagrin? Tu
ne m'as pas fait une seule caresse, depuis une heure
que tu es ici, et tu as reçu les miennes avec la majesté
du Grand Turc au Sérail.

Écoutez, Manon, lui répondis-je en l'embrassant, je ne puis vous cacher que j'ai le cœur mortellement affligé. Je ne parle point à présent des alarmes où votre fuite imprévue m'a jeté, ni de la cruauté que vous avez eue de m'abandonner sans un mot de consolation, après avoir passé la nuit dans un autre lit que moi. Le charme de votre présence m'en ferait bien oublier davantage. Mais croyez-vous que je puisse penser sans soupirs, et même sans larmes, continuai-je en en versant quelques-unes, à la triste et malheureuse vie que vous voulez que je mène dans cette maison? Laissons ma naissance et mon honneur à part : ce ne sont plus des raisons si faibles qui doivent entrer en concurrence avec un amour tel que le mien; mais cet amour même, ne vous imaginez-vous pas qu'il gémit de se voir si mal récompensé, ou plutôt traité si cruellement par une ingrate et dure maîtresse?... Elle m'interrompit : tenez, dit-elle, mon Chevalier, il est inutile de me tourmenter par des reproches qui me percent le cœur, lorsqu'ils viennent de vous. Je vois ce qui vous blesse. J'avais espéré que vous consentiriez au projet que j'avais fait pour rétablir un peu notre fortune, et c'était pour ménager votre délicatesse que j'avais commencé à l'exécuter sans votre participation; mais j'y renonce, puisque vous ne l'approuvez pas. Elle ajouta qu'elle ne me demandait qu'un peu de complaisance, pour le reste du jour; qu'elle avait déjà reçu deux cents pistoles de son vieil amant, et qu'il lui avait promis de lui apporter le soir un beau collier de perles, avec d'autres bijoux, et par-dessus cela, la moitié de la pension annuelle qu'il lui avait promise. Laissez-moi seulement le temps, me dit-elle, de recevoir ses présents; je vous jure qu'il ne pourra se vanter des avantages que je lui ai donnés sur moi, car je l'ai remis jusqu'à présent à la ville. Il est vrai qu'il m'a baisé plus d'un million de fois les mains; il est juste qu'il paye ce plaisir, et ce ne sera point trop que cinq ou six mille francs, en proportionnant le prix à ses richesses et à son âge.

Sa résolution me fut beaucoup plus agréable que l'espérance des cinq mille livres. J'eus lieu de reconnaître que mon cœur n'avait point encore perdu tout sentiment d'honneur, puisqu'il était si satisfait d'échapper à l'infamie. Mais j'étais né pour les courtes joies et les longues douleurs. La Fortune ne me délivrera d'un précipice que pour me faire tomber dans un autre. Lorsque j'eus marqué à Manon, par mille caresses, combien je me croyais heureux de son changement, je lui dis qu'il fallait en instruire M. Lescaut, afin que nos mesures se prissent de concert. Il en murmura d'abord; mais les quatre ou cinq mille livres d'argent comptant le firent entrer gaîment dans nos vues. Il fut donc réglé que nous nous trouverions tous à souper avec M. de G... M..., et cela pour deux raisons : l'une, pour nous donner le plaisir d'une scène agréable en me faisant passer pour un écolier, frère de Manon; l'autre, pour empêcher ce vieux libertin de s'émanciper trop avec ma maîtresse, par le droit qu'il croirait s'être acquis en payant si libéralement d'avance. Nous devions nous retirer, Lescaut et moi, lorsqu'il monterait à la chambre où il comptait de passer la nuit; et Manon, au lieu de le suivre, nous promit de sortir, et de la venir passer avec moi. Lescaut se chargea du soin d'avoir exactement un carrosse à la porte.

L'heure du souper étant venue, M. de G... M... ne se fit pas attendre longtemps. Lescaut était avec sa sœur, dans la salle. Le premier compliment du vieillard fut d'offrir à sa belle un collier, des bracelets et des pendants de perles, qui valaient au moins mille écus. Il lui compta ensuite, en beaux louis d'or, la somme de deux mille quatre cents livres, qui faisaient la moitié de la pension. Il assaisonna son présent de quantité de douceurs dans le goût de la vieille Cour. Manon ne put lui refuser quelques baisers; c'était autant de droits qu'elle acquérait sur l'argent qu'il lui mettait entre les mains. J'étais à la porte, où je prêtais l'oreille, en attendant que Lescaut m'avertît d'entrer.

Il vint me prendre par la main, lorsque Manon eut serré l'argent et les bijoux, et me conduisant vers M. de G... M..., il m'ordonna de lui faire la révérence. J'en fis deux ou trois des plus profondes. Excusez, monsieur, lui dit Lescaut, c'est un enfant fort neuf. Il est bien éloigné, comme vous voyez, d'avoir les airs de Paris; mais nous espérons qu'un peu d'usage le façonnera. Vous aurez l'honneur de voir ici souvent monsieur, ajouta-t-il, en se tournant vers moi; faites bien votre profit d'un si bon modèle. Le vieil amant parut prendre plaisir à me voir. Il me donna deux ou trois petits coups sur la joue, en me disant que j'étais un joli garçon, mais qu'il fallait être sur mes gardes à Paris, où les jeunes gens se laissent aller facilement à la débauche. Lescaut l'assura que j'étais naturellement si sage, que je ne parlais que de me faire prêtre, et que tout mon plaisir était à faire de petites chapelles. Je lui trouve de l'air de Manon, reprit le vieillard en me haussant le menton avec la main. Je répondis d'un air niais : Monsieur, c'est que nos deux chairs se touchent de bien proche; aussi, j'aime ma sœur Manon comme un autre moi-même. L'entendez-vous? dit-il à Lescaut, il a de l'esprit. C'est dommage que cet enfant-là n'ait pas un peu plus de monde. Oh! monsieur, repris-je, j'en ai vu beaucoup chez nous dans les églises, et je crois bien que j'en trouverai, à Paris, de plus sots que moi. Voyez, ajouta-t-il, cela est admirable pour un enfant de province. Toute notre conversation fut à peu près du même goût, pendant le souper. Manon, qui était badine, fut sur le point, plusieurs fois, de gâter tout par ses éclats de rire. Je trouvai l'occasion, en soupant, de lui raconter sa propre histoire, et le mauvais sort qui le menaçait. Lescaut et Manon tremblaient pendant mon récit, surtout lorsque je faisais son portrait au naturel; mais l'amour-propre l'empêcha de s'y reconnaître, et je l'achevai si adroitement, qu'il fut le premier à le trouver fort risible. Vous verrez que ce n'est pas sans raison que je me suis étendu sur cette ridicule scène. Enfin, l'heure du sommeil étant arrivée, il parla d'amour et d'impatience. Nous nous retirâmes, Lescaut et moi; on le conduisit à sa chambre, et Manon, étant sortie sous prétexte d'un besoin, nous vint joindre à la porte. Le carrosse, qui nous attendait trois ou quatre maisons plus bas,

s'avança pour nous recevoir. Nous nous éloignâmes
en un instant du quartier.

Quoiqu'à mes propres yeux cette action fût une
véritable friponnerie, ce n'était pas la plus injuste
que je crusse avoir à me reprocher. J'avais plus
de scrupule sur l'argent que j'avais acquis au jeu.
Cependant nous profitâmes aussi peu de l'un que
de l'autre, et le Ciel permit que la plus légère
de ces deux injustices fût la plus rigoureusement
punie.

M. de G... M... ne tarda pas longtemps à s'apercevoir qu'il était dupé. Je ne sais s'il fit, dès le soir
même, quelques démarches pour nous découvrir,
mais il eut assez de crédit pour n'en pas faire longtemps d'inutiles, et nous assez d'imprudence pour
compter trop sur la grandeur de Paris et sur l'éloignement qu'il y avait de notre quartier au sien. Non
seulement il fut informé de notre demeure et de nos
affaires présentes, mais il apprit aussi qui j'étais,
la vie que j'avais menée à Paris, l'ancienne liaison de
Manon avec B..., la tromperie qu'elle lui avait faite,
en un mot, toutes les parties scandaleuses de notre
histoire. Il prit là-dessus la résolution de nous
faire arrêter, et de nous traiter moins comme des
criminels que comme de fieffés libertins. Nous étions
encore au lit, lorsqu'un exempt de police entra dans
notre chambre avec une demi-douzaine de gardes.
Ils se saisirent d'abord de notre argent, ou plutôt
de celui de M. de G... M..., et nous ayant fait lever
brusquement, ils nous conduisirent à la porte, où
nous trouvâmes deux carrosses, dans l'un desquels
la pauvre Manon fut enlevée sans explication, et

moi traîné dans l'autre à Saint-Lazare. Il faut avoir éprouvé de tels revers, pour juger du désespoir qu'ils peuvent causer. Nos gardes eurent la dureté de ne me pas permettre d'embrasser Manon, ni de lui dire une parole. J'ignorai longtemps ce qu'elle était devenue. Ce fut sans doute un bonheur pour moi de ne l'avoir pas su d'abord, car une catastrophe si terrible m'aurait fait perdre le sens et, peut-être, la vie.

Ma malheureuse maîtresse fut donc enlevée, à mes yeux, et menée dans une retraite que j'ai horreur de nommer. Quel sort pour une créature toute char-mante, qui eût occupé le premier trône du monde, si tous les hommes eussent eu mes yeux et mon cœur! On ne l'y traita pas barbarement; mais elle fut resserrée dans une étroite prison, seule, et condamnée à remplir tous les jours une certaine tâche de travail, comme une condition nécessaire pour obtenir quelque dégoûtante nourriture. Je n'appris ce triste détail que longtemps après, lorsque j'eus essuyé moi-même plusieurs mois d'une rude et ennuyeuse pénitence. Mes gardes ne m'ayant point averti non plus du lieu où ils avaient ordre de me conduire, je ne connus mon destin qu'à la porte de Saint-Lazare. J'aurais préféré la mort, dans ce moment, à l'état où je me crus prêt de tomber. J'avais de terribles idées de cette maison. Ma frayeur augmenta lorsqu'en entrant les gardes visitèrent une seconde fois mes poches, pour s'assurer qu'il ne me restait ni armes, ni moyen de défense. Le supérieur parut à l'instant; il était prévenu sur mon arrivée; il me salua avec beaucoup de douceur.

Mon Père, lui dis-je, point d'indignités. Je perdrai mille vies avant que d'en souffrir une. Non, non, monsieur, me répondit-il; vous prendrez une conduite sage, et nous serons contents l'un de l'autre. Il me pria de monter dans une chambre haute. Je le suivis sans résistance. Les archers nous accompagnèrent jusqu'à la porte, et le supérieur, y étant entré avec moi, leur fit signe de se retirer.

Je suis donc votre prisonnier! lui dis-je. Eh bien, mon Père, que prétendez-vous faire de moi? Il me dit qu'il était charmé de me voir prendre un ton raisonnable; que son devoir serait de travailler à m'inspirer le goût de la vertu et de la religion, et le mien, de profiter de ses exhortations et de ses conseils; que, pour peu que je voulusse répondre aux attentions qu'il aurait pour moi, je ne trouverais que du plaisir dans ma solitude. Ah! du plaisir! repris-je; vous ne savez pas, mon Père, l'unique chose qui est capable de m'en faire goûter! Je le sais, reprit-il; mais j'espère que votre inclination changera. Sa réponse me fit comprendre qu'il était instruit de mes aventures, et peut-être de mon nom. Je le priai de m'éclaircir. Il me dit naturellement qu'on l'avait informé de tout.

Cette connaissance fut le plus rude de tous mes châtiments. Je me mis à verser un ruisseau de larmes, avec toutes les marques d'un affreux désespoir. Je ne pouvais me consoler d'une humiliation qui allait me rendre la fable de toutes les personnes de ma connaissance, et la honte de ma famille. Je passai ainsi huit jours dans le plus profond abattement sans être capable de rien entendre, ni de m'occuper

d'autre chose que de mon opprobre. Le souvenir
même de Manon n'ajoutait rien à ma douleur. Il
n'y entrait, du moins, que comme un sentiment qui
avait précédé cette nouvelle peine, et la passion
dominante de mon âme était la honte et la confusion. Il y a peu de personnes qui connaissent la force
de ces mouvements particuliers du cœur. Le commun des hommes n'est sensible qu'à cinq ou six passions, dans le cercle desquelles leur vie se passe, et
où toutes leurs agitations se réduisent. Otez-leur
l'amour et la haine, le plaisir et la douleur, l'espérance et la crainte, ils ne sentent plus rien. Mais les
personnes d'un caractère plus noble peuvent être
remuées de mille façons différentes; il semble
qu'elles aient plus de cinq sens, et qu'elles puissent
recevoir des idées et des sensations qui passent les
bornes ordinaires de la nature; et comme elles ont
un sentiment de cette grandeur qui les élève au-
dessus du vulgaire, il n'y a rien dont elles soient
plus jalouses. De là vient qu'elles souffrent si impatiemment le mépris et la risée, et que la honte est
une de leurs plus violentes passions.

J'avais ce triste avantage à Saint-Lazare. Ma tristesse parut si excessive au supérieur, qu'en appré-
hendant les suites, il crut devoir me traiter avec
beaucoup de douceur et d'indulgence. Il me visitait
deux ou trois fois le jour. Il me prenait souvent
avec lui, pour faire un tour de jardin, et son zèle
s'épuisait en exhortations et en avis salutaires. Je
les recevais avec douceur; je lui marquais même de
la reconnaissance. Il en tirait l'espoir de ma conversion. Vous êtes d'un naturel si doux et si aimable,

me dit-il un jour, que je ne puis comprendre les désordres dont on vous accuse. Deux choses m'étonnent : l'une, comment, avec de si bonnes qualités, vous avez pu vous livrer à l'excès du libertinage; et l'autre que j'admire encore plus, comment vous recevez si volontiers mes conseils et mes instructions, après avoir vécu plusieurs années dans l'habitude du désordre. Si c'est repentir, vous êtes un exemple signalé des miséricordes du Ciel; si c'est bonté naturelle, vous avez du moins un excellent fond de caractère, qui me fait espérer que nous n'aurons pas besoin de vous retenir ici long-temps, pour vous ramener à une vie honnête et réglée. Je fus ravi de lui voir cette opinion de moi. Je résolus de l'augmenter par une conduite qui pût le satisfaire entièrement, persuadé que c'était le plus sûr moyen d'abréger ma prison. Je lui demandai des livres. Il fut surpris que, m'ayant laissé le choix de ceux que je voulais lire, je me déterminai pour quelques auteurs sérieux. Je feignis de m'appliquer à l'étude avec le dernier attachement, et je lui donnai ainsi, dans toutes les occasions, des preuves du changement qu'il désirait.

Cependant il n'était qu'extérieur. Je dois le confesser à ma honte, je jouai, à Saint-Lazare, un personnage d'hypocrite. Au lieu d'étudier, quand j'étais seul, je ne m'occupais qu'à gémir de ma destinée; je maudissais ma prison et la tyrannie qui m'y retenait. Je n'eus pas plutôt quelque relâche du côté de cet accablement où m'avait jeté la confusion, que je retombai dans les tourments de l'amour. L'absence de Manon, l'incertitude de

son sort, la crainte de ne la revoir jamais étaient
l'unique objet de mes tristes méditations. Je me la
figurais dans les bras de G... M..., car c'était la
pensée que j'avais eue d'abord; et, loin de m'imaginer qu'il lui eût fait le même traitement qu'à
moi, j'étais persuadé qu'il ne m'avait fait éloigner
que pour la posséder tranquillement. Je passais
ainsi des jours et des nuits dont la longueur me
paraissait éternelle. Je n'avais d'espérance que dans
le succès de mon hypocrisie. J'observais soigneusement le visage et les discours du supérieur, pour
m'assurer de ce qu'il pensait de moi, et je me faisais une étude de lui plaire, comme à l'arbitre de
ma destinée. Il me fut aisé de reconnaître que
j'étais parfaitement dans ses bonnes grâces. Je ne
doutai plus qu'il ne fût disposé à me rendre service. Je pris un jour la hardiesse de lui demander
si c'était de lui que mon élargissement dépendait.
Il me dit qu'il n'en était pas absolument le maître,
mais que, sur son témoignage, il espérait que
M. de G... M..., à la sollicitation duquel M. le Lieutenant général de Police m'avait fait renfermer,
consentirait à me rendre la liberté. Puis-je me flatter, repris-je doucement, que deux mois de prison,
que j'ai déjà essuyés, lui paraîtront une expiation
suffisante? Il me promit de lui en parler, si je le
souhaitais. Je le priai instamment de me rendre
ce bon office. Il m'apprit, deux jours après, que
G... M... avait été si touché du bien qu'il avait
entendu de moi, que non seulement il paraissait
être dans le dessein de me laisser voir le jour, mais
qu'il avait même marqué beaucoup d'envie de me

connaître plus particulièrement, et qu'il se proposait de me rendre une visite dans ma prison. Quoique sa présence ne pût m'être agréable, je la regardais comme un acheminement prochain à ma liberté.

Il vint effectivement à Saint-Lazare. Je lui trouvai l'air plus grave et moins sot qu'il ne l'avait eu dans la maison de Manon. Il me tint quelques discours de bon sens sur ma mauvaise conduite. Il ajouta, pour justifier apparemment ses propres désordres, qu'il était permis à la faiblesse des hommes de se procurer certains plaisirs que la nature exige, mais que la friponnerie et les artifices honteux méritaient d'être punis. Je l'écoutai avec un air de soumission dont il parut satisfait. Je ne m'offensai pas même de lui entendre lâcher quelques railleries sur ma fraternité avec Lescaut et Manon, et sur les petites chapelles dont il supposait, me dit-il, que j'avais dû faire un grand nombre à Saint-Lazare, puisque je trouvais tant de plaisir à cette pieuse occupation. Mais il lui échappa, malheureusement pour lui et pour moi-même, de me dire que Manon en aurait fait aussi, sans doute, de fort jolies à l'Hôpital. Malgré le frémissement que le nom d'Hôpital me causa, j'eus encore le pouvoir de le prier, avec douceur, de s'expliquer. Hé oui! reprit-il, il y a deux mois qu'elle apprend la sagesse à l'Hôpital Général, et je souhaite qu'elle en ait tiré autant de profit que vous à Saint-Lazare.

Quand j'aurais eu une prison éternelle, ou la mort même présente à mes yeux, je n'aurais pas été le maître de mon transport, à cette affreuse

nouvelle. Je me jetai sur lui avec une si affreuse
rage que j'en perdis la moitié de mes forces. J'en
eus assez néanmoins pour le renverser par terre,
et pour le prendre à la gorge. Je l'étranglais,
lorsque le bruit de sa chute, et quelques cris aigus,
que je lui laissais à peine la liberté de pousser,
attirèrent le supérieur et plusieurs religieux dans
ma chambre. On le délivra de mes mains. J'avais
presque perdu moi-même la force et la respiration.
O Dieu! m'écriai-je, en poussant mille soupirs;
justice du Ciel! faut-il que je vive un moment,
après une telle infamie? Je voulus me jeter encore
sur le barbare qui venait de m'assassiner. On m'arrêta. Mon désespoir, mes cris et mes larmes pas-
saient toute imagination. Je fis des choses si étonnantes, que tous les assistants, qui en ignoraient la
cause, se regardaient les uns les autres avec autant
de frayeur que de surprise. M. de G... M... rajustait
pendant ce temps-là sa perruque et sa cravate, et
dans le dépit d'avoir été si maltraité, il ordonnait
au supérieur de me resserrer plus étroitement que
jamais, et de me punir par tous les châtiments
qu'on sait être propres à Saint-Lazare. Non, monsieur, lui dit le supérieur; ce n'est point avec une
personne de la naissance de M. le Chevalier que
nous en usons de cette manière. Il est si doux,
d'ailleurs, et si honnête, que j'ai peine à comprendre qu'il se soit porté à cet excès sans de
fortes raisons. Cette réponse acheva de déconcerter
M. de G... M... Il sortit en disant qu'il saurait faire
plier et le supérieur, et moi, et tous ceux qui oseraient lui résister.

Le supérieur, ayant ordonné à ses religieux de le conduire, demeura seul avec moi. Il me conjura de lui apprendre promptement d'où venait ce désordre. O mon Père, lui dis-je, en continuant de pleurer comme un enfant, figurez-vous la plus horrible cruauté, imaginez-vous la plus détestable de toutes les barbaries, c'est l'action que l'indigne G... M... a eu la lâcheté de commettre. Oh! il m'a percé le cœur. Je n'en reviendrai jamais. Je veux vous raconter tout, ajoutai-je en sanglotant. Vous êtes bon, vous aurez pitié de moi. Je lui fis un récit abrégé de la longue et insurmontable passion que j'avais pour Manon, de la situation florissante de notre fortune avant que nous eussions été dépouillés par nos propres domestiques, des offres que G... M... avait faites à ma maîtresse, de la conclusion de leur marché, et de la manière dont il avait été rompu. Je lui représentai les choses, à la vérité, du côté le plus favorable pour nous : Voilà, continuai-je, de quelle source est venu le zèle de M. de G... M... pour ma conversion. Il a eu le crédit de me faire ici renfermer, par un pur motif de vengeance. Je lui pardonne, mais, mon Père, ce n'est pas tout : il a fait enlever cruellement la plus chère moitié de moi-même, il l'a fait mettre honteusement à l'Hôpital, il a eu l'impudence de me l'annoncer aujourd'hui de sa propre bouche. A l'Hôpital, mon Père! O Ciel! ma charmante maîtresse, ma chère reine à l'Hôpital, comme la plus infâme de toutes les créatures! Où trouverai-je assez de force pour ne pas mourir de douleur et de honte? Le bon Père, me voyant dans cet excès d'affliction, entreprit de me consoler. Il me dit qu'il n'avait jamais compris mon aventure de la manière dont je la racontais; qu'il avait su, à la vérité, que je vivais dans le désordre, mais qu'il s'était figuré que ce qui avait obligé M. de G... M... d'y prendre intérêt, était quelque liaison d'estime et d'amitié avec ma famille; qu'il ne s'en était expliqué à lui-même que sur ce pied; que ce que je venais de lui apprendre mettrait beaucoup de changement dans mes affaires, et qu'il ne doutait point que le récit qu'il avait dessein d'en faire à M. le Lieutenant général de Police ne pût contribuer à ma liberté. Il me demanda ensuite pourquoi je n'avais pas encore pensé à donner de mes nouvelles à ma famille, puisqu'elle n'avait point eu de part à ma captivité. Je satisfis à cette objection par quelques raisons prises de la douleur que j'avais appréhendé de causer à mon père, et de la honte que j'en aurais ressentie moi-même. Enfin il me promit d'aller de ce pas chez le Lieutenant de Police, ne fût-ce, ajouta-t-il, que pour prévenir quelque chose de pis, de la part de M. de G... M..., qui est sorti de cette maison fort mal satisfait, et qui est assez considéré pour se faire redouter.

J'attendis le retour du Père avec toutes les agitations d'un malheureux qui touche au moment de sa sentence. C'était pour moi un supplice inexprimable de me représenter Manon à l'Hôpital. Outre l'infamie de cette demeure, j'ignorais de quelle manière elle y était traitée, et le souvenir de quelques particularités que j'avais entendues de cette maison d'horreur renouvelait à tous moments mes transports. J'étais tellement résolu de la secourir, à quelque prix et par quelque moyen que ce pût être, que j'aurais mis le feu à Saint-Lazare, s'il m'eût été impossible d'en sortir autrement. Je réfléchis donc sur les voies que j'avais à prendre, s'il arrivait que le Lieutenant général de Police continuât de m'y retenir malgré moi. Je mis mon industrie à toutes les épreuves; je parcourus toutes les possibilités. Je ne vis rien qui pût m'assurer d'une évasion certaine, et je craignis d'être renfermé plus étroitement si je faisais une tentative malheureuse. Je me rappelai le nom de quelques amis, de qui je pouvais espérer du secours; mais quel moyen de leur faire savoir ma situation? Enfin, je crus avoir formé un plan si adroit qu'il pourrait réussir, et je remis à l'arranger encore mieux après le retour du Père supérieur, si l'inutilité de sa démarche me le rendait nécessaire. Il ne tarda point à revenir. Je ne vis pas, sur son visage, les marques de joie qui accompagnent une bonne nouvelle. J'ai parlé, me dit-il, à M. le Lieutenant général de Police, mais je lui ai parlé trop tard. M. de G... M... l'est allé voir en sortant d'ici, et l'a si fort prévenu contre vous, qu'il était sur le point de m'envoyer de nouveaux ordres pour vous resserrer davantage.

Cependant, lorsque je lui ai appris le fond de vos affaires, il a paru s'adoucir beaucoup, et riant un peu de l'incontinence du vieux M. de G... M..., il m'a dit qu'il fallait vous laisser ici six mois pour le satisfaire; d'autant mieux, a-t-il dit, que cette demeure ne saurait vous être inutile. Il m'a recom-

mandé de vous traiter honnêtement, et je vous ré-
ponds que vous ne vous plaindrez point de mes
manières.

Cette explication du bon supérieur fut assez
longue pour me donner le temps de faire une sage
réflexion. Je conçus que je m'exposerais à renverser
mes desseins si je lui marquais trop d'empressement pour ma liberté. Je lui témoignai, au
contraire, que dans la nécessité de demeurer,
c'était une douce consolation pour moi d'avoir
quelque part à son estime. Je le priai ensuite, sans
affectation, de m'accorder une grâce, qui n'était de
nulle importance pour personne, et qui servirait
beaucoup à ma tranquillité; c'était de faire avertir
un de mes amis, un saint ecclésiastique qui demeurait à Saint-Sulpice, que j'étais à Saint-Lazare, et
de permettre que je reçusse quelquefois sa visite.
Cette faveur me fut accordée sans délibérer. C'était
mon ami Tiberge dont il était question; non que
j'espérasse de lui les secours nécessaires pour ma
liberté, mais je voulais l'y faire servir comme un
instrument éloigné, sans qu'il en eût même
connaissance. En un mot, voici mon projet : je
voulais écrire à Lescaut et le charger, lui et nos
amis communs, du soin de me délivrer. La première difficulté était de lui faire tenir ma lettre;
ce devait être l'office de Tiberge. Cependant,
comme il le connaissait pour le frère de ma maîtresse, je craignais qu'il n'eût peine à se charger de
cette commission. Mon dessein était de renfermer
ma lettre à Lescaut dans une autre lettre que je
devais adresser à un honnête homme de ma connais-

sance, en le priant de rendre promptement la première à son adresse, et comme il était nécessaire
que je visse Lescaut pour nous accorder dans nos
mesures, je voulais lui marquer de venir à Saint-
Lazare, et de demander à me voir sous le nom de
mon frère aîné, qui était venu exprès à Paris pour
prendre connaissance de mes affaires. Je remettais
à convenir avec lui des moyens qui nous paraî-
traient les plus expéditifs et les plus sûrs. Le Père
supérieur fit avertir Tiberge du désir que j'avais
de l'entretenir. Ce fidèle ami ne m'avait pas tellement perdu de vue qu'il ignorât mon aventure; il
savait que j'étais à Saint-Lazare, et peut-être
n'avait-il pas été fâché de cette disgrâce qu'il
croyait capable de me ramener au devoir. Il accourut aussitôt à ma chambre.

Notre entretien fut plein d'amitié. Il voulut être
informé de mes dispositions. Je lui ouvris mon
cœur sans réserve, excepté sur le dessein de ma
fuite. Ce n'est pas à vos yeux, cher ami, lui dis-je,
que je veux paraître ce que je ne suis point. Si
vous avez cru trouver ici un ami sage et réglé dans
ses désirs, un libertin réveillé par les châtiments du
Ciel, en un mot un cœur dégagé de l'amour et
revenu des charmes de sa Manon, vous avez jugé
trop favorablement de moi. Vous me revoyez tel
que vous me laissâtes il y a quatre mois : toujours
tendre, et toujours malheureux par cette fatale
tendresse dans laquelle je ne me lasse point de
chercher mon bonheur.

Il me répondit que l'aveu que je faisais me rendait inexcusable; qu'on voyait bien des pécheurs

qui s'enivraient du faux bonheur du vice jusqu'à
le préférer hautement à celui de la vertu; mais
que c'était, du moins, à des images de bonheur
qu'ils s'attachaient, et qu'ils étaient les dupes de
l'apparence; mais que, de reconnaître, comme je
le faisais, que l'objet de mes attachements n'était
propre qu'à me rendre coupable et malheureux,
et de· continuer à me précipiter volontairement
dans l'infortune et dans le crime, c'était une
contradiction d'idées et de conduite qui ne faisait
pas honneur à ma raison.

   Tiberge, repris-je, qu'il vous est aisé de vaincre,
lorsqu'on n'oppose rien à vos armes! Laissez-moi
raisonner à mon tour. Pouvez-vous prétendre que
ce que vous appelez le bonheur de la vertu soit
exempt de peines, de traverses et d'inquiétudes?
Quel nom donnerez-vous à la prison, aux croix,
aux supplices· et aux tortures des tyrans? Direz-
vous, comme font les mystiques, que ce qui tourmente le· corps est un bonheur pour l'âme? Vous
n'oseriez le dire; c'est un paradoxe insoutenable.
Ce bonheur, que vous relevez tant, est donc mêlé
de mille peines, ou pour parler plus juste, ce n'est
qu'un tissu de malheurs au travers desquels on
tend à la félicité. Or si la force de l'imagination
fait trouver du plaisir dans ces maux mêmes, parce
qu'ils peuvent conduire à un terme heureux qu'on
espère, pourquoi traitez-vous de contradictoire et
d'insensée, dans ma conduite, une disposition toute
semblable? J'aime Manon; je tends au travers de
mille douleurs à vivre heureux et tranquille auprès
d'elle. La voie par où je marche est malheureuse;

mais l'espérance d'arriver à mon terme y répand toujours de la douceur, et je me croirai trop bien payé, par un moment passé avec elle, de tous les chagrins que j'essuie pour l'obtenir. Toutes choses me paraissent donc égales de votre côté et du mien; ou s'il y a quelque différence, elle est encore à mon avantage, car le bonheur que j'espère est proche, et l'autre est éloigné; le mien est de la nature des peines, c'est-à-dire sensible au corps, et l'autre est d'une nature inconnue, qui n'est certaine que par la foi.

Tiberge parut effrayé de ce raisonnement. Il recula de deux pas, en me disant, de l'air le plus sérieux, que, non seulement ce que je venais de dire blessait le bon sens, mais que c'était un malheureux sophisme d'impiété et d'irréligion : car cette comparaison, ajouta-t-il, du terme de vos peines avec celui qui est proposé par la religion, est une idée des plus libertines et des plus monstrueuses.

J'avoue, repris-je, qu'elle n'est pas juste; mais prenez-y garde, ce n'est pas sur elle que porte mon raisonnement. J'ai eu dessein d'expliquer ce que vous regardez comme une contradiction, dans la persévérance d'un amour malheureux, et je crois avoir fort bien prouvé que, si c'en est une, vous ne sauriez vous en sauver plus que moi. C'est à cet égard seulement que j'ai traité les choses d'égales, et je soutiens encore qu'elles le sont. Répondrez-vous que le terme de la vertu est infiniment supérieur à celui de l'amour? Qui refuse d'en convenir? Mais est-ce de quoi il est question? Ne

s'agit-il pas de la force qu'ils ont, l'un et l'autre,
pour faire supporter les peines? Jugeons-en par
l'effet. Combien trouve-t-on de déserteurs de la
sévère vertu, et combien en trouverez-vous peu de
l'amour? Répondrez-vous encore que, s'il y a des
peines dans l'exercice du bien, elles ne sont pas
infaillibles et nécessaires; qu'on ne trouve plus de
tyrans ni de croix, et qu'on voit quantité de personnes vertueuses mener une vie douce et tranquille? Je vous dirai de même qu'il y a des amours
paisibles et fortunés, et, ce qui fait encore une différence qui m'est extrêmement avantageuse, j'ajou-
terai que l'amour, quoiqu'il trompe assez souvent,
ne promet du moins que des satisfactions et des
joies, au lieu que la religion veut qu'on s'attende
à une pratique triste et mortifiante. Ne vous alar-
mez pas, ajoutai-je en voyant son zèle prêt à se
chagriner. L'unique chose que je veux conclure ici,
c'est qu'il n'y a point de plus mauvaise méthode
pour dégoûter un cœur de l'amour, que de lui en
décrier les douceurs et de lui promettre plus de
bonheur dans l'exercice de la vertu. De la manière
dont nous sommes faits, il est certain que notre
félicité consiste dans le plaisir; je défie qu'on s'en
forme une autre idée; or le cœur n'a pas besoin de
se consulter longtemps pour sentir que, de tous
les plaisirs, les plus doux sont ceux de l'amour.
Il s'aperçoit bientôt qu'on le trompe lorsqu'on
lui en promet ailleurs de plus charmants, et cette
tromperie le dispose à se défier des promesses les
plus solides. Prédicateurs, qui voulez me ramener
à la vertu, dites-moi qu'elle est indispensablement

nécessaire, mais ne me déguisez pas qu'elle est
sévère et pénible. Établissez bien que les délices de
l'amour sont passagères, qu'elles sont défendues,
qu'elles seront suivies par d'éternelles peines, et
ce qui fera peut-être encore plus d'impression
sur moi, que, plus elles sont douces et charmantes,
plus le Ciel sera magnifique à récompenser un si
grand sacrifice, mais confessez qu'avec des cœurs
tels que nous les avons, elles sont ici-bas nos plus
parfaites félicités.

Cette fin de mon discours rendit sa bonne humeur à Tiberge. Il convint qu'il y avait quelque
chose de raisonnable dans mes pensées. La seule
objection qu'il ajouta fut de me demander pourquoi je n'entrais pas du moins dans mes propres
principes, en sacrifiant mon amour à l'espérance
de cette rémunération dont je me faisais une si
grande idée. O cher ami! lui répondis-je, c'est ici
que je reconnais ma misère et ma faiblesse. Hélas!
oui, c'est mon devoir d'agir comme je raisonne!
mais l'action est-elle en mon pouvoir? De quels
secours n'aurais-je pas besoin pour oublier les
charmes de Manon? Dieu me pardonne, reprit
Tiberge, je pense que voici encore un de nos jansé-
nistes. Je ne sais ce que je suis, répliquai-je, et je
ne vois pas trop clairement ce qu'il faut être; mais
je n'éprouve que trop la vérité de ce qu'ils disent.

Cette conversation servit du moins à renouveler
la pitié de mon ami. Il comprit qu'il y avait plus
de faiblesse que de malignité dans mes désordres.
Son amitié en fut plus disposée, dans la suite, à me
donner des secours, sans lesquels j'aurais péri in-

failliblement de misère. Cependant, je ne lui fis
pas la moindre ouverture du dessein que j'avais
de m'échapper de Saint-Lazare. Je le priai seulement de se charger de ma lettre. Je l'avais préparée,
avant qu'il fût venu, et je ne manquai point de
prétextes pour colorer la nécessité où j'étais d'écrire.
Il eut la fidélité de la porter exactement, et Lescaut
reçut, avant la fin du jour, celle qui était pour lui.

Il me vint voir le lendemain, et il passa heureusement sous le nom de mon frère. Ma joie fut extrême en l'apercevant dans ma chambre. J'en fermai la porte avec soin. Ne perdons pas un seul
moment, lui dis-je; apprenez-moi d'abord des
nouvelles de Manon, et donnez-moi ensuite un bon
conseil pour rompre mes fers. Il m'assura qu'il
n'avait pas vu sa sœur depuis le jour qui avait
précédé mon emprisonnement, qu'il n'avait appris
son sort et le mien qu'à force d'informations et de
soins; que, s'étant présenté deux ou trois fois à
l'Hôpital, on lui avait refusé la liberté de lui parler.
Malheureux G... M...! m'écriai-je, que tu me le
paieras cher!

Pour ce qui regarde votre délivrance, continua
Lescaut, c'est une entreprise moins facile que vous
ne pensez. Nous passâmes hier la soirée, deux de
mes amis et moi, à observer toutes les parties exté-
rieures de cette maison, et nous jugeâmes que, vos
fenêtres étant sur une cour entourée de bâtiments,
comme vous nous l'aviez marqué, il y aurait bien
de la difficulté à vous tirer de là. Vous êtes d'ailleurs au troisième étage, et nous ne pouvons introduire ici ni cordes ni échelles. Je ne vois donc nulle

ressource du côté du dehors. C'est dans la maison même qu'il faudrait imaginer quelque artifice. Non, repris-je; j'ai tout examiné, surtout depuis que ma clôture est un peu moins rigoureuse, par l'indulgence du supérieur. La porte de ma chambre ne se ferme plus avec la clef, j'ai la liberté de me promener dans les galeries des religieux; mais tous les escaliers sont bouchés par des portes épaisses, qu'on a soin de tenir fermées la nuit et le jour, de sorte qu'il est impossible que la seule adresse puisse me sauver. Attendez, repris-je, après avoir un peu réfléchi sur une idée qui me parut excellente, pourriez-vous m'apporter un pistolet? Aisément, me dit Lescaut; mais voulez-vous tuer quelqu'un? Je l'assurai que j'avais si peu dessein de tuer qu'il n'était pas même nécessaire que le pistolet fût chargé. Apportez-le-moi demain, ajoutai-je, et ne manquez pas de vous trouver le soir, à onze heures, vis-à-vis de la porte de cette maison, avec deux ou trois de nos amis. J'espère que je pourrai vous y rejoindre. Il me pressa en vain de lui en apprendre davantage. Je lui dis qu'une entreprise, telle que je la méditais, ne pouvait paraître raisonnable qu'après avoir réussi. Je le priai d'abréger sa visite, afin qu'il trouvât plus de facilité à me revoir le lendemain. Il fut admis avec aussi peu de peine que la première fois. Son air était grave, il n'y a personne qui ne l'eût pris pour un homme d'honneur.

Lorsque je me trouvai muni de l'instrument de ma liberté, je ne doutai presque plus du succès de mon projet. Il était bizarre et hardi; mais de

quoi n'étais-je pas capable, avec les motifs qui
m'animaient? J'avais remarqué, depuis qu'il m'était
permis de sortir de ma chambre et de me promener
dans les galeries, que le portier apportait chaque
jour au soir les clefs de toutes les portes au supérieur, et qu'il régnait ensuite un profond silence
dans la maison, qui marquait que tout le monde
était retiré. Je pouvais aller sans obstacle, par une
galerie de communication, de ma chambre à celle
de ce Père. Ma résolution était de lui prendre ses
clefs, en l'épouvantant avec mon pistolet s'il faisait
difficulté de me les donner, et de m'en servir pour
gagner la rue. J'en attendis le temps avec impatience. Le portier vint à l'heure ordinaire, c'est-à-
dire un peu après neuf heures. J'en laissai passer
encore une, pour m'assurer que tous les religieux
et les domestiques étaient endormis. Je partis enfin,
avec mon arme et une chandelle allumée. Je frappai d'abord doucement à la porte du Père, pour
l'éveiller sans bruit. Il m'entendit au second coup,
et s'imaginant, sans doute, que c'était quelque
religieux qui se trouvait mal et qui avait besoin de
secours, il se leva pour m'ouvrir. Il eut, néanmoins, la précaution de demander, au travers de la
porte, qui c'était et ce qu'on voulait de lui. Je fus
obligé de me nommer; mais j'affectai un ton plain-
tif, pour lui faire comprendre que je ne me trouvais pas bien. Ah! c'est vous, mon cher fils, me
dit-il, en ouvrant la porte; qu'est-ce donc qui vous
amène si tard? J'entrai dans sa chambre, et l'ayant
tiré à l'autre bout opposé à la porte, je lui déclarai
qu'il m'était impossible de demeurer plus long-

temps à Saint-Lazare; que la nuit était un temps commode pour sortir sans être aperçu, et que j'attendais de son amitié qu'il consentirait à m'ouvrir les portes, ou à me prêter ses clefs pour les ouvrir moi-même.

Ce compliment devait le surprendre. Il demeura quelque temps à me considérer, sans me répondre. Comme je n'en avais pas à perdre, je repris la parole pour lui dire que j'étais fort touché de toutes ses bontés, mais que, la liberté étant le plus cher de tous les biens, surtout pour moi à qui on la ravissait injustement, j'étais résolu de me la procurer cette nuit même, à quelque prix que ce fût; et de peur qu'il ne lui prît envie d'élever la voix pour appeler du secours, je lui fis voir une honnête raison de silence, que je tenais sous mon juste-au-corps. Un pistolet! me dit-il. Quoi! mon fils, vous voulez m'ôter la vie, pour reconnaître la considération que j'ai eue pour vous? A Dieu ne plaise, lui répondis-je. Vous avez trop d'esprit et de raison pour me mettre dans cette nécessité; mais je veux être libre, et j'y suis si résolu que, si mon projet manque par votre faute, c'est fait de vous absolument. Mais, mon cher fils, reprit-il d'un air pâle et effrayé, que vous ai-je fait? quelle raison avez-vous de vouloir ma mort? Eh non! répliquai-je avec impatience. Je n'ai pas dessein de vous tuer, si vous voulez vivre. Ouvrez-moi la porte, et je suis le meilleur de vos amis. J'aperçus les clefs qui étaient sur sa table. Je les pris et je le priai de me suivre, en faisant le moins de bruit qu'il pourrait. Il fut obligé de s'y résoudre. A mesure que nous

avancions et qu'il ouvrait une porte, il me répétait
avec un soupir : Ah! mon fils, ah! qui l'aurait cru?
Point de bruit, mon Père, répétais-je de mon côté
à tout moment. Enfin nous arrivâmes à une espèce
de barrière, qui est avant la grande porte de la rue.
Je me croyais déjà libre, et j'étais derrière le Père,
avec ma chandelle dans une main et mon pistolet
dans l'autre. Pendant qu'il s'empressait d'ouvrir,
un domestique, qui couchait dans une petite
chambre voisine, entendant le bruit de quelques
verrous, se lève et met la tête à sa porte. Le bon
Père le crut apparemment capable de m'arrêter.
Il lui ordonna, avec beaucoup d'imprudence, de
venir à son secours. C'était un puissant coquin,
qui s'élança sur moi sans balancer. Je ne le mar-
chandai point; je lui lâchai le coup au milieu de la
poitrine. Voilà de quoi vous êtes cause, mon Père,
dis-je assez fièrement à mon guide. Mais que cela
ne vous empêche point d'achever, ajoutai-je en le
poussant vers la dernière porte. Il n'osa refuser
de l'ouvrir. Je sortis heureusement et je trouvai, à
quatre pas, Lescaut qui m'attendait avec deux amis,
suivant sa promesse.

Nous nous éloignâmes. Lescaut me demanda
s'il n'avait pas entendu tirer un pistolet. C'est votre
faute, lui dis-je; pourquoi me l'apportiez-vous
chargé? Cependant je le remerciai d'avoir eu cette
précaution, sans laquelle j'étais sans doute à Saint-
Lazare pour longtemps. Nous allâmes passer la
nuit chez un traiteur, où je me remis un peu de
la mauvaise chère que j'avais faite depuis près de
trois mois. Je ne pus néanmoins m'y livrer au plai-

sir. Je souffrais mortellement dans Manon. Il faut
la délivrer, dis-je à mes trois amis. Je n'ai souhaité
la liberté que dans cette vue. Je vous demande le
secours de votre adresse; pour moi, j'y emploierai
jusqu'à ma vie. Lescaut, qui ne manquait pas d'esprit et de prudence, me représenta qu'il fallait aller
bride en main; que mon évasion de Saint-Lazare,
et le malheur qui m'était arrivé en sortant, cause-
raient infailliblement du bruit; que le Lieutenant
général de Police me ferait chercher, et qu'il avait
les bras longs; enfin, que si je ne voulais pas être
exposé à quelque chose de pis que S[aint]-Lazare,
il était à propos de me tenir couvert et renfermé
pendant quelques jours, pour laisser au premier
feu de mes ennemis le temps de s'éteindre. Son
conseil était sage, mais il aurait fallu l'être aussi pour
le suivre. Tant de lenteur et de ménagement ne
s'accordait pas avec ma passion. Toute ma complaisance se réduisit à lui promettre que je passe-
rais le jour suivant à dormir. Il m'enferma dans sa
chambre, où je demeurai jusqu'au soir.

J'employai une partie de ce temps à former des
projets et des expédients pour secourir Manon.
J'étais bien persuadé que sa prison était encore
plus impénétrable que n'avait été la mienne. Il
n'était pas question de force et de violence, il fallait
de l'artifice; mais la déesse même de l'invention
n'aurait pas su par où commencer. J'y vis si peu de
jour, que je remis à considérer mieux les choses
lorsque j'aurais pris quelques informations sur
l'arrangement intérieur de l'Hôpital.

Aussitôt que la nuit m'eut rendu la liberté, je

priai Lescaut de m'accompagner. Nous liâmes
conversation avec un des portiers, qui nous parut
homme de bon sens. Je feignis d'être un étranger
qui avait entendu parler avec admiration de l'Hôpital Général, et de l'ordre qui s'y observe. Je
l'interrogeai sur les plus minces détails, et de circonstances en circonstances, nous tombâmes sur
les administrateurs, dont je le priai de m'apprendre
les noms et les qualités. Les réponses qu'il me fit
sur ce dernier article me firent naître une pensée
dont je m'applaudis aussitôt, et que je ne tardai
point à mettre en œuvre. Je lui demandai, comme
une chose essentielle à mon dessein, si ces messieurs avaient des enfants. Il me dit qu'il ne pouvait
m'en rendre un compte certain, mais que, pour
M. de T., qui était un des principaux, il lui
connaissait un fils en âge d'être marié, qui était
venu plusieurs fois à l'Hôpital avec son père. Cette
assurance me suffisait. Je rompis presque aussitôt
notre entretien, et je fis part à Lescaut, en retour-
nant chez lui, du dessein que j'avais conçu. Je
m'imagine, lui dis-je, que M. de T... le fils, qui
est riche et de bonne famille, est dans un certain
goût de plaisirs, comme la plupart des jeunes gens
de son âge. Il ne saurait être ennemi des femmes,
ni ridicule au point de refuser ses services pour une
affaire d'amour. J'ai formé le dessein de l'intéresser
à la liberté de Manon. S'il est honnête homme,
et qu'il ait des sentiments, il nous accordera son
secours par générosité. S'il n'est point capable
d'être conduit par ce motif, il fera du moins
quelque chose pour une fille aimable, ne fût-ce

que par l'espérance d'avoir part à ses faveurs. Je
ne veux pas différer de le voir, ajoutai-je, plus
longtemps que jusqu'à demain. Je me sens si
consolé par ce projet, que j'en tire un bon augure.
Lescaut convint lui-même qu'il y avait de la vrai-
semblance dans mes idées, et que nous pouvions
espérer quelque chose par cette voie. J'en passai
la nuit moins tristement.

Le matin étant venu, je m'habillai le plus proprement qu'il me fut possible, dans l'état d'indigence où j'étais, et je me fis conduire dans un fiacre
à la maison de M. de T... Il fut surpris de recevoir
la visite d'un inconnu. J'augurai bien de sa physionomie et de ses civilités. Je m'expliquai naturellement avec lui, et pour échauffer ses sentiments
naturels, je lui parlai de ma passion et du mérite
de ma maîtresse comme de deux choses qui ne
pouvaient être égalées que l'une par l'autre. Il me
dit que, quoiqu'il n'eût jamais vu Manon, il avait
entendu parler d'elle, du moins s'il s'agissait de
celle qui avait été la maîtresse du vieux G... M...
Je ne doutai point qu'il ne fût informé de la part
que j'avais eue à cette aventure, et pour le gagner
de plus en plus, en me faisant un mérite de ma
confiance, je lui racontai le détail de tout ce qui
était arrivé à Manon et à moi. Vous voyez, monsieur, continuai-je, que l'intérêt de ma vie et celui
de mon cœur sont maintenant entre vos mains.
L'un ne m'est pas plus cher que l'autre. Je n'ai
point de réserve avec vous, parce que je suis informé de votre générosité, et que la ressemblance
de nos âges me fait espérer qu'il s'en trouvera

quelqu'une dans nos inclinations. Il parut fort
sensible à cette marque d'ouverture et de candeur.
Sa réponse fut celle d'un homme qui a du monde
et des sentiments; ce que le monde ne donne pas
toujours et qu'il fait perdre souvent. Il me dit qu'il
mettait ma visite au rang de ses bonnes fortunes,
qu'il regarderait mon amitié comme une de ses
plus heureuses acquisitions, et qu'il s'efforcerait
de la mériter par l'ardeur de ses services. Il ne
promit pas de me rendre Manon, parce qu'il
n'avait, me dit-il, qu'un crédit médiocre et mal
assuré; mais il m'offrit de me procurer le plaisir
de la voir, et de faire tout ce qui serait en sa puissance pour la remettre entre mes bras. Je fus plus
satisfait de cette incertitude de son crédit que je ne
l'aurais été d'une pleine assurance de remplir tous
mes désirs. Je trouvai, dans la modération de ses
offres, une marque de franchise dont je fus charmé.
En un mot, je me promis tout de ses bons offices.
La seule promesse de me faire voir Manon m'aurait
fait tout entreprendre pour lui. Je lui marquai
quelque chose de ces sentiments, d'une manière
qui le persuada aussi que je n'étais pas d'un mauvais naturel. Nous nous embrassâmes avec tendresse, et nous devînmes amis, sans autre raison
que la bonté de nos cœurs et une simple disposition qui porte un homme tendre et généreux à
aimer un autre homme qui lui ressemble. Il poussa
les marques de son estime bien plus loin, car, ayant
combiné mes aventures, et jugeant qu'en sortant de
S[aint]-Lazare je ne devais pas me trouver à mon
aise, il m'offrit sa bourse, et il me pressa de l'ac-

cepter. Je ne l'acceptai point; mais je lui dis : C'est trop, mon cher Monsieur. Si, avec tant de bonté et d'amitié, vous me faites revoir ma chère Manon, je vous suis attaché pour toute ma vie. Si vous me rendez tout à fait cette chère créature, je ne croirai pas être quitte en versant tout mon sang pour vous servir.

Nous ne nous séparâmes qu'après être convenus du temps et du lieu où nous devions nous retrouver. Il eut la complaisance de ne pas me remettre plus loin que l'après-midi du même jour. Je l'attendis dans un café, où il vint me rejoindre vers les quatre heures, et nous prîmes ensemble le chemin de l'Hôpital. Mes genoux étaient tremblants en traversant les cours. Puissance d'amour! disais-je, je reverrai donc l'idole de mon cœur, l'objet de tant de pleurs et d'inquiétudes! Ciel! conservez-moi assez de vie pour aller jusqu'à elle, et disposez après cela de ma fortune et de mes jours; je n'ai plus d'autre grâce à vous demander.

M. de T... parla à quelques concierges de la maison qui s'empressèrent de lui offrir tout ce qui dépendait d'eux pour sa satisfaction. Il se fit montrer le quartier où Manon avait sa chambre, et l'on nous y conduisit avec une clef d'une grandeur effroyable, qui servit à ouvrir sa porte. Je demandai au valet qui nous menait, et qui était celui qu'on avait chargé du soin de la servir, de quelle manière elle avait passé le temps dans cette demeure. Il nous dit que c'était une douceur angélique; qu'il n'avait jamais reçu d'elle un mot de dureté; qu'elle avait versé continuellement des

larmes pendant les six premières semaines après
son arrivée, mais que, depuis quelque temps, elle
paraissait prendre son malheur avec plus de patience, et qu'elle était occupée à coudre du matin
jusqu'au soir, à la réserve de quelques heures
qu'elle employait à la lecture. Je lui demandai
encore si elle avait été entretenue proprement. Il
m'assura que le nécessaire, du moins, ne lui avait
jamais manqué.

Nous approchâmes de sa porte. Mon cœur battait
violemment. Je dis à M. de T... : Entrez seul et
prévenez-la sur ma visite, car j'appréhende qu'elle
ne soit trop saisie en me voyant tout d'un coup.
La porte nous fut ouverte. Je demeurai dans la
galerie. J'entendis néanmoins leurs discours. Il lui
dit qu'il venait lui apporter un peu de consolation,
qu'il était de mes amis, et qu'il prenait beaucoup
d'intérêt à notre bonheur. Elle lui demanda, avec
le plus vif empressement, si elle apprendrait de lui
ce que j'étais devenu. Il lui promit de m'amener à
ses pieds, aussi tendre, aussi fidèle qu'elle pouvait
le désirer. Quand? reprit-elle. Aujourd'hui même,
lui dit-il; ce bienheureux moment ne tardera point;
il va paraître à l'instant si vous le souhaitez. Elle
comprit que j'étais à la porte. J'entrai, lorsqu'elle
y accourait avec précipitation. Nous nous embrassâmes avec cette effusion de tendresse qu'une
absence de trois mois fait trouver si charmante à
de parfaits amants. Nos soupirs, nos exclamations
interrompues, mille noms d'amour répétés languissamment de part et d'autre, formèrent, pendant un
quart d'heure, une scène qui attendrissait M. de

T... Je vous porte envie, me dit-il, en nous faisant asseoir; il n'y a point de sort glorieux auquel je ne préférasse une maîtresse si belle et si passionnée. Aussi mépriserais-je tous les empires du monde, lui répondis-je, pour m'assurer le bonheur d'être aimé d'elle.

Tout le . reste d'une conversation si désirée ne pouvait manquer d'être infiniment tendre. La pauvre Manon me raconta ses aventures, et je lui appris les miennes. Nous pleurâmes amèrement en nous entretenant de l'état où elle était, et de celui d'où je ne faisais que sortir. M. de T... nous consola par de nouvelles promesses de s'employer ardemment pour finir nos misères. Il nous conseilla de ne pas rendre cette première entrevue trop longue, pour lui donner plus de facilité à nous en procurer d'autres. Il eut beaucoup de peine à nous faire goûter ce conseil; Manon, surtout, ne pouvait se résoudre à me laisser partir. Elle me fit remettre cent fois sur ma chaise; elle me retenait par les habits et par les mains. Hélas! dans quel lieu me laissez-vous! disait-elle. Qui peut m'assurer de vous revoir? M. de T... lui promit de la venir voir souvent avec moi. Pour le lieu, ajouta-t-il agréablement, il ne faut plus l'appeler l'Hôpital; c'est Versailles, depuis qu'une personne qui mérite l'empire de tous les cœurs y est renfermée.

Je fis, en sortant, quelques libéralités au valet qui la servait, pour l'engager à lui rendre ses soins avec zèle. Ce garçon avait l'âme moins basse et moins dure que ses pareils. Il avait été témoin de notre entrevue; ce tendre spectacle l'avait touché.

Un louis d'or, dont je lui fis présent, acheva de me
l'attacher. Il me prit à l'écart, en descendant dans
les cours. Monsieur, me dit-il, si vous me voulez
prendre à votre service, ou me donner une honnête
récompense pour me dédommager de la perte de
l'emploi que j'occupe ici, je crois qu'il me sera facile de délivrer Mademoiselle Manon. J'ouvris
l'oreille à cette proposition, et quoique je fusse
dépourvu de tout, je lui fis des promesses fort au-
dessus de ses désirs. Je comptais bien qu'il me
serait toujours aisé de récompenser un homme de
cette étoffe. Sois persuadé, lui dis-je, mon ami,
qu'il n'y a rien que je ne fasse pour toi, et que ta
fortune est aussi assurée que la mienne. Je voulus
savoir quels moyens il avait dessein d'employer.
Nul autre, me dit-il, que de lui ouvrir le soir la
porte de sa chambre, et de vous la conduire jusqu'à
celle de la rue, où il faudra que vous soyez prêt à
la recevoir. Je lui demandai s'il n'était point à
craindre qu'elle ne fût reconnue en traversant les
galeries et les cours. Il confessa qu'il y avait quelque danger, mais il me dit qu'il fallait bien risquer
quelque chose. Quoique je fusse ravi de le voir si
résolu, j'appelai M. de T... pour lui communiquer
ce projet, et la seule raison qui semblait pouvoir le
rendre douteux. Il y trouva plus de difficulté que
moi. Il convint qu'elle pouvait absolument s'échapper de cette manière; mais, si elle est reconnue,
continua-t-il, si elle est arrêtée en fuyant, c'est
peut-être fait d'elle pour toujours. D'ailleurs, il
vous faudrait donc quitter Paris sur-le-champ, car
vous ne seriez jamais assez caché aux recherches.

On les redoublerait, autant par rapport à vous qu'à elle. Un homme s'échappe aisément, quand il est seul, mais il est presque impossible de demeurer inconnu avec une jolie femme. Quelque solide que me parût ce raisonnement, il ne put l'emporter, dans mon esprit, sur un espoir si proche de mettre Manon en liberté. Je le dis à M. de T..., et je le priai de pardonner un peu d'imprudence et de témérité à l'amour. J'ajoutai que mon dessein était, en effet, de quitter Paris, pour m'arrêter, comme j'avais déjà fait, dans quelque village voisin. Nous convînmes donc, avec le valet, de ne pas remettre son entreprise plus loin qu'au jour suivant, et pour la rendre aussi certaine qu'il était en notre pouvoir, nous résolûmes d'apporter des habits d'homme, dans la vue de faciliter notre sortie. Il n'était pas aisé de les faire entrer, mais je ne manquai pas d'invention pour en trouver le moyen. Je priai seulement M. de T... de mettre le lendemain deux vestes légères l'une sur l'autre, et je me chargeai de tout le reste.

Nous retournâmes le matin à l'Hôpital. J'avais avec moi, pour Manon, du linge, des bas, etc., et par-dessus mon juste-au-corps, un surtout qui ne laissait rien voir de trop enflé dans mes poches. Nous ne fûmes qu'un moment dans sa chambre. M. de T... lui laissa une de ses deux vestes; je lui donnai mon juste-au-corps, le surtout me suffisant pour sortir. Il ne se trouva rien de manque à son ajustement, excepté la culotte que j'avais malheureusement oubliée. L'oubli de cette pièce nécessaire nous eût, sans doute, apprêté à rire si l'embarras

où il nous mettait eût été moins sérieux. J'étais au
désespoir qu'une bagatelle de cette nature fût capable de nous arrêter. Cependant, je pris mon
parti, qui fut de sortir moi-même sans culotte. Je
laissai la mienne à Manon. Mon surtout était long,
et je me mis, à l'aide de quelques épingles, en état
de passer décemment la porte. Le reste du jour me
parut d'une longueur insupportable. Enfin, la nuit
étant venue, nous nous rendîmes un peu au-dessous
de la porte de l'Hôpital, dans un carrosse. Nous
n'y fûmes pas longtemps sans voir Manon paraître
avec son conducteur. Notre portière étant ouverte,
ils montèrent tous deux à l'instant. Je reçus ma
chère maîtresse dans mes bras. Elle tremblait comme
une feuille. Le cocher me demanda où il fallait
toucher. Touche au bout du monde, lui dis-je, et
mène-moi quelque part où je ne puisse jamais être
séparé de Manon.

Ce transport, dont je ne fus pas le maître, faillit
de m'attirer un fâcheux embarras. Le cocher fit
réflexion à mon langage, et lorsque je lui dis ensuite
le nom de la rue où nous voulions être conduits,
il me répondit qu'il craignait que je ne l'engageasse
dans une mauvaise affaire, qu'il voyait bien que ce
beau jeune homme, qui s'appelait Manon, était une
fille que j'enlevais de l'Hôpital, et qu'il n'était pas
d'humeur à se perdre pour l'amour de moi. La
délicatesse de ce coquin n'était qu'une envie de me
faire payer la voiture plus cher. Nous étions trop
près de l'Hôpital pour ne pas filer doux. Tais-toi,
lui dis-je, il y a un louis d'or à gagner pour toi. Il
m'aurait aidé, après cela, à brûler l'Hôpital même.

Nous gagnâmes la maison où demeurait Lescaut. Comme il était tard, M. de T... nous quitta en chemin, avec promesse de nous revoir le lendemain. Le valet demeura seul avec nous.

Je tenais Manon si étroitement serrée entre mes bras que nous n'occupions qu'une place dans le carrosse. Elle pleurait de joie, et je sentais ses larmes qui mouillaient mon visage mais, lorsqu'il fallut descendre pour entrer chez Lescaut, j'eus avec le cocher un nouveau démêlé, dont les suites furent funestes. Je me repentis de lui avoir promis un louis, non seulement parce que le présent était excessif, mais par une autre raison bien plus forte, qui était l'impuissance de le payer. Je fis appeler Lescaut. Il descendit de sa chambre pour venir à la porte. Je lui dis à l'oreille dans quel embarras je me trouvais. Comme il était d'une humeur brusque, et nullement accoutumé à ménager un fiacre, il me répondit que je me moquais. Un louis d'or! ajouta-t-il. Vingt coups de canne à ce coquin-là! J'eus beau lui représenter doucement qu'il allait nous perdre, il m'arracha ma canne, avec l'air d'en vouloir maltraiter le cocher. Celui-ci, à qui il était peut-être arrivé de tomber quelquefois sous la main d'un garde du corps ou d'un mousquetaire, s'enfuit de peur, avec son carrosse, en criant que je l'avais trompé, mais que j'aurais de ses nouvelles. Je lui répétai inutilement d'arrêter. Sa fuite me causa une extrême inquiétude. Je ne doutai point qu'il n'avertît le commissaire. Vous me perdez, dis-je à Lescaut. Je ne serais pas en sûreté chez vous; il faut nous éloigner pour le moment. Je

prêtai le bras à Manon pour marcher, et nous sortîmes promptement de cette dangereuse rue. Lescaut nous tint compagnie. C'est quelque chose
d'admirable que la manière dont la Providence
enchaîne les événements. A peine avions-nous marché cinq ou six minutes, qu'un homme, dont je ne
découvris point le visage, reconnut Lescaut. Il le
cherchait sans doute aux environs de chez lui, avec
le malheureux dessein qu'il exécuta. C'est Lescaut,
dit-il, en lui lâchant un coup de pistolet; il ira
souper ce soir avec les anges. Il se déroba aussitôt.
Lescaut tomba, sans le moindre mouvement de vie.
Je pressai Manon de fuir, car nos secours étaient
inutiles à un cadavre, et je craignais d'être arrêté
par le guet, qui ne pouvait tarder à paraître. J'en-
filai, avec elle et le valet, la première petite rue qui
croisait. Elle était si éperdue que j'avais de la peine
à la soutenir. Enfin j'aperçus un fiacre au bout
de la rue. Nous y montâmes, mais lorsque le cocher
me demanda où il fallait nous conduire, je fus
embarrassé à lui répondre. Je n'avais point d'asile
assuré ni d'ami de confiance à qui j'osasse avoir recours. J'étais sans argent, n'ayant guère plus d'une
demi-pistole dans ma bourse. La frayeur et la fatigue avaient tellement incommodé Manon qu'elle
était à demi pâmée près de moi. J'avais, d'ailleurs,
l'imagination remplie du meurtre de Lescaut, et je
n'étais pas encore sans appréhension de la part du
guet. Quel parti prendre? Je me souvins heureusement de l'auberge de Chaillot, où j'avais passé
quelques jours avec Manon, lorsque nous étions
allés dans ce village pour y demeurer. J'espérai non

seulement d'y être en sûreté, mais d'y pouvoir vivre
quelque temps sans être pressé de payer. Mène-
nous à Chaillot, dis-je au cocher. Il refusa d'y aller
si tard, à moins d'une pistole : autre sujet d'embarras. Enfin nous convînmes de six francs; c'était
toute la somme qui restait dans ma bourse.

Je consolais Manon, en avançant; mais, au fond,
j'avais le désespoir dans le cœur. Je me serais
donné mille fois la mort, si je n'eusse pas eu, dans
mes bras, le seul bien qui m'attachait à la vie. Cette
seule pensée me remettait. Je la tiens du moins,
disais-je; elle m'aime, elle est à moi. Tiberge
a beau dire, ce n'est pas là un fantôme de bonheur. Je verrais périr tout l'univers sans y prendre
intérêt. Pourquoi? Parce que je n'ai plus d'affection de reste. Ce sentiment était vrai; cependant,
dans le temps que je faisais si peu de cas des
biens du monde, je sentais que j'aurais eu besoin
d'en avoir du moins une petite partie, pour mépriser encore plus souverainement tout le reste.
L'amour est plus fort que l'abondance, plus fort
que les trésors et les richesses, mais il a besoin
de leur secours; et rien n'est plus désespérant,
pour un amant délicat, que de se voir ramené par
là, malgré lui, à la grossièreté des âmes les plus
basses.

Il était onze heures quand nous arrivâmes à
Chaillot. Nous fûmes reçus à l'auberge comme des
personnes de connaissance; on ne fut pas surpris
de voir Manon en habit d'homme, parce qu'on
est accoutumé, à Paris et aux environs, de voir
prendre aux femmes toutes sortes de formes. Je la

fis servir aussi proprement que si j'eusse été dans
la meilleure fortune. Elle ignorait que je fusse mal
en argent; je me gardai bien de lui en rien
apprendre, étant résolu de retourner seul à Paris,
le lendemain, pour chercher quelque remède à cette
fâcheuse espèce de maladie.

Elle me parut pâle et maigrie, en soupant. Je ne
m'en étais point aperçu à l'Hôpital, parce que la
chambre où je l'avais vue n'était pas des plus
claires. Je lui demandai si ce n'était point encore un
effet de la frayeur qu'elle avait eue en voyant assassiner son frère. Elle m'assura que, quelque touchée
qu'elle fût de cet accident, sa pâleur ne venait que
d'avoir essuyé pendant trois mois mon absence. Tu
m'aimes donc extrêmement? lui répondis-je. Mille
fois plus que je ne puis dire, reprit-elle. Tu ne
me quitteras donc plus jamais? ajoutai-je. Non,
jamais, répliqua-t-elle; et cette assurance fut
confirmée par tant de caresses et de serments, qu'il
me parut impossible, en effet, qu'elle pût jamais les
oublier. J'ai toujours été persuadé qu'elle était
sincère; quelle raison aurait-elle eue de se contre-
faire jusqu'à ce point? Mais elle était encore plus
volage, ou plutôt elle n'était plus rien, et elle ne
se reconnaissait pas elle-même, lorsque, ayant
devant les yeux des femmes qui vivaient dans l'abondance, elle se trouvait dans la pauvreté et dans
le besoin. J'étais à la veille d'en avoir une dernière preuve qui a surpassé toutes les autres, et
qui a produit la plus étrange aventure qui soit
jamais arrivée à un homme de ma naissance et de
ma fortune.

Comme je la connaissais de cette humeur, je me hâtai le lendemain d'aller à Paris. La mort de son frère et la nécessité d'avoir du linge et des habits pour elle et pour moi étaient de si bonnes raisons que je n'eus pas besoin de prétextes. Je sortis de l'auberge, avec le dessein, dis-je à Manon et à mon hôte, de prendre un carrosse de louage; mais c'était une gasconnade. La nécessité m'obligeant d'aller à pied, je marchai fort vite jusqu'au Cours-la-Reine, où j'avais dessein de m'arrêter. Il fallait bien prendre un moment de solitude et de tranquillité pour m'arranger et prévoir ce que j'allais faire à Paris.

Je m'assis sur l'herbe. J'entrai dans une mer de raisonnements et de réflexions, qui se réduisirent peu à peu à trois principaux articles. J'avais besoin d'un secours présent, pour un nombre infini de nécessités présentes. J'avais à chercher quelque voie qui pût, du moins, m'ouvrir des espérances pour l'avenir, et ce qui n'était pas de moindre importance, j'avais des informations et des mesures à prendre pour la sûreté de Manon et pour la mienne. Après m'être épuisé en projets et en combinaisons sur ces trois chefs, je jugeai encore à propos d'en retrancher les deux derniers. Nous n'étions pas mal à couvert, dans une chambre de Chaillot, et pour les besoins futurs, je crus qu'il serait temps d'y penser lorsque j'aurais satisfait aux présents.

Il était donc question de remplir actuellement ma bourse. M. de T... m'avait offert généreusement la sienne, mais j'avais une extrême répugnance à le remettre moi-même sur cette matière. Quel personnage, que d'aller exposer sa misère à un étranger, et de le prier de nous faire part de son bien! Il n'y a qu'une âme lâche qui en soit capable, par une bassesse qui l'empêche d'en sentir l'indignité, ou un chrétien humble, par un excès de générosité qui le rend supérieur à cette honte. Je n'étais ni un homme lâche, ni un bon chrétien; j'aurais donné la moitié de mon sang pour éviter cette humiliation. Tiberge, disais-je, le bon Tiberge, me refusera-t-il ce qu'il aura le pouvoir de me donner? Non, il sera touché de ma misère; mais il m'assassinera par sa morale. Il faudra essuyer ses reproches, ses exhortations, ses menaces; il me fera acheter ses secours si cher, que je donnerais encore une partie de mon sang plutôt que de m'exposer à cette scène fâcheuse qui me laissera du trouble et des remords. Bon! reprenais-je, il faut donc renoncer à tout espoir, puisqu'il ne me reste point d'autre voie, et que je suis si éloigné de m'arrêter à ces deux-là, que je verserais plus volontiers la moitié de mon sang que d'en prendre une, c'est-à-dire tout mon sang plutôt que de les prendre toutes deux? Oui, mon sang tout entier, ajoutai-je, après une réflexion d'un moment; je le donnerais plus volontiers, sans doute, que de me réduire à de basses supplications. Mais il s'agit bien ici de mon sang! Il s'agit de la vie et de l'entretien de Manon, il s'agit de son amour et de sa fidélité. Qu'ai-je à mettre en balance avec elle? Je n'y ai rien mis jusqu'à présent. Elle me tient lieu de gloire, de bonheur et de fortune. Il y a bien des choses, sans doute, que je donnerais ma vie pour obtenir ou pour éviter, mais estimer une chose plus que ma vie n'est pas une raison pour l'estimer autant que Manon. Je ne fus pas longtemps à me déterminer, après ce raisonnement. Je continuai mon chemin, résolu d'aller d'abord chez Tiberge, et de là chez M. de T...

En entrant à Paris, je pris un fiacre, quoique je n'eusse pas de quoi le payer; je comptais sur les secours que j'allais solliciter. Je me fis conduire au Luxembourg, d'où j'envoyai avertir Tiberge que j'étais à l'attendre. Il satisfit mon impatience par sa promptitude. Je lui appris l'extrémité de mes besoins, sans nul détour. Il me demanda si les cent pistoles que je lui avais rendues me suffiraient, et, sans m'opposer un seul mot de difficulté, il me les alla chercher dans le moment, avec cet air ouvert et ce plaisir à donner qui n'est connu que de l'amour et de la véritable amitié. Quoique je n'eusse pas eu le moindre doute du succès de ma demande, je fus surpris de l'avoir obtenue à si bon marché, c'est-à-dire sans qu'il m'eût querellé sur mon impénitence. Mais je me trompais, en me croyant tout à fait quitte de ses reproches, car lorsqu'il eut achevé de me compter son argent et que je me préparais à le quitter, il me pria de faire avec lui un tour d'allée. Je ne lui avais point parlé de Manon; il ignorait qu'elle fût en liberté; ainsi sa morale ne tomba que sur la fuite téméraire de Saint-Lazare et sur la crainte où il était qu'au lieu de profiter des leçons de sagesse que j'y avais reçues, je ne reprisse le train du désordre. Il me dit qu'étant allé pour me visiter à Saint-Lazare, le lendemain de mon évasion, il avait été frappé au-delà de toute expression en apprenant la manière dont j'en étais sorti; qu'il avait eu là-dessus un entretien avec le Supérieur; que ce bon père n'était pas encore remis de son effroi; qu'il avait eu néanmoins la générosité de déguiser à M. le Lieutenant général de Police les circonstances de mon départ, et qu'il avait empêché que la mort du portier ne fût connue au dehors; que je n'avais donc, de ce côté-là, nul sujet d'alarme, mais que, s'il me restait le moindre sentiment de sagesse, je profiterais de cet heureux tour que le Ciel donnait à mes affaires; que je devais commencer par écrire à mon père, et me remettre bien avec lui; et que, si je voulais suivre une fois son conseil, il était d'avis que je quittasse Paris, pour retourner dans le sein de ma famille.

J'écoutai son discours jusqu'à la fin. Il y avait là bien des choses satisfaisantes. Je fus ravi, premièrement, de n'avoir rien à craindre du côté de Saint-Lazare. Les rues de Paris me redevenaient un pays libre. En second lieu, je m'applaudis de ce que Tiberge n'avait pas la moindre idée de la délivrance de Manon et de son retour avec moi. je remarquais même qu'il avait évité de me parler d'elle, dans l'opinion, apparemment, qu'elle me tenait moins au cœur, puisque je paraissais si tranquille sur son sujet. Je résolus, sinon de retourner dans ma famille, du moins d'écrire à mon père, comme il me le conseillait, et de lui

témoigner que j'étais disposé à rentrer dans l'ordre de mes devoirs et de ses volontés. Mon espérance était de l'engager à m'envoyer de l'argent,
sous prétexte de faire mes exercices à l'Académie,
car j'aurais eu peine à lui persuader que je fusse
dans la disposition de retourner à l'état ecclésiastique. Et dans le fond, je n'avais nul éloignement
pour ce que je voulais lui promettre. J'étais bien
aise, au contraire, de m'appliquer à quelque chose
d'honnête et de raisonnable, autant que ce
dessein pourrait s'accorder avec mon amour. Je
faisais mon compte de vivre avec ma maîtresse,
et de faire en même temps mes exercices ; cela était
fort compatible. Je fus si satisfait de toutes ces
idées que je promis à Tiberge de faire partir, le
jour même, une lettre pour mon père. J'entrai
effectivement dans un bureau d'écriture, en le
quittant, et j'écrivis d'une manière si tendre et
si soumise, qu'en relisant ma lettre, je me flattai
d'obtenir quelque chose du cœur paternel.

Quoique je fusse en état de prendre et de payer
un fiacre après avoir quitté Tiberge, je me fis un
plaisir de marcher fièrement à pied en allant chez
M. de T... Je trouvais de la joie dans cet exercice
de ma liberté, pour laquelle mon ami m'avait
assuré qu'il ne me restait rien à craindre. Cependant il me revint tout d'un coup à l'esprit que ses
assurances ne regardaient que Saint-Lazare, et que
j'avais, outre cela, l'affaire de l'Hôpital sur les
bras, sans compter la mort de Lescaut, dans
laquelle j'étais mêlé, du moins comme témoin.
Ce souvenir m'effraya si vivement que je me retirai

dans la première allée, d'où je fis appeler un
carrosse. J'allai droit chez M. de T..., que je fis
rire de ma frayeur. Elle me parut risible à moi-
même, lorsqu'il m'eut appris que je n'avais rien
à craindre du côté de l'Hôpital, ni de celui de
Lescaut. Il me dit que, dans la pensée qu'on
pourrait le soupçonner d'avoir eu part à l'enlèvement de Manon, il était allé le matin à l'Hôpital,
et qu'il avait demandé à la voir en feignant d'ignorer ce qui était arrivé; qu'on était si éloigné
de nous accuser, ou lui, ou moi, qu'on s'était
empressé, au contraire, de lui apprendre cette
aventure comme une étrange nouvelle, et qu'on
admirait qu'une fille aussi jolie que Manon eût
pris le parti de fuir avec un valet : qu'il s'était
contenté de répondre froidement qu'il n'en était
pas surpris, et qu'on fait tout pour la liberté.
Il continua de me raconter qu'il était allé de là
chez Lescaut, dans l'espérance de m'y trouver avec
ma charmante maîtresse; que l'hôte de la maison,
qui était un carrossier, lui avait protesté qu'il
n'avait vu ni elle ni moi; mais qu'il n'était pas
étonnant que nous n'eussions point paru chez lui,
si c'était pour Lescaut que nous devions y venir,
parce que nous aurions sans doute appris qu'il
venait d'être tué à peu près dans le même temps.
Sur quoi, il n'avait pas refusé d'expliquer ce qu'il
savait de la cause et des circonstances de cette mort.
Environ deux heures auparavant, un garde du
corps, des amis de Lescaut, l'était venu voir et lui
avait proposé de jouer. Lescaut avait gagné si rapidement que l'autre s'était trouvé cent écus de moins

en une heure, c'est-à-dire tout son argent. Ce malheureux, qui se voyait sans un sou, avait prié Lescaut de lui prêter la moitié de la somme qu'il
avait perdue; et sur quelques difficultés nées à cette
occasion, ils s'étaient querellés avec une animo-
sité extrême. Lescaut avait refusé de sortir pour
mettre l'épée à la main, et l'autre avait juré, en le
quittant, de lui casser la tête : ce qu'il avait
exécuté le soir même. M. de T... eut l'honnêteté
d'ajouter qu'il avait été fort inquiet par rapport à
nous et qu'il continuait de m'offrir ses services.
Je ne balançai point à lui apprendre le lieu de
notre retraite. Il me pria de trouver bon qu'il
allât souper avec nous.

Comme il ne me restait qu'à prendre du linge
et des habits pour Manon, je lui dis que nous pouvions partir à l'heure même, s'il voulait avoir la
complaisance de s'arrêter un moment avec moi
chez quelques marchands. Je ne sais s'il crut que
je lui faisais cette proposition dans la vue d'intéresser sa générosité, ou si ce fut par le simple
mouvement d'une belle âme, mais ayant consenti
à partir aussitôt, il me mena chez les marchands
qui fournissaient sa maison; il me fit choisir plusieurs étoffes d'un prix plus considérable que je
ne me l'étais proposé, et lorsque je me disposais
à les payer, il défendit absolument aux marchands
de recevoir un sou de moi. Cette galanterie se fit
de si bonne grâce que je crus pouvoir en profiter
sans honte. Nous prîmes ensemble le chemin de
Chaillot, où j'arrivai avec moins d'inquiétude que
je n'en étais parti.

Le chevalier des Grieux ayant employé plus d'une heure à ce récit, je le priai de prendre un peu de relâche, et de nous tenir compagnie à souper. Notre attention lui fit juger que nous l'avions écouté avec plaisir. Il nous assura que nous trouverions quelque chose encore de plus intéressant dans la suite de son histoire, et lorsque nous eûmes fini de souper, il continua dans ces termes.

FIN DE LA PREMIÈRE PARTIE.

DEUXIÈME PARTIE

MA présence et les politesses de M. de T... dissi-
pèrent tout ce qui pouvait rester de chagrin à Manon. Oublions nos terreurs passées, ma chère âme,
lui dis-je en arrivant, et recommençons à vivre plus
heureux que jamais. Après tout, l'amour est un bon
maître; la fortune ne saurait nous causer autant
de peines qu'il nous fait goûter de plaisirs. Notre
souper fut une vraie scène de joie. J'étais plus fier
et plus content, avec Manon et mes cent pistoles,
que le plus riche partisan de Paris avec ses trésors
entassés. Il faut compter ses richesses par les moyens
qu'on a de satisfaire ses désirs. Je n'en avais pas
un seul à remplir; l'avenir même me causait peu
d'embarras. J'étais presque sûr que mon père ne
ferait pas difficulté de me donner de quoi vivre
honorablement à Paris, parce qu'étant dans ma
vingtième année, j'entrais en droit d'exiger ma
part du bien de ma mère. Je ne cachai point à
Manon que le fond de mes richesses n'était que de
cent pistoles. C'était assez pour attendre tranquil-

lement une meilleure fortune, qui semblait ne me
pouvoir manquer, soit par mes droits naturels ou
par les ressources du jeu.

Ainsi, pendant les premières semaines, je ne pensai qu'à jouir de ma situation; et la force de l'honneur, autant qu'un reste de ménagement pour la
police, me faisait remettre de jour en jour à renouer
avec les associés de l'hôtel de T..., je me réduisis
à jouer dans quelques assemblées moins décriées,
où ma faveur du sort m'épargna l'humiliation
d'avoir recours à l'industrie. J'allais passer à la
ville une partie de l'après-midi, et je revenais souper à Chaillot, accompagné fort souvent de M. de
T..., dont l'amitié croissait de jour en jour pour
nous. Manon trouva des ressources contre l'ennui.
Elle se lia, dans le voisinage, avec quelques jeunes
personnes que le printemps y avait ramenées. La
promenade et les petits exercices de leur sexe faisaient alternativement leur occupation. Une partie
de jeu, dont elles avaient réglé les bornes, four-
nissait aux frais de la voiture. Elles allaient prendre
l'air au bois de Boulogne, et le soir, à mon retour,
je retrouvais Manon plus belle, plus contente, et
plus passionnée que jamais.

Il s'éleva néanmoins quelques nuages, qui sem-
blèrent menacer l'édifice de mon bonheur. Mais
ils furent nettement dissipés, et l'humeur folâtre
de Manon rendit le dénouement si comique, que
je trouve encore de la douceur dans un souvenir
qui me représente sa tendresse et les agréments
de son esprit.

Le seul valet qui composait notre domestique

me prit un jour à l'écart pour me dire, avec beaucoup d'embarras, qu'il avait un secret d'importance
à me communiquer. Je l'encourageai à parler librement. Après quelques détours, il me fit entendre
qu'un seigneur étranger semblait avoir pris beaucoup d'amour pour Mademoiselle Manon. Le
trouble de mon sang se fit sentir dans toutes mes
veines. En a-t-elle pour lui? interrompis-je plus
brusquement que la prudence ne permettait pour
m'éclaircir. Ma vivacité l'effraya. Il me répondit,
d'un air inquiet, que sa pénétration n'avait pas été
si loin, mais qu'ayant observé, depuis plusieurs
jours, que cet étranger venait assidûment au bois
de Boulogne, qu'il y descendait de son carrosse,
et que, s'engageant seul dans les contre-allées, il
paraissait chercher l'occasion de voir ou de rencontrer mademoiselle, il lui était venu à l'esprit
de faire quelque liaison avec ses gens, pour apprendre le nom de leur maître; qu'ils le traitaient de
prince italien, et qu'ils le soupçonnaient eux-mêmes
de quelque aventure galante; qu'il n'avait pu se
procurer d'autres lumières, ajouta-t-il en tremblant, parce que le Prince, étant alors sorti du
bois, s'était approché familièrement de lui, et lui
avait demandé son nom; après quoi, comme s'il
eût deviné qu'il était à notre service, il l'avait félicité d'appartenir à la plus charmante personne
du monde.

J'attendais impatiemment la suite de ce récit.
Il le finit par des excuses timides, que je n'attri-
buai qu'à mes imprudentes agitations. Je le pressai
en vain de continuer sans déguisement. Il me pro-

testa qu'il ne savait rien de plus, et que, ce qu'il venait de me raconter étant arrivé le jour précédent, il n'avait pas revu les gens du prince. Je le rassurai, non seulement par des éloges, mais par une honnête récompense, et sans lui marquer la moindre défiance de Manon, je lui recommandai, d'un ton plus tranquille, de veiller sur toutes les démarches de l'étranger.

Au fond, sa frayeur me laissa de cruels doutes. Elle pouvait lui avoir fait supprimer une partie de la vérité. Cependant, après quelques réflexions, je revins de mes alarmes, jusqu'à regretter d'avoir donné cette marque de faiblesse. Je ne pouvais faire un crime à Manon d'être aimée. Il y avait beaucoup d'apparence qu'elle ignorait sa conquête; et quelle vie allais-je mener si j'étais capable d'ouvrir si facilement l'entrée de mon cœur à la jalousie? Je retournai à Paris le jour suivant, sans avoir formé d'autre dessein que de hâter le progrès de ma fortune en jouant plus gros jeu, pour me mettre en état de quitter Chaillot au premier sujet d'inquiétude. Le soir, je n'appris rien de nuisible à mon repos. L'étranger avait reparu au bois de Boulogne, et prenant droit de ce qui s'y était passé la veille pour se rapprocher de mon confident, il lui avait parlé de son amour, mais dans des termes qui ne supposaient aucune intelligence avec Manon. Il l'avait interrogé sur mille détails. Enfin, il avait tenté de le mettre dans ses intérêts par des promesses considérables, et tirant une lettre qu'il tenait prête, il lui avait offert inutilement quelques louis d'or pour la rendre à sa maîtresse.

Deux jours se passèrent sans aucun autre inci-
dent. Le troisième fut plus orageux. J'appris, en
arrivant de la ville assez tard, que Manon, pendant sa promenade, s'était écartée un moment de
ses compagnes, et que l'étranger, qui la suivait à
peu de distance, s'étant approché d'elle au signe
qu'elle lui en avait fait, elle lui avait remis une
lettre qu'il avait reçue avec des transports de joie.
Il n'avait eu le temps de les exprimer qu'en baisant amoureusement les caractères, parce qu'elle
s'était aussitôt dérobée. Mais elle avait paru d'une
gaieté extraordinaire pendant le reste du jour, et
depuis qu'elle était rentrée au logis, cette humeur
ne l'avait pas abandonnée. Je frémis, sans doute,
à chaque mot. Es-tu bien sûr, dis-je tristement à
mon valet, que tes yeux ne t'aient pas trompé? Il
prit le Ciel à témoin de sa bonne foi. Je ne sais à
quoi les tourments de mon cœur m'auraient porté
si Manon, qui m'avait entendu rentrer, ne fût venue
au-devant de moi avec un air d'impatience et des
plaintes de ma lenteur. Elle n'attendit point ma
réponse pour m'accabler de caresses, et lorsqu'elle
se vit seule avec moi, elle me fit des reproches fort
vifs de l'habitude que je prenais de revenir si tard.
Mon silence lui laissant la liberté de continuer,
elle me dit que, depuis trois semaines, je n'avais
pas passé une journée entière avec elle; qu'elle ne
pouvait soutenir de si longues absences; qu'elle
me demandait du moins un jour, par intervalles;
et que, dès le lendemain, elle voulait me voir près
d'elle du matin au soir. J'y serai, n'en doutez pas,
lui répondis-je d'un ton assez brusque. Elle mar-

qua peu d'attention pour mon chagrin, et dans le mouvement de sa joie, qui me parut en effet d'une vivacité singulière, elle me fit mille peintures plaisantes de la manière dont elle avait passé le jour. Étrange fille! me disais-je à moi-même; que dois-je attendre de ce prélude? L'aventure de notre première séparation me revint à l'esprit. Cependant je croyais voir, dans le fond de sa joie et de ses caresses, un air de vérité qui s'accordait avec les apparences.

Il ne me fut pas difficile de rejeter la tristesse, dont je ne pus me défendre pendant notre souper, sur une perte que je me plaignis d'avoir faite au jeu. J'avais regardé comme un extrême avantage que l'idée de ne pas quitter Chaillot le jour suivant fût venue d'elle-même. C'était gagner du temps pour mes délibérations. Ma présence éloignait toutes sortes de craintes pour le lendemain, et si je ne remarquais rien qui m'obligeât de faire éclater mes découvertes, j'étais déjà résolu de transporter, le jour d'après, mon établissement à la ville, dans un quartier où je n'eusse rien à démêler avec les princes. Cet arrangement me fit passer une nuit plus tranquille, mais il ne m'ôtait pas la douleur d'avoir à trembler pour une nouvelle infidélité.

A mon réveil, Manon me déclara que, pour passer le jour dans notre appartement, elle ne prétendait pas que j'en eusse l'air plus négligé, et qu'elle voulait que mes cheveux fussent accommodés de ses propres mains. Je les avais fort beaux. C'était un amusement qu'elle s'était donné plusieurs fois; mais elle y apporta plus de soins que je ne lui en avais jamais vu prendre. Je fus obligé, pour la satisfaire, de m'asseoir devant sa toilette, et d'essuyer toutes les petites recherches qu'elle imagina pour ma parure. Dans le cours de son travail, elle me faisait tourner souvent le visage vers elle, et s'appuyant des deux mains sur mes épaules, elle me regardait avec une curiosité avide. Ensuite, exprimant sa satisfaction par un ou deux baisers, elle me faisait reprendre ma situation pour continuer son ouvrage. Ce badinage nous occupa jusqu'à l'heure du dîner. Le goût qu'elle y avait pris m'avait paru si naturel, et sa gaieté sentait si peu l'artifice, que ne pouvant concilier des apparences si constantes avec le projet d'une noire trahison, je fus tenté plusieurs fois de lui ouvrir mon cœur, et de me décharger d'un fardeau qui commençait à me peser. Mais je me flattais, à chaque instant, que l'ouverture viendrait d'elle, et je m'en faisais d'avance un délicieux triomphe.

Nous rentrâmes dans son cabinet. Elle se mit à rajuster mes cheveux, et ma complaisance me faisait céder à toutes ses volontés, lorsqu'on vint l'avertir que le prince de... demandait à la voir. Ce nom m'échauffa jusqu'au transport. Quoi donc? m'écriai-je en la repoussant. Qui? Quel prince? Elle ne répondit point à mes questions. Faites-le monter, dit-elle froidement au valet; et se tournant vers moi : Cher amant, toi que j'adore, reprit-elle d'un ton enchanteur, je te demande un moment de complaisance, un moment, un seul moment.

Je t'en aimerai mille fois plus. Je t'en saurai gré
toute ma vie.

L'indignation et la surprise me lièrent la langue.
Elle répétait ses instances, et je cherchais des expressions pour les rejeter avec mépris. Mais, entendant
ouvrir la porte de l'antichambre, elle empoigna
d'une main mes cheveux, qui étaient flottants sur
mes épaules, elle prit de l'autre son miroir de toilette ; elle employa toute sa force pour me traîner
dans cet état jusqu'à la porte du cabinet, et l'ouvrant du genou, elle offrit à l'étranger, que le bruit
semblait avoir arrêté au milieu de la chambre,
un spectacle qui ne dut pas lui causer peu d'étonnement. Je vis un homme fort bien mis, mais d'assez
mauvaise mine. Dans l'embarras où le jetait cette
scène, il ne laissa pas de faire une profonde révérence. Manon ne lui donna pas le temps d'ouvrir
la bouche. Elle lui présenta son miroir : Voyez,
monsieur, lui dit-elle, regardez-vous bien, et ren-
dez-moi justice. Vous me demandez de l'amour.
Voici l'homme que j'aime, et que j'ai juré d'aimer
toute ma vie. Faites la comparaison vous-même.
Si vous croyez lui pouvoir disputer mon cœur,
apprenez-moi donc sur quel fondement, car je
vous déclare qu'aux yeux de votre servante très
humble, tous les princes d'Italie ne valent pas un
des cheveux que je tiens.

Pendant cette folle harangue, qu'elle avait apparemment méditée, je faisais des efforts inutiles
pour me dégager, et prenant pitié d'un homme de
considération, je me sentais porté à réparer ce
petit outrage par mes politesses. Mais, s'étant remis

assez facilement, sa réponse, que je trouvai un peu
grossière, me fit perdre cette disposition. Mademoiselle, mademoiselle, lui dit-il avec un sourire forcé,
j'ouvre en effet les yeux, et je vous trouve bien
moins novice que je ne me l'étais figuré. Il se retira
aussitôt sans jeter les yeux sur elle, en ajoutant,
d'une voix plus basse, que les femmes de France
ne valaient pas mieux que celles d'Italie. Rien ne
m'invitait, dans cette occasion, à lui faire prendre
une meilleure idée du beau sexe.

Manon quitta mes cheveux, se jeta dans un fau-
teuil, et fit retentir la chambre de longs éclats de
rire. Je ne dissimulerai pas que je fus touché, jusqu'au fond du cœur, d'un sacrifice que je ne pouvais attribuer qu'à l'amour. Cependant la plaisan-
terie me parut excessive. Je lui en fis des reproches.
Elle me raconta que mon rival, après l'avoir obsé-
dée pendant plusieurs jours au bois de Boulogne,
et lui avoir fait deviner ses sentiments par des gri-
maces, avait pris le parti de lui en faire une déclaration ouverte, accompagnée de son nom et de
tous ses titres, dans une lettre qu'il lui avait fait
remettre par le cocher qui la conduisait avec ses
compagnes; qu'il lui promettait, au delà des monts,
une brillante fortune et des adorations éternelles;
qu'elle était revenue à Chaillot dans la résolution
de me communiquer cette aventure; mais qu'ayant
conçu que nous en pouvions tirer de l'amusement,
elle n'avait pu résister à son imagination; qu'elle
avait offert au Prince italien, par une réponse flat-
teuse, la liberté de la voir chez elle, et qu'elle s'était
fait un second plaisir de me faire entrer dans son

plan, sans m'en avoir fait naître le moindre soupçon. Je ne lui dis pas un mot des lumières qui
m'étaient venues par une autre voie, et l'ivresse
de l'amour triomphant me fit tout approuver.

J'ai remarqué, dans toute ma vie, que le Ciel a
toujours choisi, pour me frapper de ses plus rudes
châtiments, le temps où ma fortune me semblait
le mieux établie. Je me croyais si heureux, avec
l'amitié de M. de T... et la tendresse de Manon,
qu'on n'aurait pu me faire comprendre que j'eusse
à craindre quelque nouveau malheur. Cependant,
il s'en préparait un si funeste, qu'il m'a réduit à
l'état où vous m'avez vu à Pacy, et par degrés à
des extrémités si déplorables que vous aurez peine
à croire mon récit fidèle.

Un jour que nous avions M. de T... à souper,
nous entendîmes le bruit d'un carrosse qui s'arrê-
tait à la porte de l'hôtellerie. La curiosité nous fit
désirer de savoir qui pouvait arriver à cette heure.
On nous dit que c'était le jeune G... M..., c'est-
à-dire le fils de notre plus cruel ennemi, de ce vieux
débauché qui m'avait mis à Saint-Lazare et Manon
à l'Hôpital. Son nom me fit monter la rougeur au
visage. C'est le Ciel qui me l'amène, dis-je à M. de
T..., pour le punir de la lâcheté de son père. Il ne
m'échappera pas que nous n'ayons mesuré nos
épées. M. de T..., qui le connaissait et qui était
même de ses meilleurs amis, s'efforça de me faire
prendre d'autres sentiments pour lui. Il m'assura
que c'était un jeune homme très aimable, et si peu
capable d'avoir eu part à l'action de son père que
je ne le verrais pas moi-même un moment sans lui

accorder mon estime et sans désirer la sienne. Après
avoir ajouté mille choses à son avantage, il me pria
de consentir qu'il allât lui proposer de venir prendre place avec nous, et de s'accommoder du reste
de notre souper. Il prévint l'objection du péril où
c'était exposer Manon que de découvrir sa demeure
au fils de notre ennemi, en protestant, sur son
honneur et sur sa foi, que, lorsqu'il nous connaî-
trait, nous n'aurions point de plus zélé défenseur.
Je ne fis difficulté de rien, après de telles assurances.
M. de T... ne nous l'amena point sans avoir pris
un moment pour l'informer qui nous étions. Il
entra d'un air qui nous prévint effectivement en sa
faveur. Il m'embrassa. Nous nous assîmes. Il admi-
ra Manon, moi, tout ce qui nous appartenait, et il
mangea d'un appétit qui fit honneur à notre souper.
Lorsqu'on eut desservi, la conversation devint plus
sérieuse. Il baissa les yeux pour nous parler de
l'excès où son père s'était porté contre nous. Il
nous fit les excuses les plus soumises. Je les abrège,
nous dit-il, pour ne pas renouveler un souvenir
qui me cause trop de honte. Si elles étaient sincères dès le commencement, elles le devinrent bien
plus dans la suite, car il n'eut pas passé une demi-
heure dans cet entretien, que je m'aperçus de l'impression que les charmes de Manon faisaient sur
lui. Ses regards et ses manières s'attendrirent par
degrés. Il ne laissa rien échapper néanmoins dans
ses discours, mais, sans être aidé de la jalousie,
j'avais trop d'expérience en amour pour ne pas
discerner ce qui venait de cette source. Il nous tint
compagnie pendant une partie de la nuit, et il ne

nous quitta qu'après s'être félicité de notre connaissance, et nous avoir demandé la permission de
venir nous renouveler quelquefois l'offre de ses
services. Il partit le matin avec M. de T..., qui se
mit avec lui dans son carrosse.

Je ne me sentais, comme j'ai dit, aucun penchant à la jalousie. J'avais plus de crédulité que
jamais pour les serments de Manon. Cette charmante créature était si absolument maîtresse de
mon âme que je n'avais pas un seul petit sentiment
qui ne fût de l'estime et de l'amour. Loin de lui
faire un crime d'avoir plu au jeune G... M..., j'étais
ravi de l'effet de ses charmes, et je m'applaudissais
d'être aimé d'une fille que tout le monde trouvait
aimable. Je ne jugeai pas même à propos de lui
communiquer mes soupçons. Nous fûmes occupés,
pendant quelques jours, du soin de faire ajuster
ses habits, et à délibérer si nous pouvions aller
à la comédie sans appréhender d'être reconnus.
M. de T... revint nous voir avant la fin de la semaine.
Nous le consultâmes là-dessus. Il vit bien qu'il
fallait dire oui, pour faire plaisir à Manon. Nous
résolûmes d'y aller le même soir avec lui.

Cependant cette résolution ne put s'exécuter, car
m'ayant tiré aussitôt en particulier : Je suis, me
dit-il, dans le dernier embarras depuis que je ne
vous ai vu, et la visite que je vous fais aujourd'hui
en est une suite. G... M... aime votre maîtresse.
Il m'en a fait confidence. Je suis son intime ami,
et disposé en tout à le servir ; mais je ne suis pas
moins le vôtre. J'ai considéré que ses intentions
sont injustes et je les ai condamnées. J'aurais gardé

son secret s'il n'avait dessein d'employer, pour plaire, que les voies communes, mais il est bien informé de l'humeur de Manon. Il a su, je ne sais d'où, qu'elle aime l'abondance et les plaisirs, et comme il jouit déjà d'un bien considérable, il m'a déclaré qu'il veut la tenter d'abord par un très gros présent et par l'offre de dix mille livres de pension. Toutes choses égales, j'aurais peut-être eu beaucoup plus de violence à me faire pour le trahir, mais la justice s'est jointe en votre faveur à l'amitié; d'autant plus qu'ayant été la cause imprudente de sa passion, en l'introduisant ici, je suis obligé de prévenir les effets du mal que j'ai causé.

Je remerciai M. de T... d'un service de cette importance, et je lui avouai, avec un parfait retour de confiance, que le caractère de Manon était tel que G... M... se le figurait, c'est-à-dire qu'elle ne pouvait supporter le nom de la pauvreté. Cependant, lui dis-je, lorsqu'il n'est question que du plus ou du moins, je ne la crois pas capable de m'abandonner pour un autre. Je suis en état de ne la laisser manquer de rien, et je compte que ma fortune va croître de jour en jour. Je ne crains qu'une chose, ajoutai-je, c'est que G... M... ne se serve de la connaissance qu'il a de notre demeure pour nous rendre quelque mauvais office. M. de T... m'assura que je devais être sans appréhension de ce côté-là; que G... M... était capable d'une folie amoureuse, mais qu'il ne l'était point d'une bassesse; que s'il avait la lâcheté d'en commettre une, il serait le premier, lui qui parlait, à l'en punir et à réparer par là le malheur qu'il avait eu d'y donner occasion. Je vous suis obligé de ce sentiment, repris-je, mais le mal serait fait et le remède fort incertain. Ainsi le parti le plus sage est de le prévenir, en quittant Chaillot pour prendre une autre demeure. Oui, reprit M. de T... Mais vous aurez peine à le faire aussi promptement qu'il faudrait, car G... M... doit être ici à midi; il me le dit hier, et c'est ce qui m'a porté à venir si matin, pour vous informer de ses vues. Il peut arriver à tout moment.

Un avis si pressant me fit regarder cette affaire d'une œil plus sérieux. Comme il me semblait impossible d'éviter la visite de G... M..., et qu'il me le serait aussi, sans doute, d'empêcher qu'il ne s'ouvrît à Manon, je pris le parti de la prévenir moi-même sur le dessein de ce nouveau rival. Je m'imaginai que, me sachant instruit des propositions qu'il lui ferait, et les recevant à mes yeux, elle aurait assez de force pour les rejeter. Je découvris ma pensée à M. de T..., qui me répondit que cela était extrêmement délicat. Je l'avoue, lui dis-je, mais toutes les raisons qu'on peut avoir d'être sûr d'une maîtresse, je les ai de compter sur l'affection de la mienne. Il n'y aurait que la grandeur des offres qui pût l'éblouir, et je vous ai dit qu'elle ne connaît point l'intérêt. Elle aime ses aises, mais elle m'aime aussi, et, dans la situation où sont mes affaires, je ne saurais croire qu'elle me préfère le fils d'un homme qui l'a mise à l'Hôpital. En un mot, je persistai dans mon dessein, et m'étant retiré à l'écart avec Manon,

je lui déclarai naturellement tout ce que je venais
d'apprendre.

Elle me remercia de la bonne opinion que
j'avais d'elle, et elle me promit de recevoir les
offres de G... M... d'une manière qui lui ôterait
l'envie de les renouveler. Non, lui dis-je, il ne faut
pas l'irriter par une brusquerie. Il peut nous nuire.
Mais tu sais assez, toi, friponne, ajoutai-je en riant,
comment te défaire d'un amant désagréable ou
incommode. Elle reprit, après avoir un peu rêvé :
Il me vient un dessein admirable, s'écria-t-elle, et
je suis toute glorieuse de l'invention. G... M... est
le fils de notre plus cruel ennemi; il faut nous venger du père, non pas sur le fils, mais sur sa bourse.
Je veux l'écouter, accepter ses présents, et me mo-
quer de lui. Le projet est joli, lui dis-je, mais tu ne
songes pas, mon pauvre enfant, que c'est le chemin
qui nous a conduits droit à l'Hôpital. J'eus beau lui
représenter le péril de cette entreprise, elle me dit
qu'il ne s'agissait que de bien prendre nos mesures,
et elle répondit à toutes mes objections. Donnez-
moi un amant qui n'entre point aveuglément dans
tous les caprices d'une maîtresse adorée, et je
conviendrai que j'eus tort de céder si facilement.
La résolution fut prise de faire une dupe de
G... M..., et par un tour bizarre de mon sort, il
arriva que je devins la sienne.

Nous vîmes paraître son carrosse vers les onze
heures. Il nous fit des compliments fort recherchés
sur la liberté qu'il prenait de venir dîner avec nous.
Il ne fut pas surpris de trouver M. de T..., qui lui
avait promis la veille de s'y rendre aussi, et qui

avait feint quelques affaires pour se dispenser de
venir dans la même voiture. Quoiqu'il n'y eût pas
un seul de nous qui ne portât la trahison dans le
cœur, nous nous mîmes à table avec un air de
confiance et d'amitié. G... M... trouva aisément
l'occasion de déclarer ses sentiments à Manon.
Je ne dus pas lui paraître gênant, car je m'absentai
exprès pendant quelques minutes. Je m'aperçus,
à mon retour, qu'on ne l'avait pas désespéré par un
excès de rigueur. Il était de la meilleure humeur
du monde. J'affectai de le paraître aussi. Il riait
intérieurement de ma simplicité, et moi de la
sienne. Pendant tout l'après-midi, nous fûmes
l'un pour l'autre une scène fort agréable. Je lui
ménageai encore, avant son départ, un moment
d'entretien particulier avec Manon, de sorte qu'il
eut lieu de s'applaudir de ma complaisance autant
que de la bonne chère.

Aussitôt qu'il fut monté en carrosse avec
M. de T..., Manon accourut à moi, les bras ouverts,
et m'embrassa en éclatant de rire. Elle me répéta
ses discours et ses propositions, sans y changer un
mot. Ils se réduisaient à ceci : il l'adorait. Il voulait
partager avec elle quarante mille livres de rente
dont il jouissait déjà, sans compter ce qu'il attendait après la mort de son père. Elle allait être
maîtresse de son cœur et de sa fortune, et, pour
gage de ses bienfaits, il était prêt à lui donner un
carrosse, un hôtel meublé, une femme de chambre,
trois laquais et un cuisinier. Voilà un fils, dis-je à
Manon, bien autrement généreux que son père.
Parlons de bonne foi, ajoutai-je; cette offre ne vous

tente-t-elle point? Moi? répondit-elle, en ajustant à sa pensée deux vers de Racine :

> *Moi! vous me soupçonnez de cette perfidie?*
> *Moi! je pourrais souffrir un visage odieux,*
> *Qui rappelle toujours l'Hôpital à mes yeux?*

Non, repris-je, en continuant la parodie :

> *J'aurais peine à penser que l'Hôpital, Madame,*
> *Fût un trait dont l'Amour l'eût gravé dans votre âme.*

Mais c'en est un bien séduisant qu'un hôtel meublé avec un carrosse et trois laquais; et l'amour en a peu d'aussi forts. Elle me protesta que son cœur était à moi pour toujours, et qu'il ne recevrait jamais d'autres traits que les miens. Les promesses qu'il m'a faites, me dit-elle, sont un aiguillon de vengeance, plutôt qu'un trait d'amour. Je lui demandai si elle était dans le dessein d'accepter l'hôtel et le carrosse. Elle me répondit qu'elle n'en voulait qu'à son argent. La difficulté était d'obtenir l'un sans l'autre. Nous résolûmes d'attendre l'entière explication du projet de G... M..., dans une lettre qu'il avait promis de lui écrire. Elle la reçut en effet le lendemain, par un laquais sans livrée, qui se procura fort adroitement l'occasion de lui parler sans témoins. Elle lui dit d'attendre sa réponse, et elle vint m'apporter aussitôt sa lettre. Nous l'ouvrîmes ensemble. Outre les lieux communs de tendresse, elle contenait le détail des promesses de mon rival. Il ne bornait point sa dépense. Il s'engageait à lui compter dix mille francs, en

prenant possession de l'hôtel, et à réparer tellement
les diminutions de cette somme, qu'elle l'eût toujours devant elle en argent comptant. Le jour de
l'inauguration n'était pas reculé trop loin : il ne
lui en demandait que deux pour les préparatifs,
et il lui marquait le nom de la rue et de l'hôtel,
où il lui promettait de l'attendre l'après-midi du
second jour, si elle pouvait se dérober de mes
mains. C'était l'unique point sur lequel il la conju-
rait de le tirer d'inquiétude; il paraissait sûr de tout
le reste, mais il ajoutait que, si elle prévoyait de
la difficulté à m'échapper, il trouverait le moyen
de rendre sa fuite aisée.

G... M... était plus fin que son père; il voulait
tenir sa proie avant que de compter ses espèces.
Nous délibérâmes sur la conduite que Manon avait
à tenir. Je fis encore des efforts pour lui ôter cette
entreprise de la tête et je lui en représentai tous
les dangers. Rien ne fut capable d'ébranler sa résolution.

Elle fit une courte réponse à G... M..., pour
l'assurer qu'elle ne trouverait pas de difficulté à se
rendre à Paris le jour marqué, et qu'il pouvait l'attendre avec certitude. Nous réglâmes ensuite que je
partirais sur-le-champ pour aller louer un nouveau
logement dans quelque village, de l'autre côté de
Paris, et que je transporterais avec moi notre petit
équipage; que le lendemain après-midi, qui était le
temps de son assignation, elle se rendrait de bonne
heure à Paris; qu'après avoir reçu les présents
de G... M..., elle le prierait instamment de la
conduire à la Comédie; qu'elle prendrait avec elle

tout ce qu'elle pourrait porter de la somme, et qu'elle chargerait du reste mon valet, qu'elle voulait mener avec elle. C'était toujours le même qui l'avait délivrée de l'Hôpital, et qui nous était infiniment attaché. Je devais me trouver, avec un fiacre, à l'entrée de la rue Saint-André-des-Arcs, et l'y laisser vers les sept heures, pour m'avancer dans l'obscurité à la porte de la Comédie. Manon me promettait d'inventer des prétextes pour sortir un instant de sa loge, et de l'employer à descendre pour me rejoindre. L'exécution du reste était facile. Nous aurions regagné mon fiacre en un moment, et nous serions sortis de Paris par le faubourg Saint-Antoine, qui était le chemin de notre nouvelle demeure.

Ce dessein, tout extravagant qu'il était, nous parut assez bien arrangé. Mais il y avait, dans le fond, une folle imprudence à s'imaginer que, quand il eût réussi le plus heureusement du monde, nous eussions jamais pu nous mettre à couvert des suites. Cependant, nous nous exposâmes avec la plus téméraire confiance. Manon partit avec Marcel : c'est ainsi que se nommait notre valet. Je la vis partir avec douleur. Je lui dis en l'embrassant : Manon, ne me trompez point; me serez-vous fidèle? Elle se plaignit tendrement de ma défiance, et elle me renouvela tous ses serments.

Son compte était d'arriver à Paris sur les trois heures. Je partis après elle. J'allais me morfondre, le reste de l'après-midi, dans le café de Féré, au pont Saint-Michel; j'y demeurai jusqu'à la nuit. J'en sortis alors pour prendre un fiacre, que je

postai, suivant notre projet, à l'entrée de la rue
Saint-André-des-Arcs; ensuite je gagnai à pied la
porte de la Comédie. Je fus surpris de n'y pas
trouver Marcel, qui devait être à m'attendre. Je pris
patience pendant une heure, confondu dans une
foule de laquais, et l'œil ouvert sur tous les pas-
sants. Enfin, sept heures étant sonnées, sans que
j'eusse rien aperçu qui eût rapport à nos desseins,
je pris un billet de parterre pour aller voir si je
découvrirais Manon et G... M... dans les loges.
Ils n'y étaient ni l'un ni l'autre. Je retournai à la
porte, où je passai encore un quart d'heure, transporté d'impatience et d'inquiétude. N'ayant rien vu
paraître, je rejoignis mon fiacre, sans pouvoir
m'arrêter à la moindre résolution. Le cocher,
m'ayant aperçu, vint quelques pas au-devant de
moi pour me dire, d'un air mystérieux, qu'une
jolie demoiselle m'attendait depuis une heure dans
le carrosse; qu'elle m'avait demandé, à des signes
qu'il avait bien reconnus, et qu'ayant appris que je
devais revenir, elle avait dit qu'elle ne s'impatien-
terait point à m'attendre. Je me figurai aussitôt que
c'était Manon. J'approchai; mais je vis un joli petit
visage, qui n'était pas le sien. C'était une étrangère,
qui me demanda d'abord si elle n'avait pas l'honneur de parler à M. le chevalier des Grieux. Je lui
dis que c'était mon nom. J'ai une lettre à vous
rendre, reprit-elle, qui vous instruira du sujet qui
m'amène, et par quel rapport j'ai l'avantage de
connaître votre nom. Je la priai de me donner le
temps de la lire dans un cabaret voisin. Elle voulut
me suivre, et elle me conseilla de demander une

chambre à part. De qui vient cette lettre? lui dis-je
en montant : elle me remit à la lecture.

Je reconnus la main de Manon. Voici à peu près
ce qu'elle me marquait : G... M... l'avait reçue
avec une politesse et une magnificence au delà
de toutes ses idées. Il l'avait comblée de présents;
il lui faisait envisager un sort de reine. Elle m'assurait néanmoins qu'elle ne m'oubliait pas dans cette
nouvelle splendeur; mais que, n'ayant pu faire
consentir G... M... à la mener ce soir à la Comédie,
elle remettait à un autre jour le plaisir de me voir;
et que, pour me consoler un peu de la peine qu'elle
prévoyait que cette nouvelle pouvait me causer,
elle avait trouvé le moyen de me procurer une des
plus jolies filles de Paris, qui serait la porteuse
de son billet. *Signé,* votre fidèle amante, MANON
LESCAUT.

Il y avait quelque chose de si cruel et de si
insultant pour moi dans cette lettre, que demeurant suspendu quelque temps entre la colère et la
douleur, j'entrepris de faire un effort pour oublier
éternellement mon ingrate et parjure maîtresse.
Je jetai les yeux sur la fille qui était devant moi :
elle était extrêmement jolie, et j'aurais souhaité
qu'elle l'eût été assez pour me rendre parjure et
infidèle à mon tour. Mais je n'y trouvai point ces
yeux fins et languissants, ce port divin, ce teint de
la composition de l'Amour, enfin ce fonds inépui-
sable de charmes que la nature avait prodigués
à la perfide Manon. Non, non, lui dis-je en cessant
de la regarder, l'ingrate qui vous envoie savait fort
bien qu'elle vous faisait faire une démarche inutile.

Retournez à elle, et dites-lui de ma part qu'elle
jouisse de son crime, et qu'elle en jouisse, s'il se
peut, sans remords. Je l'abandonne sans retour,
et je renonce en même temps à toutes les femmes,
qui ne sauraient être aussi aimables qu'elle, et qui
sont, sans doute, aussi lâches et d'aussi mauvaise
foi. Je fus alors sur le point de descendre et de me
retirer, sans prétendre davantage à Manon, et la
jalousie mortelle qui me déchirait le cœur se dégui-
sant en une morne et sombre tranquillité, je me
crus d'autant plus proche de ma guérison que je ne
sentais nul de ces mouvements violents dont j'avais
été agité dans les mêmes occasions. Hélas! j'étais la
dupe de l'amour autant que je croyais l'être de
G... M... et de Manon.

Cette fille qui m'avait apporté la lettre, me voyant
prêt à descendre l'escalier, me demanda ce que je
voulais donc qu'elle rapportât à M. de G... M... et
à la dame qui était avec lui. Je rentrai dans la
chambre à cette question, et par un changement
incroyable à ceux qui n'ont jamais senti de passions violentes, je me trouvai, tout d'un coup, de la
tranquillité où je croyais être, dans un transport
terrible de fureur. Va, lui dis-je, rapporte au
traître G... M... et à sa perfide maîtresse le désespoir où ta maudite lettre m'a jeté, mais apprends-
leur qu'ils n'en riront pas longtemps, et que je les
poignarderai tous deux de ma propre main. Je me
jetai sur une chaise. Mon chapeau tomba d'un
côté, et ma canne de l'autre. Deux ruisseaux de
larmes amères commencèrent à couler de mes yeux.
L'accès de rage que je venais de sentir se changea

dans une profonde douleur; je ne fis plus que pleurer, en poussant des gémissements et des soupirs.
Approche, mon enfant, approche, m'écriai-je en
parlant à la jeune fille; approche, puisque c'est toi
qu'on envoie pour me consoler. Dis-moi si tu sais
des consolations contre la rage et le désespoir,
contre l'envie de se donner la mort à soi-même,
après avoir tué deux perfides qui ne méritent pas
de vivre. Oui, approche, continuai-je, en voyant
qu'elle faisait vers moi quelques pas timides et
incertains. Viens essuyer mes larmes, viens rendre
la paix à mon cœur, viens me dire que tu m'aimes,
afin que je m'accoutume à l'être d'une autre que
de mon infidèle. Tu es jolie, je pourrai peut-être
t'aimer à mon tour. Cette pauvre enfant, qui n'avait
pas seize ou dix-sept ans, et qui paraissait avoir
plus de pudeur que ses pareilles, était extraordi-
nairement surprise d'une si étrange scène. Elle
s'approcha néanmoins pour me faire quelques
caresses, mais je l'écartai aussitôt, en la repoussant
de mes mains. Que veux-tu de moi? lui dis-je. Ah!
tu es une femme, tu es d'un sexe que je déteste
et que je ne puis plus souffrir. La douceur de ton
visage me menace encore de quelque trahison.
Va-t'en et laisse-moi seul ici. Elle me fit une révérence, sans oser rien dire, et elle se tourna pour
sortir. Je lui criai de s'arrêter. Mais apprends-moi
du moins, repris-je, pourquoi, comment, à quel
dessein tu as été envoyée ici. Comment as-tu découvert mon nom et le lieu où tu pouvais me trouver?

Elle me dit qu'elle connaissait de longue main
M. de G... M...; qu'il l'avait envoyé chercher à cinq

heures, et qu'ayant suivi le laquais qui l'avait avertie, elle était allée dans une grande maison, où elle l'avait trouvé qui jouait au piquet avec une jolie dame, et qu'ils l'avaient chargée tous deux de me rendre la lettre qu'elle m'avait apportée, après lui avoir appris qu'elle me trouverait dans un carrosse au bout de la rue Saint-André. Je lui demandai s'ils ne lui avaient rien dit de plus. Elle me répondit, en rougissant, qu'ils lui avaient fait espérer que je la prendrais pour me tenir compagnie. On t'a trompée, lui dis-je; ma pauvre fille, on t'a trompée. Tu es une femme, il te faut un homme; mais il t'en faut un qui soit riche et heureux, et ce n'est pas ici que tu le peux trouver. Retourne, retourne à M. de G... M... Il a tout ce qu'il faut pour être aimé des belles; il a des hôtels meublés et des équipages à donner. Pour moi, qui n'ai que de l'amour et de la constance à offrir, les femmes méprisent ma misère et font leur jouet de ma simplicité.

J'ajoutai mille choses, ou tristes ou violentes, suivant que les passions qui m'agitaient tour à tour cédaient ou emportaient le dessus. Cependant, à force de me tourmenter, mes transports diminuèrent assez pour faire place à quelques réflexions. Je comparai cette dernière infortune à celles que j'avais déjà essuyées dans le même genre, et je ne trouvai pas qu'il y eût plus à désespérer que dans les premières. Je connaissais Manon; pourquoi m'affliger tant d'un malheur que j'avais dû prévoir? Pourquoi ne pas m'employer plutôt à chercher du remède? Il était encore temps. Je devais du

moins n'y pas épargner mes soins, si je ne voulais
avoir à me reprocher d'avoir contribué, par ma
négligence, à mes propres peines. Je me mis là-
dessus à considérer tous les moyens qui pouvaient
m'ouvrir un chemin à l'espérance.

Entreprendre de l'arracher avec violence des
mains de G... M..., c'était un parti désespéré, qui
n'était propre qu'à me perdre, et qui n'avait pas
la moindre apparence de succès. Mais il me semblait
que si j'eusse pu me procurer le moindre entretien
avec elle, j'aurais gagné infailliblement quelque
chose sur son cœur. J'en connaissais si bien tous
les endroits sensibles! J'étais si sûr d'être aimé
d'elle! Cette bizarrerie même de m'avoir envoyé
une jolie fille pour me consoler, j'aurais parié
qu'elle venait de son invention, et que c'était un
effet de sa compassion pour mes peines. Je résolus
d'employer toute mon industrie pour la voir.
Parmi quantité de voies que j'examinai l'une après
l'autre, je m'arrêtai à celle-ci. M. de T... avait commencé à me rendre service avec trop d'affection
pour me laisser le moindre doute de sa sincérité
et de son zèle. Je me proposai d'aller chez lui sur-
le-champ, et de l'engager à faire appeler G... M...,
sous le prétexte d'une affaire importante. Il ne me
fallait qu'une demi-heure pour parler à Manon.
Mon dessein était de me faire introduire dans sa
chambre même, et je crus que cela me serait aisé
dans l'absence de G... M... Cette résolution m'ayant
rendu plus tranquille, je payai libéralement la jeune
fille, qui était encore avec moi, et pour lui ôter
l'envie de retourner chez ceux qui me l'avaient

envoyée, je pris son adresse, en lui faisant espérer que j'irais passer la nuit avec elle. Je montai dans mon fiacre, et je me fis conduire à grand train chez M. de T... Je fus assez heureux pour l'y trouver. J'avais eu, là-dessus, de l'inquiétude en chemin. Un mot le mit au fait de mes peines et du service que je venais lui demander. Il fut si étonné d'apprendre que G... M... avait pu séduire Manon, qu'ignorant que j'avais eu part moi-même à mon malheur, il m'offrit généreusement de rassembler tous ses amis, pour employer leurs bras et leurs épées à la délivrance de ma maîtresse. Je lui fis comprendre que cet éclat pouvait être pernicieux à Manon et à moi. Réservons notre sang, lui dis-je, pour l'extrémité. Je médite une voie plus douce et dont je n'espère pas moins de succès. Il s'engagea, sans exception, à faire tout ce que je demanderais de lui; et lui ayant répété qu'il ne s'agissait que de faire avertir G.. M... qu'il avait à lui parler, et de le tenir dehors une heure ou deux, il partit aussitôt avec moi pour me satisfaire.

Nous cherchâmes de quel expédient il pourrait se servir pour l'arrêter si longtemps. Je lui conseillai de lui écrire d'abord un billet simple, daté d'un cabaret, par lequel il le prierait de s'y rendre aussitôt, pour une affaire si importante qu'elle ne pouvait souffrir de délai. J'observerai, ajoutai-je, le moment de sa sortie, et je m'introduirai sans peine dans la maison, n'y étant connu que de Manon et de Marcel, qui est mon valet. Pour vous, qui serez pendant ce temps-là avec G... M..., vous pourrez lui dire que cette affaire importante, pour laquelle vous souhaitez de lui parler, est un besoin d'argent, que vous venez de perdre le vôtre au jeu, et que vous avez joué beaucoup plus sur votre parole, avec le même malheur. Il lui faudra du temps pour vous mener à son coffre-fort, et j'en aurai suffisamment pour exécuter mon dessein.

M. de T... suivit cet arrangement de point en point. Je le laissai dans un cabaret, où il écrivit promptement sa lettre. J'allai me placer à quelques pas de la maison de Manon. Je vis arriver le porteur du message, et G... M... sortir à pied, un moment après, suivi d'un laquais. Lui ayant laissé le temps de s'éloigner de la rue, je m'avançai à la porte de mon infidèle, et malgré toute ma colère, je frappai avec le respect qu'on a pour un temple. Heureusement, ce fut Marcel qui vint m'ouvrir. Je lui fis signe de se taire. Quoique je n'eusse rien à craindre des autres domestiques, je lui demandais tout bas s'il pouvait me conduire dans la chambre où était Manon, sans que je fusse aperçu. Il me dit que cela était aisé en montant doucement par le grand escalier. Allons donc promptement, lui dis-je, et tâche d'empêcher, pendant que j'y serai, qu'il n'y monte personne. Je pénétrai sans obstacle jusqu'à l'appartement.

Manon était occupée à lire. Ce fut là que j'eus lieu d'admirer le caractère de cette étrange fille. Loin d'être effrayée et de paraître timide en m'apercevant, elle ne donna que ces marques légères de surprise dont on n'est pas le maître à la vue d'une personne qu'on croit éloignée. Ah! c'est vous, mon amour, me dit-elle en venant m'embrasser

avec sa tendresse ordinaire. Bon Dieu! que vous
êtes hardi! Qui vous aurait attendu aujourd'hui
dans ce lieu? Je me dégageai de ses bras, et loin de
répondre à ses caresses, je la repoussai avec dédain,
et je fis deux ou trois pas en arrière pour m'éloigner d'elle. Ce mouvement ne laissa pas de la
déconcerter. Elle demeura dans la situation où elle
était et elle jeta les yeux sur moi en changeant de
couleur. J'étais, dans le fond, si charmé de la revoir,
qu'avec tant de justes sujets de colère, j'avais à
peine la force d'ouvrir la bouche pour la quereller.
Cependant mon cœur saignait du cruel outrage
qu'elle m'avait fait. Je le rappelais vivement à ma
mémoire, pour exciter mon dépit, et je tâchais
de faire briller dans mes yeux un autre feu que
celui de l'amour. Comme je demeurai quelque
temps en silence, et qu'elle remarqua mon agitation, je la vis trembler, apparemment par un effet
de sa crainte.

Je ne pus soutenir ce spectacle. Ah! Manon, lui
dis-je d'un ton tendre, infidèle et parjure Manon!
par où commencerai-je à me plaindre? Je vous
vois pâle et tremblante, et je suis encore si sensible à vos moindres peines, que je crains de vous
affliger trop par mes reproches. Mais, Manon, je
vous le dis, j'ai le cœur percé de la douleur de
votre trahison. Ce sont là des coups qu'on ne porte
point à un amant, quand on n'a pas résolu sa mort.
Voici la troisième fois, Manon, je les ai bien comp-
tées; il est impossible que cela s'oublie. C'est à vous
de considérer, à l'heure même, quel parti vous
voulez prendre, car mon triste cœur n'est plus à

l'épreuve d'un si cruel traitement. Je sens qu'il succombe et qu'il est prêt à se fendre de douleur. Je n'en puis plus, ajoutai-je en m'asseyant sur une chaise; j'ai à peine la force de parler et de me soutenir.

Elle ne me répondit point, mais, lorsque je fus assis, elle se laissa tomber à genoux et elle appuya sa tête sur les miens, en cachant son visage de mes mains. Je sentis en un instant qu'elle les mouillait de ses larmes. Dieux! de quels mouvements n'étais-je point agité! Ah! Manon, Manon, repris-je avec un soupir, il est bien tard de me donner des larmes, lorsque vous avez causé ma mort. Vous affectez une tristesse que vous ne sauriez sentir. Le plus grand de vos maux est sans doute ma présence, qui a toujours été importune à vos plaisirs. Ouvrez les yeux, voyez qui je suis; on ne verse pas des pleurs si tendres pour un malheureux qu'on a trahi, et qu'on abandonne cruellement. Elle baisait mes mains sans changer de posture. Inconstante Manon, repris-je encore, fille ingrate et sans foi, où sont vos promesses et vos serments? Amante mille fois volage et cruelle, qu'as-tu fait de cet amour que tu me jurais encore aujourd'hui? Juste Ciel, ajoutai-je, est-ce ainsi qu'une infidèle se rit de vous, après vous avoir attesté si saintement? C'est donc le parjure qui est récompensé! Le désespoir et l'abandon sont pour la constance et la fidélité.

Ces paroles furent accompagnées d'une réflexion si amère, que j'en laissai échapper malgré moi quelques larmes. Manon s'en aperçut au changement de ma voix. Elle rompit enfin le silence. Il

faut bien que je sois coupable, me dit-elle tristement, puisque j'ai pu vous causer tant de douleur
et d'émotion; mais que le Ciel me punisse si j'ai
cru l'être, ou si j'ai eu la pensée de le devenir! Ce
discours me parut si dépourvu de sens et de bonne
foi, que je ne pus me défendre d'un vif mouvement
de colère. Horrible dissimulation! m'écriai-je. Je
vois mieux que jamais que tu n'es qu'une coquine
et une perfide. C'est à présent que je connais ton
misérable caractère. Adieu, lâche créature, continuai-je en me levant; j'aime mieux mourir mille
fois que d'avoir désormais le moindre commerce
avec toi. Que le Ciel me punisse moi-même si je
t'honore jamais du moindre regard! Demeure avec
ton nouvel amant, aime-le, déteste-moi, renonce à
l'honneur, au bon sens; je m'en ris, tout m'est
égal.

Elle fut si épouvantée de ce transport, que,
demeurant à genoux près de la chaise d'où je
m'étais levé, elle me regardait en tremblant et sans
oser respirer. Je fis encore quelques pas vers la
porte, en tournant la tête, et tenant les yeux fixés
sur elle. Mais il aurait fallu que j'eusse perdu
tous sentiments d'humanité pour m'endurcir contre
tant de charmes. J'étais si éloigné d'avoir cette
force barbare que, passant tout d'un coup à l'extrémité opposée, je retournai vers elle, ou plutôt,
je m'y précipitai sans réflexion. Je la pris entre mes
bras, je lui donnai mille tendres baisers. Je lui
demandai pardon de mon emportement. Je confes-
sai que j'étais un brutal, et que je ne méritais pas le
bonheur d'être aimé d'une fille comme elle. Je la

fis asseoir, et, m'étant mis à genoux à mon tour, je la conjurai de m'écouter en cet état. Là, tout ce qu'un amant soumis et passionné peut imaginer de plus respectueux et de plus tendre, je le renfermai en peu de mots dans mes excuses. Je lui demandai en grâce de prononcer qu'elle me pardonnait. Elle laissa tomber ses bras sur mon cou, en disant que c'était elle-même qui avait besoin de ma bonté pour me faire oublier les chagrins qu'elle me causait, et qu'elle commençait à craindre avec raison que je goûtasse point ce qu'elle avait à me dire pour se justifier. Moi! interrompis-je aussitôt, ah! je ne vous demande point de justification. J'approuve tout ce que vous avez fait. Ce n'est point à moi d'exiger des raisons de votre conduite; trop content, trop heureux, si ma chère Manon ne m'ôte point la tendresse de son cœur! Mais, continuai-je, en réfléchissant sur l'état de mon sort, toute-puissante Manon! vous qui faites à votre gré mes joies et mes douleurs, après vous avoir satisfait par mes humiliations et par les marques de mon repentir, ne me sera-t-il point permis de vous parler de ma tristesse et de mes peines? Apprendrai-je de vous ce qu'il faut que je devienne aujourd'hui, et si c'est sans retour que vous allez signer ma mort, en passant la nuit avec mon rival?

Elle fut quelque temps à méditer sa réponse : Mon Chevalier, me dit-elle, en reprenant un air tranquille, si vous vous étiez d'abord expliqué si nettement, vous vous seriez épargné bien du trouble et à moi une scène bien affligeante. Puisque votre peine ne vient que de votre jalousie, je l'aurais guérie en m'offrant à vous suivre sur-le-champ au bout du monde. Mais je me suis figuré que c'était la lettre que je vous ai écrite sous les yeux de M. de G... M... et la fille que nous vous avons envoyée qui causaient votre chagrin. J'ai cru que vous auriez pu regarder ma lettre comme une raillerie et cette fille, en vous imaginant qu'elle était allée vous trouver de ma part, comme une déclaration que je renonçais à vous pour m'attacher à G... M... C'est cette pensée qui m'a jetée tout d'un coup dans la consternation, car, quelque innocente que je fusse, je trouvais, en y pensant, que les apparences ne m'étaient pas favorables. Cependant, continua-t-elle, je veux que vous soyez mon juge, après que je vous aurai expliqué la vérité du fait.

Elle m'apprit alors tout ce qui lui était arrivé depuis qu'elle avait trouvé G... M..., qui l'attendait dans le lieu où nous étions. Il l'avait reçue effectivement comme la première princesse du monde. Il lui avait montré tous les appartements, qui étaient d'un goût et d'une propreté admirables. Il lui avait compté dix mille livres dans son cabinet, et il y avait ajouté quelques bijoux, parmi lesquels étaient le collier et les bracelets de perles qu'elle avait déjà eus de son père. Il l'avait menée de là dans un salon qu'elle n'avait pas encore vu, où elle avait trouvé une collation exquise. Il l'avait fait servir par les nouveaux domestiques qu'il avait pris pour elle, en leur ordonnant de la regarder désormais comme leur maîtresse. Enfin, il lui avait fait voir le carrosse, les chevaux et tout le reste de ses présents; après quoi, il lui avait proposé une partie de jeu, pour attendre le souper. Je vous avoue, continua-t-elle, que j'ai été frappée de cette magnificence. J'ai fait réflexion que ce serait dommage de nous priver tout d'un coup de tant de biens, en me contentant d'emporter les dix mille francs et les bijoux, que c'était une fortune toute faite pour vous et pour moi, et que nous pourrions vivre agréablement aux dépens de G... M... Au lieu de lui proposer la Comédie, je me suis mis dans la tête de le sonder sur votre sujet, pour pressentir quelles facilités nous aurions à nous voir, en supposant l'exécution de mon système. Je l'ai trouvé d'un caractère fort traitable. Il m'a demandé ce que je pensais de vous, et si je n'avais pas eu quelque regret à vous quitter. Je lui ai dit que vous étiez si aimable et que vous en aviez toujours usé si honnêtement avec moi, qu'il n'était pas naturel que je pusse vous haïr. Il a confessé que vous aviez du mérite, et qu'il s'était senti porté à désirer votre amitié. Il a voulu savoir de quelle manière je croyais que vous prendriez mon départ, surtout lorsque vous viendriez à savoir que j'étais entre ses mains. Je lui ai répondu que la date de notre amour était déjà si ancienne qu'il avait eu le temps de se refroidir un peu, que vous n'étiez pas d'ailleurs fort à votre aise, et que vous ne regarderiez peut-être pas ma perte comme un grand malheur, parce qu'elle vous déchargerait d'un fardeau qui vous pesait sur les bras. J'ai ajouté qu'étant tout à fait convaincue que vous agiriez pacifiquement, je n'avais pas fait difficulté de vous dire que je venais

à Paris pour quelques affaires, que vous y aviez
consenti et qu'y étant venu vous-même, vous n'aviez
pas paru extrêmement inquiet, lorsque je vous
avais quitté. Si je croyais, m'a-t-il dit, qu'il fût
d'humeur à bien vivre avec moi, je serais le premier
à lui offrir mes services et mes civilités. Je l'ai
assuré que, du caractère dont je vous connaissais,
je ne doutais point que vous n'y répondissiez honnêtement, surtout, lui ai-je dit, s'il pouvait vous
servir dans vos affaires, qui étaient fort dérangées
depuis que vous étiez mal avec votre famille. Il m'a
interrompue, pour me protester qu'il vous rendrait
tous les services qui dépendraient de lui, et que, si
vous vouliez même vous embarquer dans un autre
amour, il vous procurerait une jolie maîtresse,
qu'il avait quittée pour s'attacher à moi. J'ai ap-
plaudi à son idée, ajouta-t-elle, pour prévenir
plus parfaitement tous ses soupçons, et me confir-
mant de plus en plus dans mon projet, je ne souhaitais que de pouvoir trouver le moyen de vous
en informer, de peur que vous ne fussiez trop
alarmé lorsque vous me verriez manquer à notre
assignation. C'est dans cette vue que je lui ai proposé de vous envoyer cette nouvelle maîtresse dès le
soir même, afin d'avoir une occasion de vous écrire;
j'étais obligée d'avoir recours à cette adresse, parce
que je ne pouvais espérer qu'il me laissât libre un
moment. Il a ri de ma proposition. Il a appelé son
laquais, et lui ayant demandé s'il pourrait retrouver sur-le-champ son ancienne maîtresse, il l'a
envoyé de côté et d'autre pour la chercher. Il s'imaginait que c'était à Chaillot qu'il fallait qu'elle

allât vous trouver, mais je lui ai appris qu'en vous quittant je vous avais promis de vous rejoindre à la Comédie, ou que, si quelque raison m'empêchait d'y aller, vous vous étiez engagé à m'attendre dans un carrosse au bout de la rue S[aint]-André; qu'il valait mieux, par conséquent, vous envoyer là votre nouvelle amante, ne fût-ce que pour vous empêcher de vous y morfondre pendant toute la nuit. Je lui ai dit encore qu'il était à propos de vous écrire un mot pour vous avertir de cet échange, que vous auriez peine à comprendre sans cela. Il y a consenti, mais j'ai été obligée d'écrire en sa présence, et je me suis bien gardée de m'expliquer trop ouvertement dans ma lettre. Voilà, ajouta Manon, de quelle manière les choses se sont passées. Je ne vous déguise rien, ni de ma conduite, ni de mes desseins. La jeune fille est venue, je l'ai trouvée jolie, et comme je ne doutais point que mon absence ne vous causât de la peine, c'était sincèrement que je souhaitais qu'elle pût servir à vous désennuyer quelques moments, car la fidélité que je souhaite de vous est celle du cœur. J'aurais été ravie de pouvoir vous envoyer Marcel, mais je n'ai pu me procurer un moment pour l'instruire de ce que j'avais à vous faire savoir. Elle conclut enfin son récit, en m'apprenant l'embarras où G... M... s'était trouvé en recevant le billet de M. de T... Il a balancé, me dit-elle, s'il devait me quitter, et il m'a assuré que son retour ne tarderait point. C'est ce qui fait que je ne vous vois point ici sans inquiétude, et que j'ai marqué de la surprise à votre arrivée.

J'écoutai ce discours avec beaucoup de patience.
J'y trouvais assurément quantité de traits cruels
et mortifiants pour moi, car le dessein de son
infidélité était si clair qu'elle n'avait pas même eu
le soin de me le déguiser. Elle ne pouvait espérer
que G... M... la laissât, toute la nuit, comme une
vestale. C'était donc avec lui qu'elle comptait de la
passer. Quel aveu pour un amant! Cependant, je
considérai que j'étais cause en partie de sa faute,
par la connaissance que je lui avais donnée d'abord
des sentiments que G... M... avait pour elle, et par
la complaisance que j'avais eue d'entrer aveuglément dans le plan téméraire de son aventure.
D'ailleurs, par un tour naturel de génie qui m'est
particulier, je fus touché de l'ingénuité de son récit,
et de cette manière bonne et ouverte avec laquelle
elle me racontait jusqu'aux circonstances dont
j'étais le plus offensé. Elle pèche sans malice,
disais-je en moi-même; elle est légère et imprudente, mais elle est droite et sincère. Ajoutez que
l'amour suffisait seul pour me fermer les yeux sur
toutes ses fautes. J'étais trop satisfait de l'espérance
de l'enlever le soir même à mon rival. Je lui dis
néanmoins : Et la nuit, avec qui l'auriez-vous
passée? Cette question, que je lui fis tristement,
l'embarrassa. Elle ne me répondit que par des
mais et des si interrompus. J'eus pitié de sa peine,
et rompant ce discours, je lui déclarai naturellement que j'attendais d'elle qu'elle me suivît à
l'heure même. Je le veux bien, me dit-elle; mais
vous n'approuvez donc pas mon projet? Ah! n'est-
ce pas assez, repartis-je, que j'approuve tout ce que

vous avez fait jusqu'à présent? Quoi! nous n'em-
porterons pas même les dix mille francs? répliqua-
t-elle. Il me les a donnés. Ils sont à moi. Je lui
conseillai d'abandonner tout, et de ne penser qu'à
nous éloigner promptement, car, quoiqu'il y eût
à peine une demi-heure que j'étais avec elle, je
craignais le retour de G... M... Cependant, elle me
fit de si pressantes instances pour me faire consentir
à ne pas sortir les mains vides, que je crus lui
devoir accorder quelque chose après avoir tant
obtenu d'elle.

Dans le temps que nous nous préparions au
départ, j'entendis frapper à la porte de la rue. Je
ne doutai nullement que ce ne fût G... M..., et
dans le trouble où cette pensée me jeta, je dis à
Manon que c'était un homme mort s'il paraissait.
Effectivement, je n'étais pas assez revenu de mes
transports pour me modérer à sa vue. Marcel finit
ma peine en m'apportant un billet qu'il avait reçu
pour moi à la porte. Il était de M. de T... Il me
marquait que, G... M... étant allé lui chercher de
l'argent à sa maison, il profitait de son absence
pour me communiquer une pensée fort plaisante :
qu'il lui semblait que je ne pouvais me venger
plus agréablement de mon rival qu'en mangeant
son souper et en couchant, cette nuit même, dans le
lit qu'il espérait d'occuper avec ma maîtresse; que
cela lui paraissait assez facile, si je pouvais m'assurer de trois ou quatre hommes qui eussent assez
de résolution pour l'arrêter dans la rue, et de fidélité pour le garder à vue jusqu'au lendemain; que,
pour lui, il promettait de l'amuser encore une

heure pour le moins, par des raisons qu'il tenait prêtes pour son retour. Je montrai ce billet à Manon, et je lui appris de quelle ruse je m'étais servi pour m'introduire librement chez elle. Mon invention et celle de M. de T... lui parurent admirables. Nous en rîmes à notre aise pendant quelques moments. Mais, lorsque je lui parlai de la dernière comme d'un badinage, je fus surpris qu'elle insistât sérieusement à me la proposer comme une chose dont l'idée la ravissait. En vain lui demandai-je où elle voulait que je trouvasse, tout d'un coup, des gens propres à arrêter G... M... et à le garder fidèlement. Elle me dit qu'il fallait du moins tenter, puisque M. de T... nous garantissait encore une heure, et pour réponse à mes autres objections, elle me dit que je faisais le tyran et que je n'avais pas de complaisance pour elle. Elle ne trouvait rien de si joli que ce projet. Vous aurez son couvert à souper, me répétait-elle, vous coucherez dans ses draps, et, demain, de grand matin, vous enlèverez sa maîtresse et son argent. Vous serez bien vengé du père et du fils.

Je cédai à ses instances, malgré les mouvements secrets de mon cœur qui semblaient me présager une catastrophe malheureuse. Je sortis, dans le dessein de prier deux ou trois gardes du corps, avec lesquels Lescaut m'avait mis en liaison, de se charger du soin d'arrêter G... M... Je n'en trouvai qu'un au logis, mais c'était un homme entreprenant, qui n'eut pas plus tôt su de quoi il était question qu'il m'assura du succès. Il me demanda seulement dix pistoles, pour récompenser trois soldats aux gardes, qu'il prit la résolution d'employer, en se mettant à leur tête. Je le priai de ne pas perdre de temps. Il les assembla en moins d'un quart d'heure. Je l'attendais à sa maison, et lorsqu'il fut de retour avec ses associés, je le conduisis moi-même au coin d'une rue par laquelle G... M... devait nécessairement rentrer dans celle de Manon. Je lui recommandai de ne le pas maltraiter, mais de le garder si étroitement jusqu'à sept heures du matin, que je pusse être assuré qu'il ne lui échapperait pas. Il me dit que son dessein était de le conduire à sa chambre et de l'obliger à se déshabiller, ou même à se coucher dans son lit, tandis que lui et ses trois braves passeraient la nuit à boire et à jouer. Je demeurai avec eux jusqu'au moment où je vis paraître G... M..., et je me retirai alors quelques pas au-dessous, dans un endroit obscur, pour être témoin d'une scène si extraordinaire. Le garde du corps l'aborda, le pistolet au poing, et lui expliqua civilement qu'il n'en voulait ni à sa vie ni à son argent, mais que, s'il faisait la moindre difficulté de le suivre, ou s'il jetait le moindre cri, il allait lui brûler la cervelle. G... M..., le voyant soutenu par trois soldats, et craignant sans doute la bourre du pistolet, ne fit pas de résistance. Je le vis emmener comme un mouton.

Je retournai aussitôt chez Manon, et pour ôter tout soupçon aux domestiques, je lui dis, en entrant, qu'il ne fallait pas attendre M. de G... M... pour souper, qu'il lui était survenu des affaires qui le retenaient malgré lui, et qu'il m'avait prié de venir lui en faire ses excuses et souper avec elle, ce que je regardais comme une grande faveur auprès d'une si belle dame. Elle seconda fort adroitement mon dessein. Nous nous mîmes à table. Nous y prîmes un air grave, pendant que les laquais demeurèrent à nous servir. Enfin, les ayant congédiés, nous passâmes une des plus charmantes soirées de notre vie. J'ordonnai en secret à Marcel de chercher un fiacre et de l'avertir de se trouver le lendemain à la porte, avant six heures du matin. Je feignis de quitter Manon vers minuit; mais étant rentré doucement, par le secours de Marcel, je me préparai à occuper le lit de G... M..., comme j'avais rempli sa place à table. Pendant ce temps-là, notre mauvais génie travaillait à nous perdre. Nous étions dans le délire du plaisir, et le glaive était suspendu sur nos têtes. Le fil qui le soutenait allait se rompre. Mais, pour faire mieux entendre toutes les circonstances de notre ruine, il faut en éclaircir la cause.

G... M... était suivi d'un laquais, lorsqu'il avait été arrêté par le garde du corps. Ce garçon, effrayé de l'aventure de son maître, retourna en fuyant sur ses pas, et la première démarche qu'il fit, pour le secourir, fut d'aller avertir le vieux G... M... de ce qui venait d'arriver. Une si fâcheuse nouvelle ne pouvait manquer de l'alarmer beaucoup : il n'avait que ce fils, et sa vivacité était extrême pour son âge. Il voulut savoir d'abord du laquais tout ce que son fils avait fait l'après-midi, s'il s'était querellé avec quelqu'un, s'il avait pris part au démêlé d'un autre, s'il s'était trouvé dans quelque maison suspecte. Celui-ci, qui croyait son maître dans le dernier danger et qui s'imaginait ne devoir plus rien ménager pour lui procurer du secours, découvrit tout ce qu'il savait de son amour pour Manon et la dépense qu'il avait faite pour elle, la manière dont il avait passé l'après-midi dans sa maison jusqu'aux environs de neuf heures, sa sortie et le malheur de son retour. C'en fut assez pour faire soupçonner au vieillard que l'affaire de son fils était une querelle d'amour. Quoiqu'il fût au moins dix heures et demie du soir, il ne balança point à se rendre aussitôt chez M. le Lieutenant de Police. Il le pria de faire donner des ordres particuliers à toutes les escouades du guet, et lui en ayant demandé une pour se faire accompagner, il courut lui-même vers la rue où son fils avait été arrêté. Il visita tous les endroits de la ville où il espérait de le pouvoir trouver, et n'ayant pu découvrir ses traces, il se fit conduire enfin à la maison de sa maîtresse, où il se figura qu'il pouvait être retourné.

J'allais me mettre au lit, lorsqu'il arriva. La porte de la chambre étant fermée, je n'entendis point frapper à celle de la rue; mais il entra suivi de deux archers, et s'étant informé inutilement de ce qu'était devenu son fils, il lui prit envie de voir sa maîtresse, pour tirer d'elle quelque lumière. Il monte à l'appartement, toujours accompagné de ses archers. Nous étions prêts à nous mettre au lit. Il ouvre la porte, et il nous glace le sang par sa vue. O Dieu! c'est le vieux G... M..., dis-je à Manon. Je saute sur mon épée; elle était malheureusement embarrassée dans mon ceinturon. Les archers, qui virent

mon mouvement, s'approchèrent aussitôt pour me
la saisir. Un homme en chemise est sans résistance.
Ils m'ôtèrent tous les moyens de me défendre.

G... M..., quoique troublé par ce spectacle, ne
tarda point à me reconnaître. Il remit encore plus
aisément Manon. Est-ce une illusion? nous dit-il
gravement; ne vois-je point le chevalier des Grieux
et Manon Lescaut? J'étais si enragé de honte et de
douleur, que je ne lui fis pas de réponse. Il parut
rouler, pendant quelque temps, diverses pensées
dans sa tête, et comme si elles eussent allumé tout
d'un coup sa colère, il s'écria en s'adressant à moi :
Ah! malheureux, je suis sûr que tu as tué mon fils!
Cette injure me piqua vivement. Vieux scélérat, lui
répondis-je avec fierté, si j'avais eu à tuer quelqu'un de ta famille, c'est par toi que j'aurais commencé. Tenez-le bien, dit-il aux archers. Il faut
qu'il me dise des nouvelles de mon fils; je le ferai
pendre demain, s'il ne m'apprend tout à l'heure ce
qu'il en a fait. Tu me feras· pendre? repris-je.
Infâme! ce sont tes pareils qu'il faut chercher au
gibet. Apprends que je suis d'un sang plus noble et
plus pur que le tien. Oui, ajoutai-je, je sais ce qui
est arrivé à ton fils, et si tu m'irrites davantage,
je le ferai étrangler avant qu'il soit demain, et je te
promets le même sort après lui.

Je commis une imprudence en lui confessant que
je savais où était son fils; mais l'excès de ma colère
me fit faire cette indiscrétion. Il appela aussitôt
cinq ou six autres archers, qui l'attendaient à la
porte, et il leur ordonna de s'assurer de tous les
domestiques de la maison. Ah! monsieur le cheva-

lier, reprit-il d'un ton railleur, vous savez où est mon fils et vous le ferez étrangler, dites-vous? Comptez que nous y mettrons bon ordre. Je sentis aussitôt la faute que j'avais commise. Il s'approcha de Manon, qui était assise sur le lit en pleurant; il lui dit quelques galanteries ironiques sur l'empire qu'elle avait sur le père et sur le fils, et sur le bon usage qu'elle en faisait. Ce vieux monstre d'incontinence voulut prendre quelques familiarités avec elle. Garde-toi de la toucher! m'écriai-je, il n'y aurait rien de sacré qui te pût sauver de mes mains. Il sortit en laissant trois archers dans la chambre, auxquels il ordonna de nous faire prendre promptement nos habits.

Je ne sais quels étaient alors ses desseins sur nous. Peut-être eussions-nous obtenu la liberté en lui apprenant où était son fils. Je méditais, en m'habillant, si ce n'était pas le meilleur parti. Mais, s'il était dans cette disposition en quittant notre chambre, elle était bien changée lorsqu'il y revint. Il était allé interroger les domestiques de Manon, que les archers avaient arrêtés. Il ne put rien apprendre de ceux qu'elle avait reçus de son fils, mais, lorsqu'il sut que Marcel nous avait servis auparavant, il résolut de le faire parler en l'intimidant par des menaces.

C'était un garçon fidèle, mais simple et grossier. Le souvenir de ce qu'il avait fait à l'Hôpital, pour délivrer Manon, joint à la terreur que G... M... lui inspirait, fit tant d'impression sur son esprit faible qu'il s'imagina qu'on allait le conduire à la potence ou sur la roue. Il promit de découvrir tout ce qui était venu à sa connaissance, si l'on voulait lui sauver la vie. G... M... se persuada là-dessus qu'il y avait quelque chose, dans nos affaires, de plus sérieux et de plus criminel qu'il n'avait eu lieu jusque-là de se le figurer. Il offrit à Marcel, non seulement la vie, mais des récompenses pour sa confession. Ce malheureux lui apprit une partie de notre dessein, sur lequel nous n'avions pas fait difficulté de nous entretenir devant lui, parce qu'il devait y entrer pour quelque chose. Il est vrai qu'il ignorait entièrement les changements que nous y avions faits à Paris; mais il avait été informé, en partant de Chaillot, du plan de l'entreprise et du rôle qu'il y devait jouer. Il lui déclara donc que notre vue était de duper son fils, et que Manon devait recevoir, ou avait déjà reçu, dix mille francs, qui, selon notre projet, ne retourneraient jamais aux héritiers de la maison de G... M...

Après cette découverte, le vieillard emporté remonta brusquement dans notre chambre. Il passa, sans parler, dans le cabinet, où il n'eut pas de peine à trouver la somme et les bijoux. Il revint à nous avec un visage enflammé, et, nous montrant ce qu'il lui plut de nommer notre larcin, il nous accabla de reproches outrageants. Il fit voir de près, à Manon, le collier de perles et les bracelets. Les reconnaissez-vous? lui dit-il avec un sourire moqueur. Ce n'était pas la première fois que vous les eussiez vus. Les mêmes, sur ma foi. Ils étaient de votre goût, ma belle; je me le persuade aisément. Les pauvres enfants! ajouta-t-il. Ils sont bien aimables, en effet, l'un et l'autre; mais ils sont un peu fripons. Mon cœur crevait de rage à ce discours insultant. J'aurais donné, pour être libre un moment... Juste Ciel! que n'aurais-je pas donné! Enfin, je me fis violence pour lui dire, avec une modération qui n'était qu'un raffinement de fureur : Finissons, monsieur, ces insolentes railleries. De quoi est-il question? Voyons, que prétendez-vous faire de nous? Il est question, monsieur le chevalier, me répondit-il, d'aller de ce pas au Châtelet. Il fera jour demain; nous verrons plus clair dans nos affaires, et j'espère que vous me ferez la grâce, à la fin, de m'apprendre où est mon fils.

Je compris, sans beaucoup de réflexions, que c'était une chose d'une terrible conséquence pour nous d'être une fois renfermés au Châtelet. J'en prévis, en tremblant, tous les dangers. Malgré toute ma fierté, je reconnus qu'il fallait plier sous le poids de ma fortune et flatter mon plus cruel ennemi, pour en obtenir quelque chose par la soumission. Je le priai, d'un ton honnête, de m'écouter un moment. Je me rends justice, monsieur, lui dis-je. Je confesse que la jeunesse m'a fait commettre de grandes fautes, et que vous en êtes assez blessé pour vous plaindre. Mais, si vous connaissez la force de l'amour, si vous pouvez juger de ce que souffre un malheureux jeune homme à qui l'on enlève tout ce qu'il aime, vous me trouverez peut-être pardonnable d'avoir cherché le plaisir d'une petite vengeance, ou du moins, vous me croirez assez puni par l'affront que je viens de recevoir. Il n'est besoin ni de prison ni de supplice pour me forcer de vous découvrir où est Monsieur votre fils.

Il est en sûreté. Mon dessein n'a pas été de lui nuire
ni de vous offenser. Je suis prêt à vous nommer le
lieu où il passe tranquillement la nuit, si vous me
faites la grâce de nous accorder la liberté. Ce vieux
tigre, loin d'être touché de ma prière, me tourna le
dos en riant. Il lâcha seulement quelques mots,
pour me faire comprendre qu'il savait notre
dessein jusqu'à l'origine. Pour ce qui regardait
son fils, il ajouta brutalement qu'il se retrou-
verait assez, puisque je ne l'avais pas assassiné.
Conduisez-les au Petit-Châtelet, dit-il aux archers,
et prenez garde que le Chevalier ne vous échappe.
C'est un rusé, qui s'est déjà sauvé de Saint-
Lazare.

Il sortit, et me laissa dans l'état que vous pouvez
vous imaginer. O Ciel! m'écriai-je, je recevrai avec
soumission tous les coups qui viennent de ta main,
mais qu'un malheureux coquin ait le pouvoir de
me traiter avec cette tyrannie, c'est ce qui me réduit
au dernier désespoir. Les archers nous prièrent de
ne pas les faire attendre plus longtemps. Ils avaient
un carrosse à la porte. Je tendis la main à Manon
pour descendre. Venez, ma chère reine, lui dis-je,
venez vous soumettre à toute la rigueur de notre
sort. Il plaira peut-être au Ciel de nous rendre
quelque jour plus heureux.

Nous partîmes dans le même carrosse. Elle se
mit dans mes bras. Je ne lui avais pas entendu prononcer un mot depuis le premier moment de l'arrivée de G... M...; mais, se trouvant seule alors
avec moi, elle me dit mille tendresses en se repro-
chant d'être la cause de mon malheur. Je l'assurai

que je ne me plaindrais jamais de mon sort, tant
qu'elle ne cesserait pas de m'aimer. Ce n'est pas
moi qui suis à plaindre, continuai-je. Quelques
mois de prison ne m'effraient nullement, et je pré-
férerai toujours le Châtelet à Saint-Lazare. Mais
c'est pour toi, ma chère âme, que mon cœur s'inté-
resse. Quel sort pour une créature si charmante!
Ciel, comment traitez-vous avec tant de rigueur le
plus parfait de vos ouvrages? Pourquoi ne sommes-
nous pas nés, l'un et l'autre, avec des qualités
conformes à notre misère? Nous avons reçu de
l'esprit, du goût, des sentiments. Hélas! quel triste
usage en faisons-nous, tandis que tant d'âmes
basses et dignes de notre sort jouissent de toutes
les faveurs de la fortune! Ces réflexions me péné-
traient de douleur; mais ce n'était rien en comparaison de celles qui regardaient l'avenir, car je
séchais de crainte pour Manon. Elle avait déjà été
à l'Hôpital, et, quand elle en fût sortie par la
bonne porte, je savais que les rechutes en ce genre
étaient d'une conséquence extrêmement dangereuse.
J'aurais voulu lui exprimer mes frayeurs; j'appréhendais de lui en causer trop. Je tremblais pour
elle, sans oser l'avertir du danger, et je l'embrassais
en soupirant, pour l'assurer, du moins, de mon
amour, qui était presque le seul sentiment que
j'osasse exprimer. Manon, lui dis-je, parlez sincèrement; m'aimerez-vous toujours? Elle me répondit
qu'elle était bien malheureuse que j'en pusse douter. Hé bien, repris-je, je n'en doute point, et je
veux braver tous nos ennemis avec cette assurance.
J'emploierai ma famille pour sortir du Châtelet;

et tout mon sang ne sera utile à rien si je ne vous en tire pas aussitôt que je serai libre.

Nous arrivâmes à la prison. On nous mit chacun dans un lieu séparé. Ce coup me fut moins rude, parce que je l'avais prévu. Je recommandai Manon au concierge, en lui apprenant que j'étais un homme de quelque distinction, et lui promettant une récompense considérable. J'embrassai ma chère maîtresse, avant que de la quitter. Je la conjurai de ne pas s'affliger excessivement et de ne rien craindre tant que je serais au monde. Je n'étais pas sans argent; je lui en donnai une partie et je payai au concierge, sur ce qui me restait, un mois de grosse pension d'avance pour elle et pour moi.

Mon argent eut un fort bon effet. On me mit dans une chambre proprement meublée, et l'on m'assura que Manon en avait une pareille. Je m'occupai aussitôt des moyens de hâter ma liberté. Il était clair qu'il n'y avait rien d'absolument criminel dans mon affaire, et supposant même que le dessein de notre vol fût prouvé par la déposition de Marcel, je savais fort bien qu'on ne punit point les simples volontés. Je résolus d'écrire promptement à mon père, pour le prier de venir en personne à Paris. J'avais bien moins de honte, comme je l'ai dit, d'être au Châtelet qu'à Saint-Lazare; d'ailleurs, quoique je conservasse tout le respect dû à l'autorité paternelle, l'âge et l'expérience avaient diminué beaucoup ma timidité. J'écrivis donc, et l'on ne fit pas difficulté, au Châtelet, de laisser sortir ma lettre; mais c'était une peine que j'aurais pu m'épargner, si j'avais su que mon père devait arriver le lendemain à Paris.

Il avait reçu celle que je lui avais écrite huit jours auparavant. Il en avait ressenti une joie extrême; mais, de quelque espérance que je l'eusse flatté au sujet de ma conversion, il n'avait pas cru devoir s'arrêter tout à fait à mes promesses. Il avait pris le parti de venir s'assurer de mon changement par ses yeux, et de régler sa conduite sur la sincérité de mon repentir. Il arriva le lendemain de mon emprisonnement. Sa première visite fut celle qu'il rendit à Tiberge, à qui je l'avais prié d'adresser sa réponse. Il ne put savoir de lui ni ma demeure ni ma condition présente; il en apprit seulement mes principales aventures, depuis que je m'étais échappé de Saint-Sulpice. Tiberge lui parla fort avantageusement des dispositions que je lui avais marquées pour le bien, dans notre dernière entrevue. Il ajouta qu'il me croyait entièrement dégagé de Manon, mais qu'il était surpris, néanmoins, que je ne lui eusse pas donné de mes nouvelles depuis huit jours. Mon père n'était pas dupe; il comprit qu'il y avait quelque chose qui échappait à la pénétration de Tiberge, dans le silence dont il se plaignait, et il employa tant de soins pour découvrir mes traces que, deux jours après son arrivée, il apprit que j'étais au Châtelet.

Avant que de recevoir sa visite, à laquelle j'étais fort éloigné de m'attendre sitôt, je reçus celle de M. le Lieutenant général de Police, ou pour expliquer les choses par leur nom, je subis l'interrogatoire. Il me fit quelques reproches, mais ils n'étaient ni durs ni désobligeants. Il me dit, avec douceur, qu'il plaignait ma mauvaise conduite; que j'avais manqué de sagesse en me faisant un ennemi tel que M. de G... M...; qu'à la vérité il était aisé de remarquer qu'il y avait, dans mon affaire, plus d'imprudence et de légèreté que de malice; mais que c'était néanmoins la seconde fois que je me trouvais sujet à son tribunal, et qu'il avait espéré que je fusse devenu plus sage, après avoir pris deux ou trois mois de leçons à Saint-Lazare. Charmé d'avoir affaire à un juge raisonnable, je m'expliquai avec lui d'une manière si respectueuse et si modérée, qu'il parut extrêmement satisfait de mes réponses. Il me dit que je ne devais pas me livrer trop au chagrin, et qu'il se sentait disposé à me rendre service, en faveur de ma naissance et de ma jeunesse. Je me hasardai à lui recommander Manon, et à lui faire l'éloge de sa douceur et de son bon naturel. Il me répondit, en riant, qu'il ne l'avait point encore vue, mais qu'on la représentait comme une dangereuse personne. Ce mot excita tellement ma tendresse que je lui dis mille choses passionnées pour la défense de ma pauvre maîtresse, et je ne pus m'empêcher de répandre quelques larmes. Il ordonna qu'on me reconduisît à ma chambre. Amour, amour! s'écria ce grave magistrat en me voyant sortir, ne te réconcilieras-tu jamais avec la sagesse?

J'étais à m'entretenir tristement de mes idées, et à réfléchir sur la conversation que j'avais eue avec M. le Lieutenant général de Police, lorsque j'entendis ouvrir la porte de ma chambre : c'était mon

père. Quoique je dusse être à demi préparé à cette
vue, puisque je m'y attendais quelques jours plus
tard, je ne laissai pas d'en être frappé si vivement
que je me serais précipité au fond de la terre, si elle
s'était entr'ouverte à mes pieds. J'allai l'embrasser,
avec toutes les marques d'une extrême confusion.
Il s'assit sans que ni lui ni moi eussions encore
ouvert la bouche.

Comme je demeurais debout, les yeux baissés et
la tête découverte : Asseyez-vous, monsieur, me
dit-il gravement, asseyez-vous. Grâce au scandale
de votre libertinage et de vos friponneries, j'ai
découvert le lieu de votre demeure. C'est l'avantage
d'un mérite tel que le vôtre de ne pouvoir demeurer caché. Vous allez à la renommée par un chemin
infaillible. J'espère que le terme en sera bientôt
la Grève, et que vous aurez, effectivement, la
gloire d'y être exposé à l'admiration de tout le
monde.

Je ne répondis rien. Il continua : Qu'un père est
malheureux, lorsque, après avoir aimé tendrement
un fils et n'avoir rien épargné pour en faire un
honnête homme, il n'y trouve, à la fin, qu'un fripon qui le déshonore! On se console d'un malheur
de fortune : le temps l'efface, et le chagrin diminue;
mais quel remède contre un mal qui augmente tous
les jours, tel que les désordres d'un fils vicieux qui
a perdu tous sentiments d'honneur? Tu ne dis
rien, malheureux, ajouta-t-il; voyez cette modestie
contrefaite et cet air de douceur hypocrite; ne le
prendrait-on pas pour le plus honnête homme de
sa race?

Quoique je fusse obligé de reconnaître que je méritais une partie de ces outrages, il me parut néanmoins que c'était les porter à l'excès. Je crus qu'il m'était permis d'expliquer naturellement ma pensée. Je vous assure, monsieur, lui dis-je, que la modestie où vous me voyez devant vous n'est nullement affectée; c'est la situation naturelle d'un fils bien né, qui respecte infiniment son père, et surtout un père irrité. Je ne prétends pas non plus passer pour l'homme le plus réglé de notre race. Je me connais digne de vos reproches, mais je vous conjure d'y mettre un peu plus de bonté et de ne pas me traiter comme le plus infâme de tous les hommes. Je ne mérite pas des noms si durs. C'est l'amour, vous le savez, qui a causé toutes mes fautes. Fatale passion! Hélas! n'en connaissez-vous pas la force, et se peut-il que votre sang, qui est la source du mien, n'ait jamais ressenti les mêmes ardeurs? L'amour m'a rendu trop tendre, trop passionné, trop fidèle et, peut-être, trop complaisant pour les désirs d'une maîtresse toute charmante; voilà mes crimes. En voyez-vous là quelqu'un qui vous déshonore? Allons, mon cher père, ajoutai-je tendrement, un peu de pitié pour un fils qui a toujours été plein de respect et d'affection pour vous, qui n'a pas renoncé, comme vous pensez, à l'honneur et au devoir, et qui est mille fois plus à plaindre que vous ne sauriez vous l'imaginer. Je laissai tomber quelques larmes en finissant ces paroles.

Un cœur de père est le chef-d'œuvre de la nature; elle y règne, pour ainsi parler, avec complaisance,

et elle en règle elle-même tous les ressorts. Le mien,
qui était avec cela homme d'esprit et de goût, fut
si touché du tout que j'avais donné à mes excuses
qu'il ne fut pas le maître de me cacher ce changement. Viens, mon pauvre chevalier, me dit-il, viens
m'embrasser; tu me fais pitié. Je l'embrassai; il me
serra d'une manière qui me fit juger de ce qui se
passait dans son cœur. Mais quel moyen prendrons-
nous donc, reprit-il, pour te tirer d'ici? Explique-
moi toutes tes affaires sans déguisement. Comme
il n'y avait rien, après tout, dans le gros de ma
conduite, qui pût me déshonorer absolument, du
moins en la mesurant sur celle des jeunes gens d'un
certain monde, et qu'une maîtresse ne passe point
pour une infamie dans le siècle où nous sommes,
non plus qu'un peu d'adresse à s'attirer la fortune
du jeu, je fis sincèrement à mon père le détail de la
vie que j'avais menée. A chaque faute dont je lui
faisais l'aveu, j'avais soin de joindre des exemples
célèbres, pour en diminuer la honte. Je vis avec une
maîtresse, lui disais-je, sans être lié par les céré-
monies du mariage : M. le duc de... en entretient
deux, aux yeux de tout Paris; M. de... en a une depuis dix ans, qu'il aime avec une fidélité qu'il n'a
jamais eue pour sa femme; les deux tiers des honnêtes gens de France se font honneur d'en avoir. J'ai
usé de quelque supercherie au jeu : M. le marquis
de... et le comte de... n'ont point d'autres revenus;
M. le prince de... et M. le duc de... sont les chefs d'une
bande de chevaliers du même Ordre. Pour ce qui
regardait mes desseins sur la bourse des deux G...
M..., j'aurais pu prouver aussi facilement que je

n'étais pas sans modèles; mais il me restait trop d'honneur pour ne pas me condamner moi-même, avec tous ceux dont j'aurais pu me proposer l'exemple, de sorte que je priai mon père de pardonner cette faiblesse aux deux violentes passions qui m'avaient agité, la vengeance et l'amour. Il me demanda si je pouvais lui donner quelques ouvertures sur les plus courts moyens d'obtenir ma liberté, et d'une manière qui pût lui faire éviter l'éclat. Je lui appris les sentiments de bonté que le Lieutenant général de Police avait pour moi. Si vous trouvez quelques difficultés, lui dis-je, elles ne peuvent venir que de la part des G... M...; ainsi, je crois qu'il serait à propos que vous prissiez la peine de les voir. Il me le promit. Je n'osai le prier de solliciter pour Manon. Ce ne fut point un défaut de hardiesse, mais un effet de la crainte où j'étais de le révolter par cette proposition, et de lui faire naître quelque dessein funeste à elle et à moi. Je suis encore à savoir si cette crainte n'a pas causé mes plus grandes infortunes en m'empêchant de tenter les dispositions de mon père, et de faire des efforts pour lui en inspirer de favorables à ma malheureuse maîtresse. J'aurais peut-être excité encore une fois sa pitié. Je l'aurais mis en garde contre les impressions qu'il allait recevoir trop facilement du vieux G... M... Que sais-je? Ma mauvaise destinée l'aurait peut-être emporté sur tous mes efforts, mais je n'aurais eu qu'elle, du moins, et la cruauté de mes ennemis, à accuser de mon malheur.

En me quittant, mon père alla faire une visite à

M. de G... M... Il le trouva avec son fils, à qui le
garde du corps avait honnêtement rendu la liberté.
Je n'ai jamais su les particularités de leur conversation, mais il ne m'a été que trop facile d'en juger
par ses mortels effets. Ils allèrent ensemble, je dis
les deux pères, chez M. le Lieutenant général de
Police, auquel ils demandèrent deux grâces : l'une,
de me faire sortir sur-le-champ du Châtelet; l'autre,
d'enfermer Manon pour le reste de ses jours, ou de
l'envoyer en Amérique. On commençait, dans le
même temps, à embarquer quantité de gens sans
aveu pour le Mississippi. M. le Lieutenant général
de Police leur donna sa parole de faire partir
Manon par le premier vaisseau. M. de G... M...
et mon père vinrent aussitôt m'apporter ensemble
la nouvelle de ma liberté. M. de G... M... me fit un
compliment civil sur le passé, et m'ayant félicité
sur le bonheur que j'avais d'avoir un tel père, il
m'exhorta à profiter désormais de ses leçons et de
ses exemples. Mon père m'ordonna de lui faire des
excuses de l'injure prétendue que j'avais faite à sa
famille, et de le remercier de s'être employé avec lui
pour mon élargissement. Nous sortîmes ensemble,
sans avoir dit un mot de ma maîtresse. Je n'osai
même parler d'elle aux guichetiers en leur présence.
Hélas! mes tristes recommandations eussent été
bien inutiles! L'ordre cruel était venu en même
temps que celui de ma délivrance. Cette fille infor-
tunée fut conduite, une heure après, à l'Hôpital,
pour y être associée à quelques malheureuses qui
étaient condamnées à subir le même sort. Mon père
m'ayant obligé de le suivre à la maison où il avait

pris sa demeure, il était presque six heures du soir lorsque je trouvai le moment de me dérober de ses yeux pour retourner au Châtelet. Je n'avais dessein que de faire tenir quelques rafraîchissements à Manon, et de la recommander au concièrge, car je ne me promettais pas que la liberté de la voir me fût accordée. Je n'avais point encore eu le temps, non plus, de réfléchir aux moyens de la délivrer.

Je demandai à parler au concierge. Il avait été content de ma libéralité et de ma douceur, de sorte qu'ayant quelque disposition à me rendre service, il me parla du sort de Manon comme d'un malheur dont il avait beaucoup de regret parce qu'il pouvait m'affliger. Je ne compris point ce langage. Nous nous entretînmes quelques moments sans nous entendre. A la fin, s'apercevant que j'avais besoin d'une explication, il me la donna, telle que j'ai déjà eu horreur de vous la dire, et que j'ai encore de la répéter. Jamais apoplexie violente ne causa d'effet plus subit et plus terrible. Je tombai, avec une palpitation de cœur si douloureuse, qu'à l'instant que je perdis la connaissance, je me crus délivré de la vie pour toujours. Il me resta même quelque chose de cette pensée lorsque je revins à moi. Je tournai mes regards vers toutes les parties de la chambre et sur moi-même, pour m'assurer si je portais encore la malheureuse qualité d'homme vivant. Il est certain qu'en ne suivant que le mouvement naturel qui fait chercher à se délivrer de ses peines, rien ne pouvait me paraître plus doux que la mort, dans ce moment de désespoir et de consternation. La religion même ne pouvait me faire envisager rien de plus insupportable, après la vie, que les convulsions cruelles dont j'étais tourmenté. Cependant, par un miracle propre à l'amour, je retrouvai bientôt assez de force pour remercier le Ciel de m'avoir rendu la connaissance et la raison. Ma mort n'eût été utile qu'à moi. Manon avait besoin de ma vie pour la délivrer, pour la secourir, pour la venger. Je jurai de m'y employer sans ménagement.

Le concierge me donna toute l'assistance que j'eusse pu attendre du meilleur de mes amis. Je reçus ses services avec une vive reconnaissance. Hélas! lui dis-je, vous êtes donc touché de mes peines? Tout le monde m'abandonne. Mon père même est sans doute un de mes plus cruels persécuteurs. Personne n'a pitié de moi. Vous seul, dans le séjour de la dureté et de la barbarie, vous marquez de la compassion pour le plus misérable de tous les hommes! Il me conseillait de ne point paraître dans la rue sans être un peu remis du trouble où j'étais. Laissez, laissez, répondis-je en sortant; je vous reverrai plus tôt que vous ne pensez. Préparez-moi le plus noir de vos cachots; je vais travailler à le mériter. En effet, mes premières résolutions n'allaient à rien moins qu'à me défaire des deux G... M... et du Lieutenant général de Police, et fondre ensuite à main armée sur l'Hôpital, avec tous ceux que je pourrais engager dans ma querelle. Mon père lui-même eût à peine été respecté, dans une vengeance qui me paraissait si juste, car le concierge ne m'avait pas caché que lui et G... M... étaient les auteurs de ma perte. Mais,

lorsque j'eus fait quelques pas dans les rues, et que
l'air eut un peu rafraîchi mon sang et mes humeurs,
ma fureur fit place peu à peu à des sentiments plus
raisonnables. La mort de nos ennemis eût été d'une
faible utilité pour Manon, et elle m'eût exposé sans
doute à me voir ôter tous les moyens de la secourir.
D'ailleurs, aurais-je eu recours à un lâche assassi-
nat? Quelle autre voie pouvais-je m'ouvrir à la vengeance? Je recueillis toutes mes forces et tous mes
esprits pour travailler d'abord à la délivrance de
Manon, remettant tout le reste après le succès de
cette importante entreprise. Il me restait peu d'argent. C'était, néanmoins, un fondement nécessaire,
par lequel il fallait commencer. Je ne voyais que trois
personnes de qui j'en pusse attendre : M. de T...,
mon père et Tiberge. Il y avait peu d'apparence
d'obtenir quelque chose des deux derniers, et j'avais
honte de fatiguer l'autre par mes importunités. Mais
ce n'est point dans le désespoir qu'on garde des
ménagements. J'allai sur-le-champ au Séminaire
de Saint-Sulpice, sans m'embarrasser si j'y serais
reconnu. Je fis appeler Tiberge. Ses premières
paroles me firent comprendre qu'il ignorait encore
mes dernières aventures. Cette idée me fit changer
le dessein que j'avais, de l'attendrir par la compassion. Je lui parlai, en général, du plaisir que
j'avais eu de revoir mon père, et je le priai ensuite
de me prêter quelque argent, sous prétexte de
payer, avant mon départ de Paris, quelques dettes
que je souhaitais de tenir inconnues. Il me
présenta aussitôt sa bourse. Je pris cinq cents
francs sur six cents que j'y trouvai. Je lui offris

mon billet; il était trop généreux pour l'accepter.

Je tournai de là chez M. de T... Je n'eus point de réserve avec lui. Je lui fis l'exposition de mes malheurs et de mes peines : il en savait déjà jusqu'aux moindres circonstances, par le soin qu'il avait eu de suivre l'aventure du jeune G... M...; il m'écouta néanmoins, et il me plaignit beaucoup. Lorsque je lui demandai ses conseils sur les moyens de délivrer Manon, il me répondit tristement qu'il y voyait si peu de jour, qu'à moins d'un secours extraordinaire du Ciel, il fallait renoncer à l'espérance, qu'il avait passé exprès à l'Hôpital, depuis qu'elle y était renfermée, qu'il n'avait pu obtenir lui-même la liberté de la voir; que les ordres du Lieutenant général de Police étaient de la dernière rigueur, et que, pour comble d'infortune, la malheureuse bande où elle devait entrer était destinée à partir le surlendemain du jour où nous étions. J'étais si consterné de son discours qu'il eût pu parler une heure sans que j'eusse pensé à l'interrompre. Il continua de me dire qu'il ne m'était point allé voir au Châtelet, pour se donner plus de facilité à me servir lorsqu'on le croirait sans liaison avec moi; que, depuis quelques heures que j'en étais sorti, il avait eu le chagrin d'ignorer où je m'étais retiré, et qu'il avait souhaité de me voir promptement pour me donner le seul conseil dont il semblait que je pusse espérer du changement dans le sort de Manon, mais un conseil dangereux, auquel il me priait de cacher éternellement qu'il eût part : c'était de choisir quelques braves qui eussent le courage d'attaquer les gardes de Manon lorsqu'ils seraient sortis de Paris avec elle. Il n'attendit point que je lui parlasse de mon indigence. Voilà cent pistoles, me dit-il, en me présentant une bourse, qui pourront vous être de quelque usage. Vous me les remettrez, lorsque la fortune aura rétabli vos affaires. Il ajouta que, si le soin de sa réputation lui eût permis d'entreprendre lui-même la délivrance de ma maîtresse, il m'eût offert son bras et son épée.

Cette excessive générosité me toucha jusqu'aux larmes. J'employai, pour lui marquer ma reconnaissance, toute la vivacité que mon affliction me laissait de reste. Je lui demandai s'il n'y avait rien à espérer, par la voie des intercessions, auprès du Lieutenant général de Police. Il me dit qu'il y avait pensé, mais qu'il croyait cette ressource inutile, parce qu'une grâce de cette nature ne pouvait se demander sans motif, et qu'il ne voyait pas bien quel motif on pouvait employer pour se faire un intercesseur d'une personne grave et puissante; que, si l'on pouvait se flatter de quelque chose de ce côté-là, ce ne pouvait être qu'en faisant changer de sentiment à M. de G... M... et à mon père, et en les engageant à prier eux-mêmes M. le Lieutenant général de Police de révoquer sa sentence. Il m'offrit de faire tous ses efforts pour gagner le jeune G... M..., quoiqu'il le crût un peu refroidi à son égard par quelques soupçons qu'il avait conçus de lui à l'occasion de notre affaire, et il m'exhorta à ne rien omettre, de mon côté, pour fléchir l'esprit de mon père.

Ce n'était pas une légère entreprise pour moi,

je ne dis pas seulement par la difficulté que je devais
naturellement trouver à le vaincre, mais par une
autre raison qui me faisait même redouter ses
approches : je m'étais dérobé de son logement
contre ses ordres, et j'étais fort résolu de n'y pas
retourner depuis que j'avais appris la triste destinée
de Manon. J'appréhendais avec sujet qu'il ne me fît
retenir malgré moi, et qu'il ne me reconduisît de
même en province. Mon frère aîné avait usé autrefois de cette méthode. Il est vrai que j'étais devenu
plus âgé, mais l'âge était une faible raison contre
la force. Cependant je trouvai une voie qui me
sauvait du danger; c'était de le faire appeler dans
un endroit public, et de m'annoncer à lui sous un
autre nom. Je pris aussitôt ce parti. M. de T... s'en
alla chez G... M... et moi au Luxembourg, d'où
j'envoyai avertir mon père qu'un gentilhomme
de ses serviteurs était à l'attendre. Je craignais
qu'il n'eût quelque peine à venir, parce que
la nuit approchait. Il parut néanmoins peu
après, suivi de son laquais. Je le priai de prendre
une allée où nous puissions être seuls. Nous
fîmes cent pas, pour le moins, sans parler. Il
s'imaginait bien, sans doute, que tant de pré-
parations ne s'étaient pas faites sans un dessein
d'importance. Il attendait ma harangue, et je la méditais.

Enfin, j'ouvris la bouche. Monsieur, lui dis-je
en tremblant, vous êtes un bon père. Vous
m'avez comblé de grâces et vous m'avez pardonné
un nombre infini de fautes. Aussi le Ciel m'est-il
témoin que j'ai pour vous tous les sentiments du

fils le plus tendre et le plus respectueux. Mais il
me semble... que votre rigueur... Hé bien! ma
rigueur? interrompit mon père, qui trouvait sans
doute que je parlais lentement pour son impatience. Ah! monsieur, repris-je, il me semble que
votre rigueur est extrême, dans le traitement que
vous avez fait à la malheureuse Manon. Vous vous
en êtes rapporté à M. de G... M... Sa haine vous
l'a représentée sous les plus noires couleurs. Vous
vous êtes formé d'elle une affreuse idée. Cependant, c'est la plus douce et la plus aimable créature qui fût jamais. Que n'a-t-il plu au Ciel de
vous inspirer l'envie de la voir un moment! Je ne
suis pas plus sûr qu'elle est charmante, que je le
suis qu'elle vous l'aurait paru. Vous auriez pris
parti pour elle; vous auriez détesté les noirs artifices de G... M...; vous auriez eu compassion
d'elle et de moi. Hélas! j'en suis sûr. Votre cœur
n'est pas insensible; vous vous seriez laissé attendrir. Il m'interrompit encore, voyant que je parlais avec une ardeur qui ne m'aurait pas permis
de finir sitôt. Il voulut savoir à quoi j'avais dessein d'en venir par un discours si passionné.
A vous demander la vie, répondis-je, que je
ne puis conserver un moment si Manon part
une fois pour l'Amérique. Non, non, me dit-il
d'un ton sévère; j'aime mieux te voir sans
vie que sans sagesse et sans honneur. N'allons
donc pas plus loin! m'écriai-je en l'arrêtant
par le bras. Otez-la-moi, cette vie odieuse et
insupportable, car, dans le désespoir où vous
me jetez, la mort sera une faveur pour moi.

C'est un présent digne de la main d'un père.

Je ne te donnerais que ce que tu mérites, répliqua-t-il. Je connais bien des pères qui n'auraient pas attendu si longtemps pour être eux-mêmes tes bourreaux, mais c'est ma bonté excessive qui t'a perdu.

Je me jetai à ses genoux. Ah! s'il vous en reste encore, lui dis-je en les embrassant, ne vous endurcissez donc pas contre mes pleurs. Songez que je suis votre fils... Hélas! souvenez-vous de ma mère. Vous l'aimiez si tendrement! Auriez-vous souffert qu'on l'eût arrachée de vos bras? Vous l'auriez défendue jusqu'à la mort. Les autres n'ont-ils pas un cœur comme vous? Peut-on être barbare, après avoir une fois éprouvé ce que c'est que la tendresse et la douleur?

Ne me parle pas davantage de ta mère, reprit-il d'une voix irritée; ce souvenir échauffe mon indignation. Tes désordres la feraient mourir de douleur, si elle eût assez vécu pour les voir. Finissons cet entretien, ajouta-t-il; il m'importune, et ne me fera point changer de résolution. Je retourne au logis; je t'ordonne de me suivre. Le ton sec et dur avec lequel il m'intima cet ordre me fit trop comprendre que son cœur était inflexible. Je m'éloignai de quelques pas, dans la crainte qu'il ne lui prît envie de m'arrêter de ses propres mains. N'augmentez pas mon désespoir, lui dis-je, en me forçant de vous désobéir. Il est impossible que je vous suive. Il ne l'est pas moins que je vive, après la dureté avec laquelle vous me traitez. Ainsi je vous dis un éternel adieu. Ma mort, que vous appren-

drez bientôt, ajoutai-je tristement, vous fera peut-
être reprendre pour moi des sentiments de père.
Comme je me tournais pour le quitter : Tu refuses
donc de me suivre? s'écria-t-il avec une vive colère.
Va, cours à ta perte. Adieu, fils ingrat et rebelle.
Adieu, lui dis-je dans mon transport, adieu, père
barbare et dénaturé.

Je sortis aussitôt du Luxembourg. Je marchai
dans les rues comme un furieux jusqu'à la maison
de M. de T... Je levais, en marchant, les yeux et
les mains pour invoquer toutes les puissances célestes. Ô Ciel! disais-je, serez-vous aussi impi-
toyable que les hommes? Je n'ai plus de secours
à attendre que de vous. M. de T... n'était point
encore retourné chez lui, mais il revint après que
je l'y eus attendu quelques moments. Sa négocia-
tion n'avait pas réussi mieux que la mienne. Il me
le dit d'un visage abattu. Le jeune G... M..., quoique
moins irrité que son père contre Manon et contre
moi, n'avait pas voulu entreprendre de le solliciter
en notre faveur. Il s'en était défendu par la crainte
qu'il avait lui-même de ce vieillard vindicatif, qui
s'était déjà fort emporté contre lui en lui repro-
chant ses desseins de commerce avec Manon. Il ne
me restait donc que la voie de la violence, telle
que M. de T... m'en avait tracé le plan; j'y réduisis
toutes mes espérances. Elles sont bien incertaines,
lui dis-je, mais la plus solide et la plus conso-
lante pour moi est celle de périr du moins dans
l'entreprise. Je le quittai en le priant de me
secourir par ses vœux, et je ne pensai plus qu'à
m'associer des camarades à qui je pusse commu-

niquer une étincelle de mon courage et de ma résolution.

Le premier qui s'offrit à mon esprit, fut le même garde du corps que j'avais employé pour arrêter G... M... J'avais dessein aussi d'aller passer la nuit dans sa chambre, n'ayant pas eu l'esprit assez libre, pendant l'après-midi, pour me procurer un logement. Je le trouvai seul. Il eut de la joie de me voir sorti du Châtelet. Il m'offrit affectueusement ses services. Je lui expliquai ceux qu'il pouvait me rendre. Il avait assez de bon sens pour en apercevoir toutes les difficultés, mais il fut assez généreux pour entreprendre de les surmonter. Nous employâmes une partie de la nuit à raisonner sur mon dessein. Il me parla des trois soldats aux gardes, dont il s'était servi dans la dernière occasion, comme de trois braves à l'épreuve. M. de T... m'avait informé exactement du nombre des archers qui devaient conduire Manon; ils n'étaient que six. Cinq hommes hardis et résolus suffisaient pour donner l'épouvante à ces misérables, qui ne sont point capables de se défendre honorablement lorsqu'ils peuvent éviter le péril du combat par une lâcheté. Comme je ne manquais point d'argent, le garde du corps me conseilla de ne rien épargner pour assurer le succès de notre attaque. Il nous faut des chevaux, me dit-il, avec des pistolets, et chacun notre mousqueton. Je me charge de prendre demain le soin de ces préparatifs. Il faudra aussi trois habits communs pour nos soldats, qui n'oseraient paraître dans une affaire de cette nature avec l'uniforme du régiment. Je lui mis entre les mains les cent pistoles

que j'avais reçues de M. de T... Elles furent em-
ployées, le lendemain, jusqu'au dernier sol. Les
trois soldats passèrent en revue devant moi. Je les
animai par de grandes promesses, et pour leur ôter
toute défiance, je commençai par leur faire présent,
à chacun, de dix pistoles. Le jour de l'exécution
étant venu, j'en envoyai un de grand matin à
l'Hôpital, pour s'instruire, par ses propres yeux,
du moment auquel les archers partiraient avec leur
proie. Quoique je n'eusse pris cette précaution que
par un excès d'inquiétude et de prévoyance, il se
trouva qu'elle avait été absolument nécessaire.
J'avais compté sur quelques fausses informations
qu'on m'avait données de leur route, et, m'étant
persuadé que c'était à La Rochelle que cette déplorable troupe devait être embarquée, j'aurais perdu
mes peines à l'attendre sur le chemin d'Orléans.
Cependant, je fus informé, par le rapport du soldat
aux gardes, qu'elle prenait le chemin de Normandie, et que c'était du Havre-de-Grâce qu'elle
devait partir pour l'Amérique.

Nous nous rendîmes aussitôt à la Porte Saint-
Honoré, observant de marcher par des rues différentes. Nous nous réunîmes au bout du faubourg.
Nos chevaux étaient frais. Nous ne tardâmes point
à découvrir les six gardes et les deux misérables
voitures que vous vîtes à Pacy, il y a deux ans. Ce
spectacle faillit de m'ôter la force et la connaissance. Ô fortune, m'écriai-je, fortune cruelle!
accorde-moi ici, du moins, la mort ou la victoire.
Nous tînmes conseil un moment sur la manière
dont nous ferions notre attaque. Les archers

n'étaient guère plus de quatre cents pas devant nous, et nous pouvions les couper en passant au travers d'un petit champ, autour duquel le grand chemin tournait. Le garde du corps fut d'avis de prendre cette voie, pour les surprendre en fondant tout d'un coup sur eux. J'approuvai sa pensée et je fus le premier à piquer mon cheval. Mais la fortune avait rejeté impitoyablement mes vœux. Les archers, voyant cinq cavaliers accourir vers eux, ne doutèrent point que ce ne fût pour les attaquer. Ils se mirent en défense, en préparant leurs baïonnettes et leurs fusils d'un air assez résolu. Cette vue, qui ne fit que nous animer, le garde du corps et moi, ôta tout d'un coup le courage à nos trois lâches compagnons. Ils s'arrêtèrent comme de concert, et, s'étant dit entre eux quelques mots que je n'entendis point, ils tournèrent la tête de leurs chevaux, pour reprendre le chemin de Paris à bride abattue. Dieux! me dit le garde du corps, qui paraissait aussi éperdu que moi de cette infâme désertion, qu'allons-nous faire? Nous ne sommes que deux. J'avais perdu la voix, de fureur et d'étonnement. Je m'arrêtai, incertain si ma première vengeance ne devait pas s'employer à la poursuite et au châtiment des lâches qui m'abandonnaient. Je les regardais fuir et je jetais les yeux, de l'autre côté, sur les archers. S'il m'eût été possible de me partager, j'aurais fondu tout à la fois sur ces deux objets de ma rage; je les dévorais tous ensemble. Le garde du corps, qui jugeait de mon incertitude par le mouvement égaré de mes yeux, me pria d'écouter son conseil. N'étant que deux, me dit-il, il y aurait de la folie à attaquer six hommes aussi bien armés que nous et qui paraissent nous attendre de pied ferme. Il faut retourner à Paris et tâcher de réussir mieux dans le choix de nos braves. Les archers ne sauraient faire de grandes journées avec deux pesantes voitures; nous les rejoindrons demain sans peine.

Je fis un moment de réflexion sur ce parti, mais, ne voyant de tous côtés que des sujets de désespoir, je pris une résolution véritablement désespérée. Ce fut de remercier mon compagnon de ses services, et, loin d'attaquer les archers, je résolus d'aller, avec soumission, les prier de me recevoir dans leur troupe pour accompagner Manon avec eux jusqu'au Havre-de-Grâce et passer ensuite au delà des mers avec elle. Tout le monde me persécute ou me trahit, dis-je au garde du corps. Je n'ai plus de fond à faire sur personne. Je n'attends plus rien, ni de la fortune, ni du secours des hommes. Mes malheurs sont au comble; il ne me reste plus que de m'y soumettre. Ainsi, je ferme les yeux à toute espérance. Puisse le Ciel récompenser votre générosité! Adieu, je vais aider mon mauvais sort à consommer ma ruine, en y courant moi-même volontairement. Il fit inutilement ses efforts pour m'engager à retourner à Paris. Je le priai de me laisser suivre mes résolutions et de me quitter sur-le-champ, de peur que les archers ne continuassent de croire que notre dessein était de les attaquer.

J'allai seul vers eux, d'un pas lent et le visage si consterné qu'ils ne durent rien trouver d'effrayant

dans mes approches. Ils se tenaient néanmoins en
défense. Rassurez-vous, messieurs, leur dis-je, en les
abordant; je ne vous apporte point la guerre, je
viens vous demander des grâces. Je les priai de
continuer leur chemin sans défiance et je leur
appris, en marchant, les faveurs que j'attendais
d'eux. Ils consultèrent ensemble de quelle manière
ils devaient recevoir cette ouverture. Le chef de la
bande prit la parole pour les autres. Il me répondit
que les ordres qu'ils avaient de veiller sur leurs
captives étaient d'une extrême rigueur; que je lui
paraissais néanmoins si joli homme que lui et ses
compagnons se relâcheraient un peu de leur devoir;
mais que je devais comprendre qu'il fallait qu'il
m'en coûtât quelque chose. Il me restait environ
quinze pistoles; je leur dis naturellement en quoi
consistait le fond de ma bourse. Hé bien! me dit
l'archer, nous en userons généreusement. Il ne
vous coûtera qu'un écu par heure pour entretenir
celle de nos filles qui vous plaira le plus; c'est le
prix courant de Paris. Je ne leur avais pas parlé de
Manon en particulier, parce que je n'avais pas
dessein qu'ils connussent ma passion. Ils s'imaginèrent d'abord que ce n'était qu'une fantaisie de
jeune homme qui me faisait chercher un peu de
passe-temps avec ces créatures; mais lorsqu'ils
crurent s'être aperçus que j'étais amoureux, ils
augmentèrent tellement le tribut, que ma bourse
se trouva épuisée en partant de Mantes, où
nous avions couché, le jour que nous arrivâmes à
Pacy.

Vous dirai-je quel fut le déplorable sujet de mes

entretiens avec Manon pendant cette route, ou quelle impression sa vue fit sur moi lorsque j'eus obtenu des gardes la liberté d'approcher de son chariot? Ah! les expressions ne rendent jamais qu'à demi les sentiments du cœur. Mais figurez-vous ma pauvre maîtresse enchaînée par le milieu du corps, assise sur quelques poignées de paille, la tête appuyée languissamment sur un côté de la voiture, le visage pâle et mouillé d'un ruisseau de larmes qui se faisaient un passage au travers de ses paupières, quoiqu'elle eût continuellement les yeux fermés. Elle n'avait pas même eu la curiosité de les ouvrir lorsqu'elle avait entendu le bruit de ses gardes, qui craignaient d'être attaqués. Son linge était sale et dérangé, sans mains délicates exposées à l'injure de l'air; enfin, tout ce composé charmant, cette figure capable de ramener l'univers à l'idolâtrie, paraissait dans un désordre et un abattement inexprimables. J'employai quelque temps à la considérer, en allant à cheval à côté du chariot. J'étais si peu à moi-même que je fus sur le point, plusieurs fois, de tomber dangereusement. Mes soupirs et mes exclamations fréquentes m'attirèrent d'elle quelques regards. Elle me reconnut, et je remarquai que, dans le premier mouvement, elle tenta de se précipiter hors de la voiture pour venir à moi; mais, étant retenue par sa chaîne, elle retomba dans sa première attitude. Je priai les archers d'arrêter un moment par compassion; ils y consentirent par avarice. Je quittai mon cheval pour m'asseoir auprès d'elle. Elle était si languissante et si affaiblie qu'elle fut longtemps sans pou-

voir se servir de sa langue ni remuer ses mains. Je
les mouillais pendant ce temps-là de mes pleurs,
et, ne pouvant proférer moi-même une seule parole,
nous étions l'un et l'autre dans une des plus tristes
situations dont il y ait jamais eu d'exemple. Nos
expressions ne le furent pas moins, lorsque nous
eûmes retrouvé la liberté de parler. Manon parla
peu. Il semblait que la honte et la douleur eussent
altéré les organes de sa voix; le son en était faible
et tremblant. Elle me remercia de ne l'avoir pas
oubliée, et de la satisfaction que je lui accordais,
dit-elle en soupirant, de me voir du moins encore
une fois et de me dire le dernier adieu. Mais,
lorsque je l'eus assurée que rien n'était capable de
me séparer d'elle et que j'étais disposé à la suivre
jusqu'à l'extrémité du monde pour prendre soin
d'elle, pour la servir, pour l'aimer et pour attacher
inséparablement ma misérable destinée à la sienne,
cette pauvre fille se livra à des sentiments si tendres
et si douloureux, que j'appréhendai quelque chose
pour sa vie d'une si violente émotion. Tous
les mouvements de son âme semblaient se réunir
dans ses yeux. Elle les tenait fixés sur moi. Quelquefois elle ouvrait la bouche, sans avoir la force
d'achever quelques mots qu'elle commençait. Il
lui en échappait néanmoins quelques-uns. C'étaient
des marques d'admiration sur mon amour, de
tendres plaintes de son excès, des doutes
qu'elle pût être assez heureuse pour m'avoir
inspiré une passion si parfaite, des instances pour
me faire renoncer au dessein de la suivre et
chercher ailleurs un bonheur digne de moi,

qu'elle me disait que je ne pouvais espérer avec
elle.

En dépit du plus cruel de tous les sorts, je trouvais ma félicité dans ses regards et dans la certitude que j'avais de son affection. J'avais perdu, à
la vérité, tout ce que le reste des hommes estime;
mais j'étais maître du cœur de Manon, le seul bien
que j'estimais. Vivre en Europe, vivre en Amérique,
que m'importait-il en quel endroit vivre, si j'étais
sûr d'y être heureux en y vivant avec ma maîtresse?
Tout l'univers n'est-il pas la patrie de deux amants
fidèles? Ne trouvent-ils pas l'un dans l'autre, père,
mère, parents, amis, richesses et félicité? Si quelque
chose me causait de l'inquiétude, c'était la crainte
de voir Manon exposée aux besoins de l'indigence.
Je me supposais déjà, avec elle, dans une région
inculte et habitée par des sauvages. Je suis bien
sûr, disais-je, qu'il ne saurait y en avoir d'aussi
cruels que G... M... et mon père. Ils nous laisseront
du moins vivre en paix. Si les relations qu'on en
fait sont fidèles, ils suivent les lois de la nature.
Ils ne connaissent ni les fureurs de l'avarice, qui
possèdent G... M..., ni les idées fantastiques de
l'honneur, qui m'ont fait un ennemi de mon père.
Ils ne troubleront point deux amants qu'ils verront
vivre avec autant de simplicité qu'eux. J'étais donc
tranquille de ce côté-là. Mais je ne me formais
point des idées romanesques par rapport aux
besoins communs de la vie. J'avais éprouvé trop
souvent qu'il y a des nécessités insupportables, surtout pour une fille délicate qui est accoutumée à
une vie commode et abondante. J'étais au désespoir

d'avoir épuisé inutilement ma bourse et que le peu d'argent qui me restait fût encore sur le point de m'être ravi par la friponnerie des archers. Je concevais qu'avec une petite somme j'aurais pu espérer, non seulement de me soutenir quelque temps contre la misère en Amérique, où l'argent était rare, mais d'y former même quelque entreprise pour un établissement durable. Cette considération me fit naître la pensée d'écrire à Tiberge, que j'avais toujours trouvé si prompt à m'offrir les secours de l'amitié. J'écrivis, dès la première ville où nous passâmes. Je ne lui apportai point d'autre motif que le pressant besoin dans lequel je prévoyais que je me trouverais au Havre-de-Grâce, où je lui confessais que j'étais allé conduire Manon. Je lui demandais cent pistoles. Faites-les-moi tenir au Havre, lui disais-je, par le maître de la poste. Vous voyez bien que c'est la dernière fois que j'importune votre affection et que, ma malheureuse maîtresse m'étant enlevée pour toujours, je ne puis la laisser partir sans quelques soulagements qui adoucissent son sort et mes mortels regrets.

Les archers devinrent si intraitables, lorsqu'ils eurent découvert la violence de ma passion, que, redoublant continuellement le prix de leurs moindres faveurs, ils me réduisirent bientôt à la dernière indigence. L'amour, d'ailleurs, ne me permettait guère de ménager ma bourse. Je m'oubliais du matin au soir près de Manon, et ce n'était plus par heure que le temps m'était mesuré, c'était par la longueur entière des jours. Enfin, ma bourse étant

tout à fait vide, je me trouvai exposé aux caprices
et à la brutalité de six misérables, qui me traitaient avec une hauteur insupportable. Vous en
fûtes témoin à Pacy. Votre rencontre fut un heureux
moment de relâche, qui me fut accordé par la fortune. Votre pitié, à la vue de mes peines, fut ma
seule recommandation auprès de votre cœur généreux. Le secours, que vous m'accordâtes libéralement, servit à me faire gagner le Havre, et les
archers tinrent leur promesse avec plus de fidélité
que je ne l'espérais.

Nous arrivâmes au Havre. J'allai d'abord à la
poste. Tiberge n'avait point encore eu le temps de
me répondre. Je m'informai exactement quel jour
je pouvais attendre sa lettre. Elle ne pouvait arriver
que deux jours après, et par une étrange disposition de mon mauvais sort, il se trouva que notre
vaisseau devait partir le matin de celui auquel
j'attendais l'ordinaire. Je ne puis vous représenter
mon désespoir. Quoi! m'écriai-je, dans le malheur
même, il faudra toujours que je sois distingué par
des excès! Manon répondit : Hélas! une vie si malheureuse mérite-t-elle le soin que nous en pre-
non? Mourons au Havre, mon cher Chevalier.
Que la mort finisse tout d'un coup nos misères!
Irons-nous les traîner dans un pays inconnu, où
nous devons nous attendre, sans doute, à d'horribles extrémités, puisqu'on a voulu m'en faire un
supplice? Mourons, me répéta-t-elle; ou du moins,
donne-moi la mort, et va chercher un autre sort
dans les bras d'une amante plus heureuse. Non,
non, lui dis-je, c'est pour moi un sort digne d'envie

que d'être malheureux avec vous. Son discours me
fit trembler. Je jugeai qu'elle était accablée de ses
maux. Je m'efforçai de prendre un air plus tranquille, pour lui ôter ces funestes pensées de mort
et de désespoir. Je résolus de tenir la même conduite à l'avenir; et j'ai éprouvé, dans la suite, que
rien n'est plus capable d'inspirer du courage à
une femme que l'intrépidité d'un homme qu'elle
aime.

Lorsque j'eus perdu l'espérance de recevoir du
secours de Tiberge, je vendis mon cheval. L'argent
que j'en tirai, joint à ce qui me restait encore de
vos libéralités, me composa la petite somme de
dix-sept pistoles. J'en employai sept à l'achat de
quelques soulagements nécessaires à Manon, et je
serrai les dix autres avec soin, comme le fondement de notre fortune et de nos espérances en
Amérique. Je n'eus point de peine à me faire recevoir dans le vaisseau. On cherchait alors des jeunes
gens qui fussent disposés à se joindre volontairement à la colonie. Le passage et la nourriture me
furent accordés gratis. La poste de Paris devant
partir le lendemain, j'y laissai une lettre pour Tiberge. Elle était touchante et capable de l'attendrir,
sans doute, au dernier point, puisqu'elle lui fit
prendre une résolution qui ne pouvait venir que
d'un fond infini de tendresse et de générosité pour
un ami malheureux.

Nous mîmes à la voile. Le vent ne cessa point de
nous être favorable. J'obtins du capitaine un lieu
à part pour Manon et pour moi. Il eut la bonté de
nous regarder d'un autre œil que le commun de

nos misérables associés. Je l'avais pris en particulier dès le premier jour, et, pour m'attirer de
lui quelque considération, je lui avait découvert
une partie de mes infortunes. Je ne crus pas me
rendre coupable d'un mensonge honteux en lui
disant que j'étais marié à Manon. Il feignit de le
croire, et il m'accorda sa protection. Nous en
reçûmes des marques pendant toute la navigation.
Il eut soin de nous faire nourrir honnêtement, et
les égards qu'il eut pour nous servirent à nous
faire respecter des compagnons de notre misère.
J'avais une attention continuelle à ne pas laisser
souffrir la moindre incommodité à Manon. Elle le
remarquait bien, et cette vue, jointe au vif ressentiment de l'étrange extrémité où je m'étais réduit
pour elle, la rendait si tendre et si passionnée, si
attentive aussi à mes plus légers besoins, que c'était,
entre elle et moi, une perpétuelle émulation de
services et d'amour. Je ne regrettais point l'Europe. Au contraire, plus nous avancions vers
l'Amérique, plus je sentais mon cœur s'élargir et
devenir tranquille. Si j'eusse pu m'assurer de n'y
pas manquer des nécessités absolues de la vie,
j'aurais remercié la fortune d'avoir donné un tour
si favorable à nos malheurs.

Après une navigation de deux mois, nous abor-
dâmes enfin au rivage désiré. Le pays ne nous offrit
rien d'agréable à la première vue. C'étaient des
campagnes stériles et inhabitées, où l'on voyait à
peine quelques roseaux et quelques arbres dépouillés par le vent. Nulle trace d'hommes ni d'animaux.
Cependant, le capitaine ayant fait tirer quelques

pièces de notre artillerie, nous ne fûmes pas longtemps sans apercevoir une troupe de citoyens du
Nouvel Orléans, qui s'approchèrent de nous avec
de vives marques de joie. Nous n'avions pas découvert la ville. Elle est cachée, de ce côté-là, par une
petite colline. Nous fûmes reçus comme des gens
descendus du Ciel. Ces pauvres habitants s'empres-
saient pour nous faire mille questions sur l'état
de la France et sur les différentes provinces où
ils étaient nés. Ils nous embrassaient comme leurs
frères et comme de chers compagnons qui venaient
partager leur misère et leur solitude. Nous prîmes
le chemin de la ville avec eux, mais nous fûmes
surpris de découvrir, en avançant, que ce qu'on
nous avait vanté jusqu'alors comme une bonne
ville, n'était qu'un assemblage de quelques pauvres
cabanes. Elles étaient habitées par cinq ou six
cents personnes. La maison du Gouverneur nous
parut un peu distinguée par sa hauteur et par
sa situation. Elle est défendue par quelques
ouvrages de terre, autour desquels règne un large
fossé.

Nous fûmes d'abord présentés à lui. Il s'entretint
longtemps en secret avec le capitaine, et, revenant
ensuite à nous, il considéra, l'une après l'autre,
toutes les filles qui étaient arrivées par le vaisseau.
Elles étaient au nombre de trente, car nous en
avions trouvé au Havre une autre bande, qui s'était
jointe à la nôtre. Le Gouverneur, les ayant longtemps examinées, fit appeler divers jeunes gens
de la ville qui languissaient dans l'attente d'une
épouse. Il donna les plus jolies aux principaux et

le reste fut tiré au sort. Il n'avait point encore parlé
à Manon, mais, lorsqu'il eut ordonné aux autres de
se retirer, il nous fit demeurer, elle et moi. J'apprends du capitaine, nous dit-il, que vous êtes
mariés et qu'il vous a reconnus sur la route pour
deux personnes d'esprit et de mérite. Je n'entre
point dans les raisons qui ont causé votre malheur,
mais, s'il est vrai que vous ayez autant de savoir-
vivre que votre figure me le promet, je n'épargne-
rai rien pour adoucir votre sort, et vous contribue-
rez vous-même à me faire trouver quelque agrément dans ce lieu sauvage et désert. Je lui répondis
de la manière que je crus la plus propre à confirmer
l'idée qu'il avait de nous. Il donna quelques ordres
pour nous faire préparer un logement dans la ville,
et il nous retint à souper avec lui. Je lui trouvai
beaucoup de politesse, pour un chef de malheureux
bannis. Il ne nous fit point de questions, en public,
sur le fond de nos aventures. La conversation fut
générale, et, malgré notre tristesse, nous nous effor-
çâmes, Manon et moi, de contribuer à la rendre
agréable.

Le soir, il nous fit conduire au logement qu'on
nous avait préparé. Nous trouvâmes une misérable
cabane, composée de planches et de boue, qui
consistait en deux ou trois chambres de plain-
pied, avec un grenier au-dessus. Il y avait fait mettre
cinq ou six chaises et quelques commodités nécessaires à la vie. Manon parut effrayée à la vue d'une
si triste demeure. C'était pour moi qu'elle s'affligeait,
beaucoup plus que pour elle-même. Elle s'assit,
lorsque nous fûmes seuls, et elle se mit à pleurer

amèrement. J'entrepris d'abord de la consoler, mais lorsqu'elle m'eut fait entendre que c'était moi seul qu'elle plaignait, et qu'elle ne considérait, dans nos malheurs communs, que ce que j'avais à souffrir, j'affectai de montrer assez de courage, et même assez de joie pour lui en inspirer. De quoi me plaindrai-je? lui dis-je. Je possède tout ce que je désire. Vous m'aimiez, n'est-ce pas? Quel autre bonheur me suis-je jamais proposé? Laissons au Ciel le soin de notre fortune. Je ne la trouve pas si désespérée. Le Gouverneur est un homme civil; il nous a marqué de la considération; il ne permettra pas que nous manquions du nécessaire. Pour ce qui regarde la pauvreté de notre cabane et la grossièreté de nos meubles, vous avez pu remarquer qu'il y a peu de personnes ici qui paraissent mieux logées et mieux meublées que nous. Et puis, tu es une chimiste admirable, ajoutai-je en l'embrassant, tu transformes tout en or.

Vous serez donc la plus riche personne de l'univers, me répondit-elle, car, s'il n'y eut jamais d'amour tel que le vôtre, il est impossible aussi d'être aimé plus tendrement que vous l'êtes. Je me rends justice, continua-t-elle. Je sens bien que je n'ai jamais mérité ce prodigieux attachement que vous avez pour moi. Je vous ai causé des chagrins, que vous n'avez pu me pardonner sans une bonté extrême. J'ai été légère et volage, et même en vous aimant éperdument, comme j'ai toujours fait, je n'étais qu'une ingrate. Mais vous ne sauriez croire combien je suis changée. Mes larmes, que vous avez vues couler si souvent depuis notre dé-

part de France, n'ont pas eu une seule fois mes
malheurs pour objet. J'ai cessé de les sentir aussitôt
que vous avez commencé à les partager. Je n'ai
pleuré que de tendresse et de compasssion pour
vous. Je ne me console point d'avoir pu vous chagriner un moment dans ma vie. Je ne cesse point
de me reprocher mes inconstances et de m'attendrir, en admirant de quoi l'amour vous a rendu
capable pour une malheureuse qui n'en était pas
digne, et qui ne payerait pas bien de tout son sang,
ajouta-t-elle avec une abondance de larmes, la moitié des peines qu'elle vous a causées.

Ses pleurs, son discours et le ton dont elle le
prononça firent sur moi une impression si étonnante, que je crus sentir une espèce de division
dans mon âme. Prends garde, lui dis-je, prends
garde, ma chère Manon. Je n'ai point assez de
force pour supporter des marques si vives de ton
affection; je ne suis point accoutumé à ces excès
de joie. Ô Dieu! m'écriai-je, je ne vous demande
plus rien. Je suis assuré du cœur de Manon. Il est
tel que je l'ai souhaité pour être heureux; je ne
puis plus cesser de l'être à présent. Voilà ma félicité bien établie. Elle l'est, reprit-elle, si vous la
faites dépendre de moi, et je sais où je puis compter
aussi de trouver toujours la mienne. Je me couchai
avec ces charmantes idées, qui changèrent ma
cabane en un palais digne du premier roi du
monde. L'Amérique me parut un lieu de délices
après cela. C'est au nouvel Orléans qu'il faut venir,
disais-je souvent à Manon, quand on veut goûter
les vraies douceurs de l'amour. C'est ici qu'on

s'aime sans intérêt, sans jalousie, sans inconstance. Nos compatriotes y viennent chercher de l'or; ils ne s'imaginent pas que nous y avons trouvé des trésors bien plus estimables.

Nous cultivâmes soigneusement l'amitié du Gouverneur. Il eut la bonté, quelques semaines après notre arrivée, de me donner un petit emploi qui vint à vaquer dans le fort. Quoiqu'il ne fût pas bien distingué, je l'acceptai comme une faveur du Ciel. Il me mettait en état de vivre sans être à charge à personne. Je pris un valet pour moi et une servante pour Manon. Notre petite fortune s'arrangea. J'étais réglé dans ma conduite; Manon ne l'était pas moins. Nous ne laissions point échapper l'occasion de rendre service et de faire du bien à nos voisins. Cette disposition officieuse et la douceur de nos manières nous attirèrent la confiance et l'affection de toute la colonie. Nous fûmes en peu de temps si considérés, que nous passions pour les premières personnes de la ville après le Gouverneur.

L'innocence de nos occupations, et la tranquillité où nous étions continuellement, servirent à nous faire rappeler insensiblement des idées de religion. Manon n'avait jamais été une fille impie. Je n'étais pas non plus de ces libertins outrés, qui font gloire d'ajouter l'irréligion à la dépravation des mœurs. L'amour et la jeunesse avaient causé tous nos désordres. L'expérience commençait à nous tenir lieu d'âge; elle fit sur nous le même effet que les années. Nos conversations, qui étaient toujours réfléchies, nous mirent insensiblement dans le goût

d'un amour vertueux. Je fus le premier qui proposai ce changement à Manon. Je connaissais les
principes de son cœur. Elle était droite et naturelle
dans tous ses sentiments, qualité qui dispose toujours à la vertu. Je lui fis comprendre qu'il manquait une chose à notre bonheur. C'est, lui dis-je,
de le faire approuver du Ciel. Nous avons l'âme
trop belle, et le cœur trop bien fait, l'un et l'autre,
pour vivre volontairement dans l'oubli du devoir.
Passe d'y avoir vécu en France, où il nous était
également impossible de cesser de nous aimer et de
nous satisfaire par une voie légitime; mais en Amérique, où nous ne dépendons que de nous-mêmes,
où nous n'avons plus à ménager les lois arbitraires
du rang et de la bienséance, où l'on nous croit
même mariés, qui empêche que nous ne le soyons
bientôt effectivement et que nous n'anoblissions
notre amour par des serments que la religion auto-
rise? Pour moi, ajoutai-je, je ne vous offre rien de
nouveau en vous offrant mon cœur et ma main,
mais je suis prêt à vous en renouveler le don au
pied d'un autel. Il me parut que ce discours la
pénétrait de joie. Croiriez-vous, me répondit-elle,
que j'y ai pensé mille fois, depuis que nous sommes
en Amérique? La crainte de vous déplaire m'a fait
renfermer ce désir dans mon cœur. Je n'ai point la
présomption d'aspirer à la qualité de votre épouse.
Ah! Manon, répliquai-je, tu serais bientôt celle
d'un roi, si le Ciel m'avait fait naître avec une cou-
ronne. Ne balançons plus. Nous n'avons nul obstacle
à redouter. J'en veux parler dès aujourd'hui au
Gouverneur et lui avouer que nous l'avons trompé

jusqu'à ce jour. Laissons craindre aux amants vulgaires, ajoutai-je, les chaînes indissolubles du mariage. Ils ne les craindraient pas s'ils étaient sûrs, comme nous, de porter toujours celles de l'amour. Je laissai Manon au comble de la joie, après cette résolution.

Je suis persuadé qu'il n'y a point d'honnête homme au monde qui n'eût approuvé mes vues dans les circonstances où j'étais, c'est-à-dire asservi fatalement à une passion que je ne pouvais vaincre et combattu par des remords que je ne devais point étouffer. Mais se trouvera-t-il quelqu'un qui accuse mes plaintes d'injustice, si je gémis de la rigueur du Ciel à rejeter un dessein que je n'avais formé que pour lui plaire? Hélas! que dis-je, à le rejeter? Il l'a puni comme un crime. Il m'avait souffert avec patience tandis que je marchais aveuglément dans la route du vice, et ses plus rudes châtiments m'étaient réservés lorsque je commençais à retourner à la vertu. Je crains de manquer de force pour achever le récit du plus funeste événement qui fût jamais.

J'allai chez le Gouverneur, comme j'en étais convenu avec Manon, pour le prier de consentir à la cérémonie de notre mariage. Je me serais bien gardé d'en parler, à lui ni à personne, si j'eusse pu me promettre que son aumônier, qui était alors le seul prêtre de la ville, m'eût rendu ce service sans sa participation; mais, n'osant espérer qu'il voulût s'engager au silence, j'avais pris le parti d'agir ouvertement. Le Gouverneur avait un neveu, nommé Synnelet, qui lui était extrêmement cher.

C'était un homme de trente ans, brave, mais
emporté et violent. Il n'était point marié. La
beauté de Manon l'avait touché dès le jour de
notre arrivée; et les occasions sans nombre qu'il
avait eues de la voir, pendant neuf ou dix mois,
avaient tellement enflammé sa passion, qu'il se
consumait en secret pour elle. Cependant, comme
il était persuadé, avec son oncle et toute la ville,
que j'étais réellement marié, il s'était rendu maître
de son amour jusqu'au point de n'en laisser rien
éclater et son zèle s'était même déclaré pour moi,
dans plusieurs occasions de me rendre service.
Je le trouvai avec son oncle, lorsque j'arrivai au
fort. Je n'avais nulle raison qui m'obligeât de lui
faire un secret de mon dessein, de sorte que je ne
fis point difficulté de m'expliquer en sa présence.
Le Gouverneur m'écouta avec sa bonté ordinaire.
Je lui racontai une partie de mon histoire, qu'il
entendit avec plaisir, et, lorsque je le priai d'assis-
ter à la cérémonie que je méditais, il eut la générosité de s'engager à faire toute la dépense de la
fête. Je me retirai fort content.

Une heure après, je vis entrer l'aumônier chez
moi. Je m'imaginai qu'il venait me donner quelques instructions sur mon mariage; mais, après
m'avoir salué froidement, il me déclara, en deux
mots, que M. le Gouverneur me défendait d'y penser, et qu'il avait d'autres vues sur Manon. D'autres vues sur Manon! lui dis-je avec un mortel
saisissement de cœur, et quelles vues donc, Monsieur l'aumônier? Il me répondit que je n'ignorais pas que M. le Gouverneur était le maître; que

Manon ayant été envoyée de France pour la colonie, c'était à lui à disposer d'elle; qu'il ne l'avait pas fait jusqu'alors, parce qu'il la croyait mariée, mais, qu'ayant appris de moi-même qu'elle ne l'était point, il jugeait à propos de la donner à M. Synnelet, qui en était amoureux. Ma vivacité l'emporta sur ma prudence. J'ordonnai fièrement à l'aumônier de sortir de ma maison, en jurant que le Gouverneur, Synnelet et toute la ville ensemble n'oseraient porter la main sur ma femme, ou ma maîtresse, comme ils voudraient l'appeler.

Je fis part aussitôt à Manon du funeste message que je venais de recevoir. Nous jugeâmes que Synnelet avait séduit l'esprit de son oncle depuis mon retour et que c'était l'effet de quelque dessein médité depuis longtemps. Ils étaient les plus forts. Nous nous trouvions dans le nouvel Orléans comme au milieu de la mer, c'est-à-dire séparés du reste du monde par des espaces immenses. Où fuir? dans un pays inconnu, désert, ou habité par des bêtes féroces, et par des sauvages aussi barbares qu'elles? J'étais estimé dans la ville, mais je ne pouvais espérer d'émouvoir assez le peuple en ma faveur, pour en espérer un secours proportionné au mal. Il eût fallu de l'argent; j'étais pauvre. D'ailleurs, le succès d'une émotion populaire était incertain, et si la fortune nous eût manqué, notre malheur serait devenu sans remède. Je roulais toutes ces pensées dans ma tête. J'en communiquais une partie à Manon. J'en formais de nouvelles sans écouter sa réponse. Je prenais un parti; je le rejetais pour en prendre un autre. Je parlais

seul, je répondais tout haut à mes pensées; enfin
j'étais dans une agitation que je ne saurais comparer à rien parce qu'il n'y en eut jamais d'égale.
Manon avait les yeux sur moi. Elle jugeait, par
mon trouble, de la grandeur du péril, et, tremblant pour moi plus que pour elle-même, cette
tendre fille n'osait pas même ouvrir la bouche pour
m'exprimer ses craintes. Après une infinité de
réflexions, je m'arrêtai à la résolution d'aller trouver le Gouverneur, pour m'efforcer de le toucher
par des considérations d'honneur et par le souvenir
de mon respect et de son affection. Manon voulut
s'opposer à ma sortie. Elle me disait, les larmes
aux yeux : Vous allez à la mort. Ils vont vous tuer.
Je ne vous reverrai plus. Je veux mourir avant vous.
Il fallut beaucoup d'efforts pour la persuader de
la nécessité où j'étais de sortir et de celle qu'il y
avait pour elle de demeurer au logis. Je lui promis
qu'elle me reverrait dans un instant. Elle ignorait,
et moi aussi, que c'était sur elle-même que devait
tomber toute la colère du Ciel et la rage de nos
ennemis.

   Je me rendis au fort. Le Gouverneur était avec
son aumônier. Je m'abaissai, pour le toucher, à
des soumissions qui m'auraient fait mourir de
honte si je les eusse faites pour toute autre cause.
Je le pris par tous les motifs qui doivent faire une
impression certaine sur un cœur qui n'est pas celui
d'un tigre féroce et cruel. Ce barbare ne fit à mes
plaintes que deux réponses, qu'il répéta cent fois :
Manon, me dit-il, dépendait de lui; il avait donné
sa parole à son neveu. J'étais résolu de me modérer

jusqu'à l'extrémité. Je me contentai de lui dire que je le croyais trop de mes amis pour vouloir ma mort, à laquelle je consentirais plutôt qu'à la perte de ma maîtresse.

Je fus trop persuadé, en sortant, que je n'avais rien à espérer de cet opiniâtre vieillard, qui se serait damné mille fois pour son neveu. Cependant, je persistai dans le dessein de conserver jusqu'à la fin un air de modération, résolu, si l'on en venait aux excès d'injustice, de donner à l'Amérique une des plus sanglantes et des plus horribles scènes que l'amour ait jamais produites. Je retournais chez moi, en méditant sur ce projet, lorsque le sort, qui voulait hâter ma ruine, me fit rencontrer Synnelet. Il lut dans mes yeux une partie de mes pensées. J'ai dit qu'il était brave; il vint à moi. Ne me cherchez-vous pas? me dit-il. Je connais que mes desseins vous offensent, et j'ai bien prévu qu'il faudrait se couper la gorge avec vous. Allons voir qui sera le plus heureux. Je lui répondis qu'il avait raison, et qu'il n'y avait que ma mort qui pût finir nos différends. Nous nous écartâmes d'une centaine de pas hors de la ville. Nos épées se croisèrent; je le blessai et je le désarmai presque en même temps. Il fut si enragé de son malheur, qu'il refusa de me demander la vie et de renoncer à Manon. J'avais peut-être le droit de lui ôter tout d'un coup l'un et l'autre, mais un sang généreux ne se dément jamais. Je lui jetai son épée. Recommençons, lui dis-je, et songez que c'est sans quartier. Il m'attaqua avec une furie inexprimable. Je dois confesser que je n'étais pas fort dans les

armes, n'ayant eu que trois mois de salle à Paris.
L'amour conduisait mon épée. Synnelet ne laissa
pas de me percer le bras d'outre en outre, mais je
le pris sur le temps et je lui fournis un coup si
vigoureux qu'il tomba à mes pieds sans mouvement.

Malgré la joie que donne la victoire après un
combat mortel, je réfléchis aussitôt sur les
conséquences de cette mort. Il n'y avait, pour
moi, ni grâce ni délai de supplice à espérer.
Connaissant, comme je faisais, la passion du
Gouverneur pour son neveu, j'étais certain que
ma mort ne serait pas différée d'une heure après
la connaissance de la sienne. Quelque pressante
que fût cette crainte, elle n'était pas la plus forte
cause de mon inquiétude. Manon, l'intérêt de
Manon, son péril et la nécessité de la perdre, me
troublaient jusqu'à répandre de l'obscurité sur
mes yeux et à m'empêcher de reconnaître le lieu
où j'étais. Je regrettai le sort de Synnelet. Une
prompte mort me semblait le seul remède de mes
peines. Cependant, ce fut cette pensée même qui
me fit rappeler vivement mes esprits et qui me
rendit capable de prendre une résolution. Quoi!
je veux mourir, m'écriai-je, pour finir mes peines?
Il y en a donc que j'appréhende plus que la perte
de ce que j'aime? Ah! souffrons jusqu'aux plus
cruelles extrémités pour secourir ma maîtresse,
et remettons à mourir après les avoir souffertes
inutilement. Je repris le chemin de la ville.
J'entrai chez moi. J'y trouvai Manon à demi
morte de frayeur et d'inquiétude. Ma présence

la ranima. Je ne pouvais lui déguiser le terrible accident qui venait de m'arriver. Elle tomba sans connaissance entre mes bras, au récit de la mort de Synnelet et de ma blessure. J'employai plus d'un quart d'heure à lui faire retrouver le sentiment.

J'étais à demi mort moi-même. Je ne voyais pas le moindre jour à sa sûreté, ni à la mienne. Manon, que ferons-nous? lui dis-je lorsqu'elle eut repris un peu de force. Hélas! qu'allons-nous faire? Il faut nécessairement que je m'éloigne. Voulez-vous demeurer dans la ville? Oui, demeurez-y. Vous pouvez encore y être heureuse; et moi, je vais, loin de vous, chercher la mort parmi les sauvages ou entre les griffes des bêtes féroces. Elle se leva malgré sa faiblesse; elle me prit par la main, pour me conduire vers la porte. Fuyons ensemble, me dit-elle, ne perdons pas un instant. Le corps de Synnelet peut avoir été trouvé par hasard, et nous n'aurions pas le temps de nous éloigner. Mais, chère Manon! repris-je tout éperdu, dites-moi donc où nous pouvons aller. Voyez-vous quelque ressource? Ne vaut-il pas mieux que vous tâchiez de vivre ici sans moi, et que je porte volontairement ma tête au Gouverneur? Cette proposition ne fit qu'augmenter son ardeur à partir. Il fallut la suivre. J'eus encore assez de présence d'esprit, en sortant, pour prendre quelques liqueurs fortes que j'avais dans ma chambre et toutes les provisions que je pus faire entrer dans mes poches. Nous dîmes à nos domestiques, qui étaient dans la chambre voisine, que nous partions pour la promenade du soir, nous avions cette coutume tous les jours, et nous nous éloignâmes de la ville, plus promptement que la délicatesse de Manon ne semblait le permettre.

Quoique je ne fusse pas sorti de mon irrésolution sur le lieu de notre retraite, je ne laissais pas d'avoir deux espérances, sans lesquelles j'aurais préféré la mort à l'incertitude de ce qui pouvait arriver à Manon. J'avais acquis assez de connaissance du pays, depuis près de dix mois que j'étais en Amérique, pour ne pas ignorer de quelle manière on apprivoisait les sauvages. On pouvait se mettre entre leurs mains, sans courir à une mort certaine. J'avais même appris quelques mots de leur langue et quelques-unes de leurs coutumes dans les diverses occasions que j'avais eues de les voir. Avec cette triste ressource, j'en avais une autre du côté des Anglais qui ont, comme nous, des établissements dans cette partie du Nouveau Monde. Mais j'étais effrayé de l'éloignement. Nous avions à traverser, jusqu'à leurs colonies, de stériles campagnes de plusieurs journées de largeur, et quelques montagnes si hautes et si escarpées que le chemin en paraissait difficile aux hommes les plus grossiers et les plus vigoureux. Je me flattais, néanmoins, que nous pourrions tirer parti de ces deux ressources : des sauvages pour aider à nous conduire, et des Anglais pour nous recevoir dans leurs habitations.

Nous marchâmes aussi longtemps que le courage de Manon put la soutenir, c'est-à-dire environ deux lieues, car cette amante incomparable refusa constamment de s'arrêter plus tôt. Accablée enfin de lassitude, elle me confessa qu'il lui était impossible d'avancer davantage. Il était déjà nuit. Nous nous assîmes au milieu d'une vaste plaine, sans avoir pu trouver un arbre pour nous mettre à couvert. Son premier soin fut de changer le linge de ma blessure, qu'elle avait pansée elle-même avant notre départ. Je m'opposai en vain à ses volontés. J'aurais achevé de l'accabler mortellement, si je lui eusse refusé la satisfaction de me croire à mon aise et sans danger, avant que de penser à sa propre conservation. Je me soumis durant quelques moments à ses désirs. Je reçus ses soins en silence et avec honte. Mais, lorsqu'elle eut satisfait sa tendresse, avec quelle ardeur la mienne ne prit-elle pas son tour! Je me dépouillai de tous mes habits, pour lui faire trouver la terre moins dure en les étendant sous elle. Je la fis consentir, malgré elle, à me voir employer à son usage tout ce que je pus imaginer de moins incommode. J'échauffai ses mains par mes baisers ardents et par la chaleur de mes soupirs. Je passai la nuit entière à veiller près d'elle, et à prier le Ciel de lui accorder un sommeil doux et paisible. O Dieu! que mes vœux étaient vifs et sincères! et par quel rigoureux jugement aviez-vous résolu de ne les pas exaucer!

Pardonnez, si j'achève en peu de mots un récit qui me tue. Je vous raconte un malheur qui n'eut jamais d'exemple. Toute ma vie est destinée à le pleurer. Mais, quoique je le porte sans cesse dans ma mémoire, mon âme semble reculer d'horreur, chaque fois que j'entreprends de l'exprimer.

Nous avions passé tranquillement une partie de la nuit. Je croyais ma chère maîtresse endormie et je n'osais pousser le moindre souffle, dans la crainte de troubler son sommeil. Je m'aperçus dès le point du jour, en touchant ses mains, qu'elle les avait froides et tremblantes. Je les approchai de mon sein, pour les échauffer. Elle sentit ce mouvement, et, faisant un effort pour saisir les miennes, elle me dit, d'une voix faible, qu'elle se croyait à sa dernière heure. Je ne pris d'abord ce discours que pour un langage ordinaire dans l'infortune, et je n'y répondis que par les tendres consolations de l'amour. Mais, ses soupirs fréquents, son silence à mes interrogations, le serrement de ses mains, dans lesquelles elle continuait de tenir les miennes me firent connaître que la fin de ses malheurs approchait. N'exigez point de moi que je vous décrive mes sentiments, ni que je vous rapporte ses dernières expressions. Je la perdis ; je reçus d'elle des marques d'amour, au moment même qu'elle expirait. C'est tout ce que j'ai la force de vous apprendre de ce fatal et déplorable événement.

Mon âme ne suivit pas la sienne. Le Ciel ne me trouva point, sans doute, assez rigoureusement puni. Il a voulu que j'aie traîné, depuis, une vie languissante et misérable. Je renonce volontairement à la mener jamais plus heureuse.

Je demeurai plus de vingt-quatre heures la bouche attachée sur le visage et sur les mains de ma

chère Manon. Mon dessein était d'y mourir; mais
je fis réflexion, au commencement du second jour,
que son corps serait exposé, après mon trépas,
à devenir la pâture des bêtes sauvages. Je formai
la résolution de l'enterrer et d'attendre la mort
sur sa fosse. J'étais déjà si proche de ma fin, par
l'affaiblissement que le jeûne et la douleur
m'avaient causé, que j'eus besoin de quantité d'efforts pour me tenir debout. Je fus obligé de recourir aux liqueurs que j'avais apportées. Elles me
rendirent autant de force qu'il en fallait pour le
triste office que j'allais exécuter. Il ne m'était pas
difficile d'ouvrir la terre, dans le lieu où je me trouvais. C'était une campagne couverte de sable. Je
rompis mon épée, pour m'en servir à creuser, mais
j'en tirai moins de secours que de mes mains.
J'ouvris une large fosse. J'y plaçai l'idole de mon
cœur, après avoir pris soin de l'envelopper de
tous mes habits, pour empêcher le sable de la
toucher. Je ne la mis dans cet état qu'après l'avoir
embrassée mille fois, avec toute l'ardeur du plus
parfait amour. Je m'assis encore près d'elle. Je la
considérai longtemps. Je ne pouvais me résoudre
à fermer la fosse. Enfin, mes forces recommen-
çant à s'affaiblir, et craignant d'en manquer tout
à fait avant la fin de mon entreprise, j'ensevelis
pour toujours dans le sein de la terre ce qu'elle
avait porté de plus parfait et de plus aimable. Je
me couchai ensuite sur la fosse, le visage tourné
vers le sable, et fermant les yeux avec le dessein de
ne les ouvrir jamais, j'invoquai le secours du Ciel
et j'attendis la mort avec impatience. Ce qui vous

paraîtra difficile à croire, c'est que, pendant tout l'exercice de ce lugubre ministère, il ne sortit point une larme de mes yeux ni un soupir de ma bouche. La consternation profonde où j'étais et le dessein déterminé de mourir avaient coupé le cours à toutes les expressions du désespoir et de la douleur. Aussi, ne demeurai-je pas longtemps dans la posture où j'étais sur la fosse, sans perdre le peu de connaissance et de sentiment qui me restait.

Après ce que vous venez d'entendre, la conclusion de mon histoire est de si peu d'importance, qu'elle ne mérite pas la peine que vous voulez bien prendre à l'écouter. Le corps de Synnelet ayant été rapporté à la ville et ses plaies visitées avec soin, il se trouva, non seulement qu'il n'était pas mort, mais qu'il n'avait pas même reçu de blessure dangereuse. Il apprit à son oncle de quelle manière les choses s'étaient passées entre nous, et sa générosité le porta sur-le-champ à publier les effets de la mienne. On me fit chercher, et mon absence, avec Manon, me fit soupçonner d'avoir pris le parti de la fuite. Il était trop tard pour envoyer sur mes traces; mais le lendemain et le jour suivant furent employés à me poursuivre. On me trouva, sans apparence de vie, sur la fosse de Manon, et ceux qui me découvrirent en cet état, me voyant presque nu et sanglant de ma blessure, ne doutèrent point que je n'eusse été volé et assassiné. Ils me portèrent à la ville. Le mouvement du transport réveilla mes sens. Les soupirs que je poussai, en ouvrant les yeux et en gémissant de me retrouver parmi les vivants, firent connaître que j'étais encore en état de recevoir du secours. On m'en donna de trop heureux. Je ne laissai pas d'être renfermé dans une étroite prison. Mon procès fut instruit, et, comme Manon ne paraissait point, on m'accusa de m'être défait d'elle par un mouvement de rage et de jalousie. Je racontai naturellement ma pitoyable aventure. Synnelet, malgré les transports de douleur où ce récit le jeta, eut la générosité de solliciter ma grâce. Il l'obtint. J'étais si faible qu'on fut obligé de me transporter de la prison dans mon lit, où je fus retenu pendant trois mois par une violente maladie. Ma haine pour la vie ne diminuait point. J'invoquais continuellement la mort et je m'obstinai longtèmps à rejeter tous les remèdes. Mais le Ciel, après m'avoir puni avec tant de rigueur, avait dessein de me rendre utiles mes malheurs et ses châtiments. Il m'éclaira de ses lumières, qui me firent rappeler des idées dignes de ma naissance et de mon éducation. La tranquillité ayant commencé de renaître un peu dans mon âme, ce changement fut suivi de près par ma guérison. Je me livrai entièrement aux inspirations de l'honneur, et je continuai de remplir mon petit emploi, en attendant les vaisseaux de France qui vont, une fois chaque année, dans cette partie de l'Amérique. J'étais résolu de retourner dans ma patrie pour y réparer, par une vie sage et réglée, le scandale de ma conduite. Synnelet avait pris soin de faire transporter le corps de ma chère maîtresse dans un lieu honorable.

Ce fut environ six semaines après mon rétablissement que, me promenant seul, un jour, sur le rivage, je vis arriver un vaisseau que des affaires de commerce amenaient au Nouvel Orléans. J'étais attentif au débarquement de l'équipage. Je fus frappé d'une surprise extrême en reconnaissant Tiberge parmi ceux qui s'avançaient vers la ville. Ce fidèle ami me remit de loin, malgré les changements que la tristesse avait faits sur mon visage. Il m'apprit que l'unique motif de son voyage avait été le désir de me voir et de m'engager à retourner en France; qu'ayant reçu la lettre que je lui avais écrite du Havre, il s'y était rendu en personne pour me porter les secours que je lui demandais; qu'il avait ressenti la plus vive douleur en apprenant mon départ et qu'il serait parti sur le champ pour me suivre, s'il eût trouvé un vaisseau prêt à faire voile; qu'il en avait cherché pendant plusieurs mois dans divers ports et qu'en ayant enfin rencontré un, à Saint-Malo, qui levait l'ancre pour la Martinique, il s'y était embarqué, dans l'espérance de se procurer de là un passage facile au Nouvel Orléans; que, le vaisseau malouin ayant été pris en chemin par des corsaires espagnols et conduit dans une de leurs îles, il s'était échappé par adresse; et qu'après diverses courses, il avait trouvé l'occasion du petit bâtiment qui venait d'arriver, pour se rendre heureusement près de moi.

Je ne pouvais marquer trop de reconnaissance pour un ami si généreux et si constant. Je le conduisis chez moi. Je le rendis le maître de tout ce que je possédais. Je lui appris tout ce qui m'était arrivé depuis mon départ de France, et pour lui causer une joie à laquelle il ne s'attendait pas, je lui déclarai que les semences de vertu qu'il avait jetées autrefois dans mon cœur commençaient à produire des fruits dont il allait être satisfait. Il me protesta qu'une si douce assurance le dédommageait de toutes les fatigues de son voyage.

Nous avons passé deux mois ensemble au Nouvel Orléans, pour attendre l'arrivée des vaisseaux de France, et nous étant-enfin mis en mer, nous prîmes terre, il y a quinze jours, au Havre-de-Grâce. J'écrivis à ma famille en arrivant. J'ai appris, par la réponse de mon frère aîné, la triste nouvelle de la mort de mon père, à laquelle je tremble, avec trop de raison, que mes égarements n'aient contribué. Le vent étant favorable pour Calais, je me suis embarqué aussitôt, dans le dessein de me rendre à quelques lieues de cette ville, chez un gentilhomme de mes parents, où mon frère m'écrit qu'il doit attendre mon arrivée.

FIN DE LA DEUXIÈME PARTIE.

CHRONOLOGIE
DE LA VIE ET DES ŒUVRES DE
L'ABBÉ PRÉVOST

1688 — *4 février*. Naissance de Marivaux, à Paris.

1694 — *21 novembre*. Naissance de Voltaire.

1697 — *1ᵉʳ avril*. Naissance à Hesdin d'Antoine François Prévost, second fils de Liévin Prévost, procureur du roi au baillage d'Hesdin, et de Marie Duclaie. Son frère aîné, Norbert, fut un moment jésuite, puis chanoine de la cathédrale de Cambrai. Le plus jeune, Bernard Joseph, fut prémontré, puis abbé de Blanchelande. Les deux autres furent magistrats : Pierre Jérôme devint lieutenant civil et criminel d'Hesdin, première charge locale; Louis Eustache fut maître des eaux et forêts.

1705-1712 (environ) — Prévost fait ses études au collège d'Hesdin, y compris peut-être une année de rhétorique (mais certainement pas de philosophie, qui ne se faisait pas dans l'établissement).

1711 — *28 août*. Mort de Marie Duclaie, mère de Prévost.

1713 — Traité d'Utrecht. La guerre continue en Italie, avec l'armée du maréchal de Berwick, dans laquelle Prévost semblerait s'être engagé comme volontaire.

1714 — Traités de Rastad et de Bade, qui mettent fin à la guerre de Succession d'Autriche. On ignore ce que devient alors Prévost. Peut-être est-ce le moment où il fait une seconde année de rhétorique au collège d'Harcourt.

1715 — *1er septembre*. Mort de Louis XIV.

1717 — *11 mars*. Prévost est reçu au noviciat des jésuites, rue du Pot-de-Fer, à Paris.
Octobre. Prévost est envoyé au collège des jésuites à La Flèche. Il y suit la première des années de philosophie, soit celle de logique, et sert en même temps de répétiteur pour les jeunes élèves. Il semble ne pas y rester au-delà d'une année scolaire.

1719 — Prévost pourrait avoir servi de nouveau comme volontaire (guerre contre l'Espagne). Ce n'est qu'une hypothèse. Il doit aussi avoir fait vers cette époque un premier séjour en Hollande.

1720 — La « malheureuse fin d'un engagement trop tendre » conduit Prévost chez les bénédictins de Jumièges.

1721 — *9 novembre*. Après un noviciat d'un an au moins, Prévost prononce à Saint-Wandrille, ses vœux de respecter la règle de saint Benoît, dans la congrégation de Saint-Maur, la plus sévère des congrégations bénédictines.

1721-1724 — Après un bref séjour à l'abbaye de

Saint-Ouen (à Rouen), il semble que Prévost ait fait les trois ans de son cours de théologie à l'abbaye du Bec.

1724 — Publication en Hollande des *Aventures de Pomponius, chevalier romain,* composées en 1722, où l'on trouve des portraits plus ou moins sévères du régent et de différents autres personnages, notamment des moines bénédictins. Prévost a très probablement rédigé une partie importante de cet ouvrage satirique.

Vers 1725-1726 — De passage à l'abbaye de Fécamp, Prévost aide Dom Le Cerf de la Viéville à publier en Hollande sa *Bibliothèque historique et critique de la Congrégation de Saint-Maur.*

Vers 1726 — Prévost enseigne « avec applaudissement » les humanités au collège de Saint-Germer. Il est ordonné prêtre.

Vers 1727 — Prévost prêche un carême à Alençon. Lors d'un séjour à l'abbaye de Sées, il travaille à la traduction de l'*Histoire* (latine) du président de Thou, sous la direction de M. de Monguillon.

Vers la fin de 1727 — Prévost est appelé à Paris, à la célèbre abbaye bénédictine de Saint-Germain-des-Prés. Il y collabore à l'élaboration de la *Gallia Christiana,* fameux corpus d'érudition bénédictine.

1728 — *15 février.* L'abbé Prévost fait remettre au Garde des Sceaux le manuscrit d'un roman, les *Aventures d'un Homme de qualité qui s'est retiré du monde* (tomes I et II). Le privilège est accordé le 16 avril.

Vers août — Publication en deux volumes chez la veuve Delaulne, de l'ouvrage précédent, annoncée dans le *Journal de Verdun* de septembre.

19 octobre. Prenant l'occasion d'un « petit mécontentement » et de « facilités » qui lui sont offertes, l'abbé Prévost quitte le couvent de Saint-Germain-des-Prés. Il espère alors être transféré dans une branche moins sévère des bénédictins.

30 octobre. Les supérieurs de la Congrégation de Saint-Maur demandent au lieutenant de police l'arrestation de Prévost. Leur requête est octroyée le 6 novembre.

Novembre. Prévost se convertit secrètement au protestantisme dans la chapelle de l'ambassade de Hollande. Il reçoit une recommandation pour l'archevêque de Cantorbery, William Wake, et passe en Angleterre.

Fin de l'année. Publication des tomes III et IV des *Mémoires et Aventures d'un Homme de qualité,* chez le même éditeur, avec une approbation du 19 novembre 1728.

1729-1730 — Séjour de Prévost en Angleterre. Il y a avec la fille de son protecteur, Sir John Eyles, une aventure qui l'oblige à passer en Hollande.

1730 — En novembre (?), Prévost arrive à Amsterdam. Il y prépare la publication des dernières parties des *Mémoires et Aventures d'un Homme de qualité* chez les libraires de la ville . Il prend des engagements en vue de la publication par Gosse et Néaulme, de La Haye, de la traduction de l'*Histoire* du président de Thou.

1731 — *23 janvier*. Annonce par les libraires de la publication de ce dernier ouvrage.

Entre février et juin. Prévost s'installe à La Haye, et y fait la connaissance de Lenki Eckhart, qui devient sa maîtresse.

Mars. Publication à Londres de la première version (en anglais) des deux premiers livres de *Cleveland*.

Vers le 15 avril. La *Bibliothèque raisonnée,* d'Amsterdam, suivie par d'autres périodiques, annonce la parution des parties V, VI et VII des *Mémoires d'un Homme de qualité* : cette septième partie consiste dans l'*Histoire du chevalier Des Grieux et de Manon Lescaut,* dont elle constitue l'édition originale.

Juin 1731. Le Philosophe anglais, ou Histoire de Monsieur Cleveland, écrite par lui-même et traduite de l'anglais, par l'auteur des Mémoires d'un Homme de qualité. Tomes I et II, à Paris, chez Didot (approbation du 9 avril 1731), et à Utrecht, chez Etienne Néaulme.

Septembre. Même ouvrage, tomes III et IV, à Utrecht, chez Néaulme, et bientôt à Paris, chez Guérin, à la date de 1732.

1732 — *3 janvier*. Lettre de Prévost à Néaulme au sujet d'un « besoin très pressant » d'argent; Lenki en est la cause.

1er mai. Publication d'une traduction allemande des trois derniers tomes des *Mémoires* d'un *Homme de qualité,* contenant *Manon Lescaut* (la traduction des quatre premiers tomes avait été publiée en 1730), comprenant une préface qui donne des renseignements très précieux sur l'abbé Prévost, dont on a ici la plus ancienne biographie.

1733 — *Janvier.* Pressé de dettes, Prévost quitte la Hollande en compagnie de Lenki Eckhard, laissant diverses obligations entre les mains de ses libraires. Il retourne en Angleterre, où il exerce de nouveau le métier de précepteur.

Vers juillet-août. Passant par Londres, un voyageur, Jordan, rencontre Prévost, et le plaint de ne pas jouir d'une « meilleure fortune ». *Juin.* Début de la publication du *Pour et Contre,* journal rédigé par Prévost. L'approbation de la première feuille est datée du 24 mars 1733.

24 décembre. Prévost est écroué à la prison londonienne de Gate House, sur plainte de Francis Eyles, fils de son ancien protecteur, et frère de la jeune fille avec laquelle il a eu une aventure en 1730. Il est accusé « sur de fortes présomptions » d'avoir fabriqué un faux billet à ordre de 50 livres à son profit. *28 décembre.* Prévost est interrogé et remis en liberté. Il semble que Francis Eyles ait retiré sa plainte.

Juin. « *L'Histoire du chevalier Des Grieux et de Manon Lescaut,* par Monsieur D... A Amsterdam, aux dépens de la Compagnie. » Première édition séparée de *Manon Lescaut,* qui pénètre en France en juin et attire immédiatement l'attention sur le roman. Dans une lettre du 28 juillet, Voltaire parle déjà du « tendre et passionné auteur de *Manon Lescaut* ».

5 novembre. L'ouvrage est interdit par la police.

1734 — *6 avril.* Montesquieu commente dans ses pensées l'effet produit sur lui par le roman de Prévost. Le même mois, dans une feuille qui n'est pas rédigée par Prévost (lequel vit alors caché dans la campagne anglaise ou aux environs de Calais), paraît un compte rendu très favorable du roman.

Octobre. Prévost rentre à Paris, sa paix faite avec l'Église. Il y trouve « le meilleur accueil ».

1735 — *Juillet.* Publication du premier volume du *Doyen de Killerine,* avec une approbation du 8 juillet 1735.

Août. Prévost, à la suite de sa fugue, est envoyé faire un nouveau noviciat à La Croix-Saint-Leufroy, monastère situé près d'Evreux.

10 décembre. Prévost termine son noviciat à La Croix-Saint-Leufroy. Il rentre à Paris.

1736 — *Vers le 1ᵉʳ janvier.* Prévost est nommé aumônier du prince de Conti. Lenki semble l'avoir rejoint à Paris.

1738 — *Avril.* Publication chez Néaulme, à Utrecht, du tome « VI » de *Cleveland,* qui constitue en fait la suite du tome IV — un tome V paru en 1735 étant aprocryphe, et les quatre

tomes primitifs ayant été entre-temps réim-
primés par Didot et Néaulme en cinq volumes.

1739 — *Mars*. Publication des tomes VII et VIII de
Cleveland chez Néaulme.

Avril. Publication du tome II du *Doyen de
Killerine* à La Haye chez Pierre Poppy.

Décembre. Publication du tome III de *Killerine* chez le même éditeur.

1740 — *Début de l'année*. Publication du tome IV
de *Killerine*.

Milieu de l'année. Publication des tomes V et VI
de *Killerine*.

Juillet. Publication de l'*Histoire de Marguerite
d'Anjou, reine d'Angleterre*, 2 vol. à Amsterdam,
chez F. Desbordes.

Octobre. Histoire d'une Grecque moderne,
2 vol. à Amsterdam, chez F. Desbordes. Fin
de la publication du *Pour et Contre*, après le
vingtième volume.

Fin de l'année. Prévost, qui semble entré dans
une sorte de clandestinité, à la suite d'une
augmentation brutale de ses dettes — due à
une liaison, peut-être toujours avec Lenki —,
travaille à une gazette scandaleuse pour le
compte d'un de ses amis, Laurent Gautier.

1741 — *Janvier ou février*. Publication des *Mémoires
pour servir à l'Histoire de Malte*, 2 vol. Amsterdam, chez F. Desbordes. Le scandale qui en
résulte, s'ajoutant à celui qu'a provoqué la
gazette, force Prévost à se réfugier à l'étranger.

Vers juillet. Il est à Francfort-sur-le-Main, dans
l'entourage du maréchal de Belle-Isle.

Avril. Publication des *Campagnes philosophiques,* ou *Mémoires de M. de Montcal,* 2 vol., à Amsterdam, chez F. Desbordes.

1742 — *Mai.* Publication de l'*Histoire de Guillaume le Conquérant,* duc de Normandie et roi d'Angleterre, 2 vol., à Paris, chez Prault, avec une approbation.

Septembre. L'abbé Leblanc signale le retour à Paris de l'abbé Prévost, qui a obtenu sa grâce. C'est le « retour d'Ulysse » (J. Sgard).

1743 — *Décembre.* Début de la publication, qui se poursuivra jusqu'à mars 1744, de l'*Histoire de Cicéron,* traduit de l'anglais (de Middleton). 4 vol., chez Didot. Cicéron y apparaît comme un sage et un déiste.

1744 — *Vers mai. Lettres de Cicéron à M. Brutus...,* 1 vol., à Paris, chez Didot. Approbation du 15 avril 1744.

Novembre. Voyages du capitaine Robert Lade en différentes partie de l'Afrique, de l'Asie... Ouvrage traduit de l'anglais. 2 vol., chez Didot. Il s'agit en fait d'une composition romanesque de Prévost.

1745 — *Août. Lettres de Cicéron, qu'on nomme vulgairement familières...,* traduites par Prévost. Tomes I-III, chez Didot.

Novembre. Mémoires d'un honnête homme. 1 vol., Amsterdam, 1745.

1746 — *Mai.* Début de la publication de l'*Histoire générale des voyages,* à Paris, chez Didot. La collection comprendra 15 tomes in-4 et 90 volumes in-12. Elle ira jusqu'en 1759.

30 juillet (1746?). Lettre de Prévost à Boucher de l'Etang, dans laquelle l'abbé annonce son installation à Chaillot avec « la gentille veuve sa gouvernante ».

1750 — Publication du *Manuel Lexique,* dictionnaire technique adapté de l'anglais. 2 vol., chez Didot.

1751 — *Janvier. Lettres anglaises, ou Histoire de Miss Clarisse Harlowe.* A Londres, chez Nourse, 6 vol. in-12.

1753 — Edition définitive de *Manon Lescaut,* chez Firmin-Didot.

1755 — *Nouvelles Lettres anglaises, ou Histoire du chevalier Grandisson.* Tomes I-III, 3 vol. in-12, Amsterdam, 1755.
Janvier à août. Le Journal étranger, ouvrage périodique. Dirigé par Prévost pendant cette période. A Paris, chez Pissot, Saugrain et Duchesne.

1758 — *Août. Nouvelles Lettres anglaises.* Tomes IV-VI. A Amsterdam, 3 vol. in-12.

1760 — *Histoire de la maison de Stuart sur le trône d'Angleterre par M. Hume.* Traduite par Prévost. 3 vol., Londres, 1760.
Mars. Le Monde moral, ou Mémoires pour servir à l'histoire du cœur humain, par M... ancien résident de France dans plusieurs cours étrangères. Tomes I et II, Genève, 4 parties en 2 vol. Ouvrage de l'abbé Prévost.

1762 — *Avril. Mémoires pour servir à l'histoire de la vertu, extraits du journal d'une jeune dame* (traduits par Prévost des *Memoirs of miss Sidney*

Bidulph, de Sheridan). 4 vol. in-12, Cologne, 1762.

1763 — *Juin. Almoran et Hamet, anecdote orientale* (traduite par Prévost de J. Hawkesworth), Londres, 1763.

25 novembre. Mort de l'abbé Prévost à Courteuil, non loin de Senlis. Il est inhumé par les soins des bénédictins dans l'église de Saint-Nicolas-d'Acy.

1764 — *Lettres de Mentor à un jeune seigneur, traduites de l'anglais par M. l'abbé Prévost* (traduites par Prévost des *Letters to a young nobleman*), 1 vol., Londres, chez P. Vaillant.

Juillet. Le Monde moral, ou Mémoires, etc. Tomes III et IV, Genève, 2 parties en 2 vol.

1783-1785 — *Oeuvres choisies de l'abbé Prévost.* 39 vol. in-8, chez Leblanc.

PRÉVOST PAR LUI-MÊME

Dans l'œuvre immense de l'abbé, nous avons retenu deux textes, l'un publié de son vivant, l'autre resté inédit jusqu'au XIXe siècle, qui le dépeignent mieux, nous semble-t-il, que tout ce qu'on pourrait dire de lui.

Voici d'abord un fragment de l'apologie que Prévost publia dans son *Pour et Contre* en 1734 pour répondre aux attaques dont il avait été l'objet de la part de l'abbé Lenglet-Dufresnoy. Celui-ci avait notamment dit de lui :

« ... Ne pouvant aisément pratiquer des romans dans son ordre, il a eu la bonté de se retirer en Angleterre, d'où on l'a chassé, parce qu'il en pratiquait trop... »

Et encore :

« Après avoir été soldat, puis jésuite, soldat pour la seconde fois, et ensuite jésuite, il s'est fait derechef soldat, puis officier, bénédictin, et enfin réformé,

protestant ou gallican, qu'importe, il ne le sait pas
lui-même. Il voudrait aujourd'hui se faire bénédictin
à Cluny, sans doute pour aller de là jusqu'à Constan-
tinople prêcher l'Alcoran, et devenir Mufti s'il se
peut, et fixer ensuite sa retraite au Japon. »

Dans sa réponse, l'abbé Prévost, après avoir
affirmé qu'il n'a pas été « chassé » d'Angleterre,
continue :

« A l'égard des autres traits dont M. de Percel a
composé mon éloge, je veux l'aider généreusement,
et lui fournir des Mémoires sur lesquels il puisse
faire plus de fonds qu'on n'en doit faire sur les siens.
Il m'attribue un zèle extraordinaire pour le service
du Roi et de la patrie. C'est me faire honneur sans
doute, et je n'ai à désavouer que la multitude d'éten-
dards sous lesquels il me fait passer successivement.
Il est vrai que me destinant au service, après avoir
été quelques mois chez les RR. PP. jésuites, que je
quittai avant l'âge de seize ans, j'ai porté les armes
dans différents degrés, et d'abord en qualité de simple volontaire, dans un temps où les emplois étaient
très rares (c'était la fin de la dernière guerre), dans
l'espérance commune à une infinité de jeunes gens,
d'être avancé aux premières occasions. Je n'étais pas
si disgracié du côté de la naissance et de la fortune,
que je ne pusse espérer de faire heureusement mon
chemin. Je me lassai néanmoins d'attendre, et je
retournai chez les PP. jésuites, d'où je sortis quelque
temps après pour reprendre le métier des armes
avec plus de distinction et d'agrément. Quelques
années se passèrent. Vif et sensible au plaisir,
j'avouerai, dans les termes de M. de Cambrai, que la

sagesse demande bien des précautions qui m'échappèrent. Je laisse à juger quel devait être, depuis l'âge
de vingt jusqu'à vingt-cinq ans, le cœur et les sentiments d'un homme qui a composé le *Cleveland* à
trente-cinq ou trente-six. La malheureuse fin d'un
engagement trop tendre me conduisit au *tombeau* :
c'est le nom que je donne à l'Ordre respectable où
j'allais m'ensevelir, et où je demeurai quelque temps
si bien mort, que mes parents et mes amis ignorèrent
ce que j'étais devenu.

« Cependant le sentiment me revint, et je reconnus
que ce cœur si vif était encore brûlant sous la cen-
dre. La perte de ma liberté m'affligea jusqu'aux
larmes. Il était trop tard. Je cherchai ma consolation pendant cinq ou six ans dans les charmes de
l'étude. Mes livres étaient mes amis fidèles, mais ils
étaient morts comme moi. Enfin, las d'un joug dont
je ne m'apercevais pas, je pris l'occasion d'un petit
mécontentement que je reçus du R. P. général et de
quelques facilités qui me furent offertes pour le
secouer tout à fait. »

Le second texte, qui complète le précédent, est
la lettre que l'abbé Prévost laissa pour Dom Thibault, supérieur de l'ordre des bénédictins, quand
il quitta le couvent de Saint-Germain-des-Prés pour
passer en Angleterre (18 octobre 1728). On obser-
vera, à la fin de ce document, les allusions malignes
à la docilité avec laquelle le P. Thibault avait reçu
la Bulle *Unigenitus,* ou « Constitution », et à celle
avec laquelle, en conséquence, il devrait recevoir le
bref papal annonçant la translation de Prévost dans
une autre branche de l'ordre. Ce bref de translation,

on l'a dit, ne parvint jamais, mettant ainsi l'abbé Prévost dans une situation difficile :

« Mon Révérend Père,

« Je ferai demain ce que je devrais avoir fait il y a plusieurs années, ou plutôt ce que je devrais ne m'être jamais mis dans la nécessité de faire ; je quitterai la congrégation pour passer dans le Grand Ordre. De quoi m'avisais-je, il y a huit ans, d'entrer parmi vous ? Et vous, Mon Révérend Père, ou vos prédécesseurs, de quoi vous avisiez-vous de me recevoir ? Ne deviez-vous pas prévoir, et moi aussi, les peines que nous ne manquerions pas de nous causer tôt ou tard, et les extrémités fâcheuses où elles pourraient aboutir ? J'ai eu chez vous de justes sujets de chagrins. La démarche que je vais faire vous chagrinera peut-être aussi : voyons de quel côté est l'injustice.

« Il est certain, Mon Révérend Père, que je me suis conduit dans la congrégation d'une manière irréprochable ; si j'ai des ennemis parmi vous, je ne crains pas de les prendre eux-mêmes à témoins. Mon caractère est naturellement plein d'honneur. J'aimais un corps auquel j'étais attaché par mes promesses ; je souhaitais d'y être aimé, et fait comme je suis, j'aurais perdu la vie plutôt que de commettre quelque chose d'opposé à ces deux sentiments. J'ai d'ailleurs les manières honnêtes et l'humeur assez douce ; je rends volontiers service ; je hais les murmures et les détractions ; je suis porté d'inclination au travail, et je ne crois pas vous avoir déshonoré dans les petits emplois dont j'ai été chargé. Par quel malheur est-il donc arrivé qu'on n'a jamais cessé de me regarder avec défiance dans la congrégation, qu'on m'a soupçonné plus d'une fois des trahisons les plus noires, et qu'on m'en a toujours cru capable, lors même que l'évidence n'a pas permis qu'on m'en accusât? J'ai des preuves à donner là-dessus qui passeraient les bornes d'une lettre, et pour peu que chacun veuille s'expliquer sincèrement, l'on conviendra que telle est à mon égard la disposition de presque tous vos religieux. J'avais espéré, Mon R. Père, que la grâce que vous m'aviez faite de m'appeler à Paris pourrait effacer des préventions si injustes, ou qu'elle les empêcherait du moins d'éclater. Cependant on m'écrit de province qu'un visiteur se vantant à table d'avoir contribué à m'y faire venir, en a donné pour raison que j'y serais moins dangereux qu'autre part, et qu'il fallait d'ailleurs tirer de moi tout ce qu'on peut du côté des sciences, puisqu'il serait contre la prudence de me confier des emplois. Un séculier, homme d'honneur et de distinction, m'a assuré par un billet écrit exprès, qu'il avait entendu dire à peu près la même chose à Votre Révérence. Vous conviendrez, Mon Révérend Père, que cela est piquant pour un honnête homme. Tout autre que moi se croirait peut-être autorisé à vous marquer son ressentiment par des injures; mais je vous l'ai déjà dit, ce n'est pas mon caractère. Trouvez bon seulement que j'évite, par ma retraite, une persécution que je mérite si peu. Quittons-nous sans aigreur et sans violence. J'ai perdu chez vous, dans l'espace de huit ans, ma santé, mes yeux, mon repos; personne ne l'ignore, c'est être assez puni d'y avoir demeuré si longtemps. N'ajoutez point à ces peines

celles que j'aurais à souffrir si j'apprenais que vous
voulussiez vous opposer aux démarches que je fais
pour m'en délivrer. Je vous déclare que vos opposi-
tions seraient inutiles, par les sages mesures que j'ai
su prendre; je vous respecte beaucoup, mais je ne
vous crains nullement, et peut-être pourrais-je me
faire craindre si vous en usiez mal; car autant que
je suis disposé à rendre justice à la congrégation sur
ce qu'elle a de bon, autant devez-vous compter que
je relèverais vivement ses endroits faibles si vous me
poussiez à bout, ou si j'apprenais seulement que
vous en eussiez le dessein. Ne me forcez point à vous
donner en spectacle au public. On pourrait faire
revivre les *Provinciales*. Il est injuste que les jésuites
en fournissent toujours la matière, et vous jugeriez
si je réussis dans ce style-là. Je compte, Mon Révérend Père, que sans venir à ces extrémités qui ne
feraient plaisir ni à vous ni à moi, vous voudrez bien
consentir au changement de ma condition. Vous
avez reçu si respectueusement la Constitution que je
ne saurais douter que vous ne receviez de même un
bref qui vient de la même source. Faites-moi la grâce
de m'écrire un mot à Amiens sous cette simple
adresse : *A M. Prévost pour prendre à la poste;* ou si
vous aimez mieux, prenez la peine d'adresser votre
lettre à M. d'Ergny, Grand Pénitencier et chanoine,
mon parent, qui voudra bien me la remettre. Vous
n'ignorez pas d'ailleurs le *petita et non abtenta*.
J'ai l'honneur d'être avec bien du respect,
        « Mon Révérend Père,
     « Votre très humble et très obéissant serviteur
          « PRÉVOST B.

« Lundi 18ᵉ octobre.

« Je ne crois pas qu'on se plaigne de la manière dont je suis sorti de Saint-Germain. Je n'ai pas même emporté mes habits. Un honnête homme doit l'être jusque dans les bagatelles. Vous m'avez entretenu pendant huit ans, je vous ai bien servi : ainsi *autant tenu, autant payé*. »

TABLE

IMPRIMÉ EN FRANCE PAR BRODARD ET TAUPIN
Usine de La Flèche (Sarthe).
LIBRAIRIE GÉNÉRALE FRANÇAISE - 6, rue Pierre-Sarrazin - 75006 Paris.
ISBN : 2 - 253 - 00984 - 9

Nouvelles éditions des «classiques»

La critique évolue, les connaissances s'accroissent. Le Livre de Poche Classique renouvelle, sous des couvertures prestigieuses, la présentation et l'étude des grands auteurs français et étrangers. Les préfaces sont rédigées par les plus grands écrivains ; l'appareil critique, les notes tiennent compte des plus récents travaux des spécialistes.

Texte intégral

Extrait du catalogue*

---

* *Disponible chez votre libraire.*

Le sigle ▮, placé au dos du
volume, indique une nouvelle
présentation.